蒼龍魂 창룡혼

매운 新무협 판타지 소설

FANTASTIC ORIENTAL HEROES

창룡혼 2

매은 新무협 판타지 소설

초판 1쇄 찍은 날 § 2012년 1월 19일
초판 1쇄 펴낸 날 § 2012년 1월 26일

지은이 § 매 은
펴낸이 § 서경석

편집부장 § 권태완
편집책임 § 박우진

펴낸곳 § 도서출판 청어람
등록번호 § 제1081-1-89호
등록일자 § 1999. 5. 31
어람번호 § 제2-2199호

주소 § 경기도 부천시 원미구 심곡2동 163-2 서경B/D 3F (우) 420−822
전화 § 032-656-4452 팩스 § 032-656-4453
http://www.chungeoram.com
E-mail § chungeoram@chungeoram.com

ⓒ 매은, 2012

ISBN 978-89-251-2752-1 04810
ISBN 978-89-251-2750-7 (세트)

※ 파본은 구입하신 서점에서 교환하여 드립니다.
※ 저자와 협의하여 인지를 붙이지 않습니다.
※ 이 책은 도서출판 청어람과 저작자의 계약에 의해 출판된 것이므로,
   무단 전재 및 유포 · 공유를 금합니다.

蒼龍魂

창룡혼

매운 新무협 판타지 소설 FANTASTIC ORIENTAL HEROES

제1장	위험한 초대	7
제2장	한 방 먹이자	47
제3장	못난 놈	87
제4장	판자녀, 나타나다	123
제5장	맹주의 격노	165
제6장	믿어요, 그 한마디가…	217
제7장	항주에 이는 불길	263

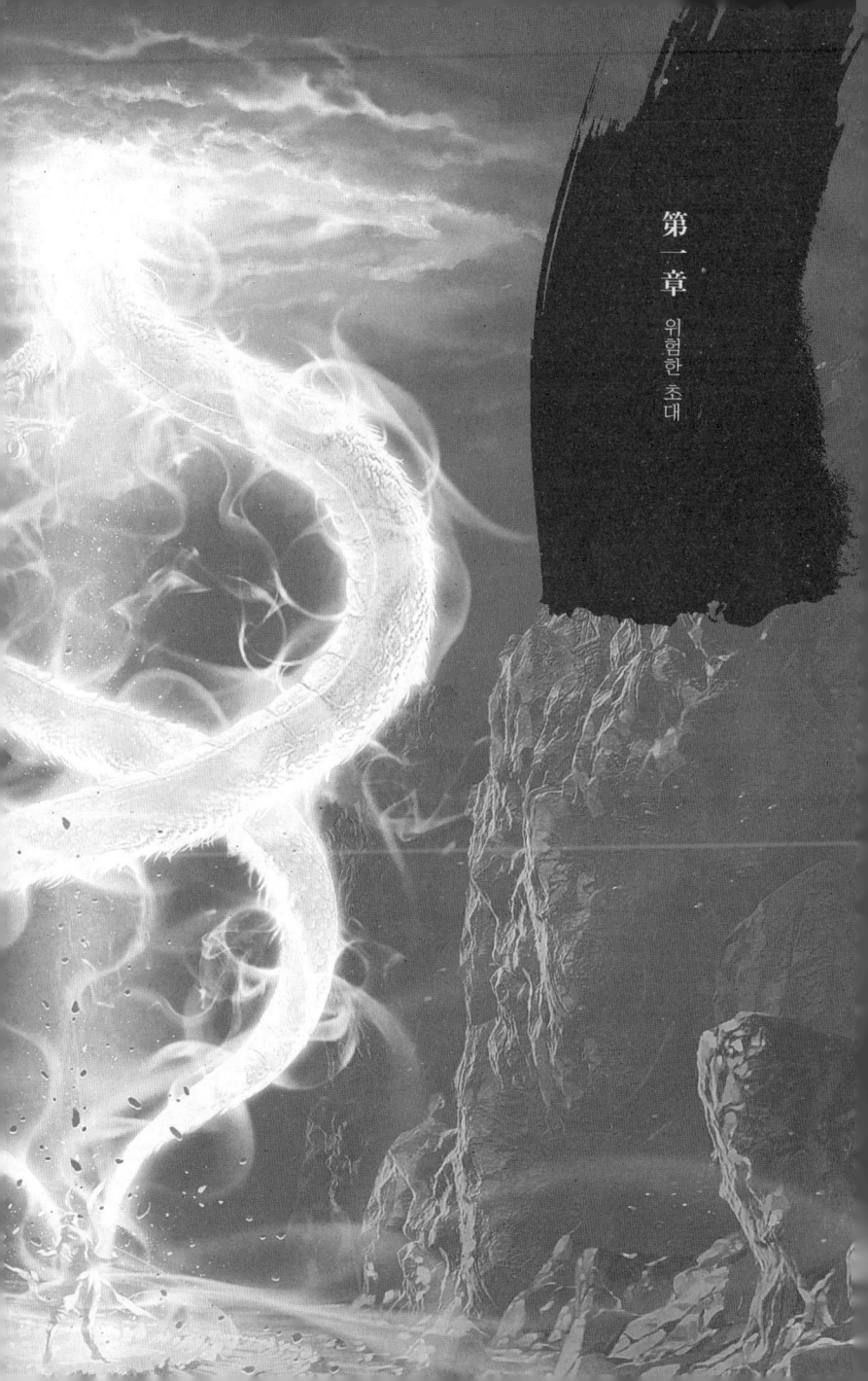
第一章 위험한 초대

蒼龍魂 창룡혼

1

"어서 드시오. 입맛에 맞을지 모르겠소만."

다소 낮으면서도 귀에 거슬리지 않는 매력적인 목소리가 귓가에 들려왔다. 이 목소리에 항주 성내의 많은 여인들이 밤잠을 설친다니 진위를 확인할 길 없어도 충분히 그럴 법하다는 생각이 앞섰다.

실제로 원가량은 자신의 목소리에 얼굴 못지않은 자부심을 가지고 있었다. 은근한 속삭임만으로 여인을 황홀경에 빠뜨린 경험도 여러 번 있었으니 자부심을 가지는 것이 오히려 자연스러운 일이었다.

그러나 수려한 외모도, 매력적인 목소리도 눈앞의 소녀에게는 통하지 않는 모양이었다. 원탁의 반대편에 앉아 있는 소녀―유서현은 차가운 얼굴로 대답했다.

"저는 제 오라버니에 대해 하실 이야기가 있다 하여 따라온 것입니다. 한데 계속 다른 말씀만 하시니 제가 있을 자리가 아닌 듯싶군요."

유서현의 말은 단호했다. 원가량은 그런 유서현의 반응을 예상이라도 했다는 듯 가볍게 웃으며 말했다.

"그리 말씀하시면 본인은 물론이요, 이 많은 요리를 준비한 요리장도 무척이나 서운해할 거요."

아닌 게 아니라 원탁 위에는 각양각색의 수십 가지 요리가 여보란 듯 놓여 있었다.

재료만 보아도 소, 돼지부터 시작하여 양, 말, 닭은 물론 각종 생선과 해산물, 과일과 나물에 이르기까지 백여 종에 이른다. 이 재료들을 구이, 찜, 튀김, 조림, 탕 등 갖가지 조리법을 총동원하여 형형색색 기기묘묘한 모양으로 담아내었으니 보기만 해도 배가 부를 정도였다.

그야말로 산해진미. 일반 백성은 평생 한 번도 보기 힘든 요리들이 산처럼 쌓여 있는 장관이었다.

그러나 유서현은 고개를 저으며 말했다.

"다시 말씀드리지만 저는 오라버니에 대한 이야기를 들으러 온 것이지, 이런 만찬을 대접받으러 온 게 아닙니다. 저를 희롱하신 거라면 이만 가보겠습니다."

말을 마치자마자 유서현은 자리에서 일어났다. 원가량은 여유로운 얼굴로 말했다.

"북천일검이라는 이름이었지, 아마?"

그가 혼잣말처럼 중얼거린 가운데 한마디가 삐죽 솟아 유서현의 발목을 잡았다. 유서현은 몸을 돌려 원가량을 보았다.

"지금 뭐라고 하셨죠?"

원가량은 짐짓 모른 척을 하며 대답했다.

"음? 내가 무슨 말을 했소?"

"지금 북천일검이라고 하셨잖아요!"

유서현은 저도 모르게 큰 소리를 쳤다. 소녀의 입에서 격한 감정이 드러나자 원가량의 얼굴에 살짝 만족스러움이 비쳤다.

그 얼굴을 보자 유서현은 오기가 발동했다.

'이 사람은 분명 많은 것을 알고 있어. 그리고 내가 화를 내는 걸, 아니, 나를 제 뜻대로 통제하는 걸 즐기고 있는 거야.'

유서현은 생각을 정리하며 평정을 되찾았다. 그리고 원가량의 눈을 똑바로 노려보며 말했다.

"어서 가르쳐 주세요. 오라버니는 어디 있죠?"

"내가 다 이야기하자고 만든 자리 아니오? 소저, 일단 자리에 앉으시구려."

"……"

"본래 이 식당은 저녁에만 영업을 하는 곳인데, 소저와의 자리를 마련하기 위해 내 특별히 힘을 쓴 것이오. 내 입으로 말하기 좀 그렇지만 이것도 솔찮이 들었고."

원가량은 엄지와 검지로 동그라미를 만들어 보였다.

원가량이 이 자리를 마련하는 데 꽤나 공을 들였다는 것은 들어서는 순간부터 알고 있었다. 날이 환하여 불을 켜지는 않았지만 곳곳에 걸려 있는 등불이 수백, 수천이었고 삼층 구조의 누각은 기둥 하나, 기왓장 하나마다 화려한 문양이 새겨져 있어 호사스럽기가 그지없었다.

유서현도 지금이 아니면 평생 드나들 일이 없을 곳이다.

"내가 뭘 하면 되죠?"

유서현은 어조를 누그러뜨렸다. 원가량은 방긋 웃으며 두 팔을 벌렸다.

"간단하오. 이 만찬을 나와 함께 즐기고, 차와 함께 담소를 나눕시다. 처음부터 그리 말하지 않았소."

"정말 그것뿐인가요?"

유서현이 치켜뜬 눈으로 묻자 원가량은 가슴을 두드렸다.

"소저! 나 번천검랑 원가량이오! 설마 내가 부끄러움도 모르고 한참 어린 후배를 속이겠소?"

원가량의 수려한 얼굴에 억울함이 가득하니 이 또한 색다른 정취가 있었다. 설령 철로 된 심장을 가진 여인이라도 지금 원가량의 앞에 마음을 열지 않을 수 없으리라.

그러나 굳이 그런 표정을 짓지 않아도 원가량이 유서현을 속일 것이라고는 누구도 상상치 못할 일이다.

겉보기에 이십대 중후반의 외모를 가졌으나 원가량은 당연 삼십팔 세. 십오 년 전 마종의 중원 침략 때 이미 당대 손꼽히는 후기지수의 일인으로 각광을 받던 자다. 햇병아리인 유서현에게는 실로 까마득한 대선배인 것이다.

"……"

유서현은 원가량의 눈을 바라봤다. 원가량은 거리낄 게 없다는 듯 유서현의 시선을 받아내며 말했다.

"어서 앉으시오. 다 식겠소."

"좋아요. 약속은 반드시 지키실 거라 믿겠어요."

유서현은 다짐을 받아두며 자리에 앉았다. 원가량은 입을 크게 벌리며 웃음으로 응답했다.

"물론이오."

* * *

두 다리로 뛰면서 이극의 머릿속은 말로 할 수 없이 복잡했다. 아무리 생각해도 자신이 왜 그곳으로 가야 하는지, 지금 두 발로 가고 있으면서도 이해가 가질 않는 것이었다.

'대체 내가 왜 가고 있는 거야? 미쳤나?'

쪽지에 적혀 있던 유 소저가 누구인지, 원 아무개가 누구인지는 중요한 문제가 아니다. 물론 이극에게 전해졌으니만큼 유 소저는 유서현을 가리킨다고 봐야 할 것이다. 그리고 어떤 형태로든 유서현의 신병을 확보한 상태에서 이러한 내용의 쪽지를 보냈음이 분명하리라.

하지만 문제는 유서현이 아니라 이극이었다.

쪽지를 보낸 원 아무개라는 자가 누구인지, 혹은 단체인지 알 수 없으나 그의 의도만큼은 명확하다. 바로 이극을 불러내 자신의 앞에 세우는 것.

십삼 년 전, 처음 항주에 들어선 이후 이극이 내세울 게 있다면 몸을 낮춰 누구에게도 주목받지 않고 살아왔다는 점이다. 사실 그런 삶의 방식이 이극을 지금까지 살아남게 만들어주었다고 해도 과언이 아니다.

유서현의 일만 해도 그렇다.

무림맹의 표적은 어디까지나 유서현이지 이극이 아니다. 그들이 이극을 노릴 하등의 이유가 없는 것이다. 언제나 그랬

듯이 이극은 흙을 뒤집어쓰고 바싹 엎드린 채, 오빠를 찾든 포기하든 유서현이라는 바람이 무림맹의 관심과 함께 지나쳐 가기를 기다리면 될 일이다.

그런데 이제는 이야기가 달라졌다.

표적이 유서현에서 이극으로 바뀌었으니 말이다.

지금까지 몇 차례나 확보하려 했던 유서현을 미끼로 이극을 끄집어내려는 수작이 눈에 선하다. 그리고 그 낚싯대를 잡고 있는 것은? 두말할 것도 없이 무림맹일 것이다.

무림맹이 이극을 주목하고 잡으려 한다면, 그가 취해야 할 행동은 하나밖에 없다. 이대로 몸을 돌려 항주를 벗어나는 것.

'그래야지. 그래야 하는데……'

머리와 달리 두 다리는 쪽지에 적힌 장소로 달려가고 있는 지금 이 상황을, 이극은 도무지 이해할 수 없었던 것이다.

"……?"

주인의 의사를 무시한 채 내달리던 다리는, 역시 주인의 의사를 반하여 멈췄다. 인적 드문 골목에서 두 사람이 이극의 앞을 가로막고 나선 것이다.

"팔방해사?"

"이극?"

허리에 칼을 차고 나란히 선 중년인들이 동시에 물었다. 이

위험한 초대 15

극은 황급히 허리를 숙이며 대답했다.

"예, 예. 제가 그 사람이 맞습니다요. 무슨 일로 소인을 찾으셨는지요?"

말이 끝나기 무섭게 날카로운 기운이 들이닥쳤다. 황급히 허리를 편 이극의 눈앞에 번쩍! 하고 차가운 빛이 스쳐 지나갔다.

"아이쿠!"

이극은 호들갑을 떨며 몸서리쳤다. 그러나 경극의 가면처럼 과장된 표정과 달리 그의 두 눈은 얼음장처럼 차가웠다.

"보통 놈이."

"아니구나."

어느새 검을 뽑아 든 중년인들이 동시에 말했다.

각진 턱에 굳은 입술. 세세히 따지고 들어가면 그리 닮은 편이 아니나 한 번 보고 고개를 돌리면 같은 사람이 아니었을까 싶을 만큼 인상이 비슷한 두 사람이다. 이극의 머릿속에 네 글자가 대번에 떠올랐다.

'쌍검량사(雙劍良士)?'

한 사람은 노도운(盧導雲)이요, 다른 한 사람은 왕반산(王班散)이라 했다. 이들은 각기 다른 사문에서 검을 수학한 자들로, 무림맹에 가입하기 전까지 서로에 대해 아는 바가 없었다.

그러나 사람의 인연이란 실로 신비로운 것이라, 무림맹 본영에서 만난 순간 두 사람은 서로가 일생의 지기임을 한눈에 깨달았다고 한다. 또한 일신상의 무공을 논하여 보니 서로 상충함은 적고 부합하는 면이 많아, 합벽의 효용이 실로 대단했다고 한다.

이후 이들은 스스로를 쌍검랑사라 칭하여 조석으로 붙어다니며 우정과 무공을 동시에 쌓아왔으니 적어도 항주 일대에서는 모르는 사람이 없을 정도였다.

주룩—

이극의 이마에 실금이 그어지더니 피가 흘렀다. 검은 피했으되 검압을 미처 피하진 못한 것이다. 이극은 손가락으로 피를 닦아내며 말했다.

"아니, 고명한 분들이 어찌 못난 소인을 핍박하시오? 세상에 이런 법이 어디 있답디까?"

그러면서 이극의 눈빛이 날을 세웠다.

앞뒤로밖에 길이 나 있지 않은 골목이다. 돌아가거나 피해 갈 수 없는 상황에서 길을 가로막고 선 자들의 적의가 선명하니 이극도 굳이 전의를 숨길 이유가 없었다.

이극의 표정이 돌변하자 쌍검랑사 두 사람도 흡족한 듯이 말했다.

"좌호법의 말에 틀림이 없었군."

"이 정도라면 우리의 상대로 부족함이 없을 터!"

노도운과 왕반산은 사이좋게 말을 주고받았다. 그리고 다시 검을 들어 다짜고짜 이극에게로 달려들었다.

노도운의 검이 종으로, 왕반산의 검은 횡으로 열십자(十)를 그리며 이극을 핍박했다. 검기가 흉흉하기도 하거니와 자색의 검광이 증명하듯 두 자루 모두 보기 드문 보검이다. 한 수도 허투루 대할 수 없는 노릇이었다.

'이런 젠장!'

이극은 속으로 욕지거리를 하며 몸을 날렸다.

쉬익!

이극의 신형은 그림자처럼 두 줄기 검광 사이로 스며들었다. 순식간에 두 사람 사이를 파고든 이극은 노도운의 검을 피하며 왕반산의 손목을 잡아챘다.

"흡!"

너무나 쉽게 거리를 허용했다는 사실에 왕반산이 놀라 숨을 들이켰다. 이극의 손이 왕반산의 검을 든 손목을 꺾었다.

쉭!

그러나 왕반산의 손목이 꺾이는 순간, 노도운의 검이 빠르게 이극의 목덜미를 베어왔다. 동시에 왕반산의 다른 손이 이극의 팔뚝을 붙잡았다.

'허어?'

이극의 머릿속에 절로 감탄사가 일었다.

이들이 쌍검랑사라는 이름으로 명성이 높다지만 어디까지나 두 사람이기 때문이지, 각자가 온전히 한 사람의 고수로 인정받는 것은 아니었다. 때문에 이극도 이들이 서로의 검을 보완할 때만이 위협적이지, 따로 떨어뜨려 놓아 대적한다면 상대하기가 어렵지 않을 거라 생각했던 것이다.

그런데 그 중 하나인 왕반산의 금나수법이 이극의 예상보다 훨씬 고명하니 놀랄 수밖에.

그러나 놀랄 시간조차 부족하다. 셀 수 없이 휘두른 그 검로 그대로 노도운의 검이 이극의 목덜미를 베어오는 것이다.

"젠장!"

짧게 내뱉으며 이극의 발이 등 뒤로 쭉 올라갔다.

퍽!

이극의 발이 노도운의 손을 때리고, 검로를 틀었다. 이극의 머리카락을 스치며 지나간 노도운의 검이 담벼락을 때렸다.

카앙!

동시에 이극이 왕반산의 손목을 잡은 채로 몸을 밀었다. 담벼락을 등에 대고, 이극의 어깨가 왕반산의 가슴을 강타했다.

"크헉!"

왕반산의 입에서 고통스러운 비명이 흘러나왔다. 이극은 거기서 멈추지 않고 왕반산의 손목을 비틀어 부러뜨리고, 검을 빼앗았다. 그리고 그 검을 눕혀 머리 위로 들었다.

카앙!

날카로운 금속성 소리와 함께 불꽃이 일었다. 한 번 막혔음에도 아랑곳하지 않고 노도운의 참격이 재차 이극의 머리 위로 떨어졌다.

휙!

이극은 몸을 빙글 돌리며 노도운의 검을 피했다. 그리고 팔꿈치로 왕반산의 턱을 후려치고 다른 편 손바닥으로 가슴을 때렸다. 일련의 동작들은 물 흐르듯 자연스럽게 이어져 보는 노도운도, 당하는 왕반산도 미처 대응하기가 쉽지 않았다.

"커헉!"

왕반산의 몸이 담벼락에 기대어 허물어졌다.

"이놈!"

노도운이 노성을 지르며 공격해 왔다. 얼핏 보기에도 필생의 공력이 담긴 일격이라, 이극도 빼앗은 검을 고쳐 쥐고 마주 검을 뿌렸다.

콰앙!

검과 검이 부딪치기 직전에 먼저 검기끼리의 충돌이 일어나고, 그 지점으로부터 빛과 굉음이 터져 나왔다.

"이, 이럴 수가……?"

빛으로 물드는 시야 속에서 노도운이 중얼거렸다. 십성 공력을 기울여 내리친 일격이 터무니없이 커다란 힘 속으로 사라지는 것을 느꼈기 때문이었다.

마치 한 바가지의 물을 대해에 끼얹은 것처럼 말이다.

잘 닦여진 무인의 직감은 그 뒤에 닥쳐 올 사태를 놓치지 않았다. 노도운은 본능적으로 진기를 끌어올렸다.

그러나 그보다 한발 앞서 거대한 힘이 해일처럼 밀려와 노도운을 덮쳤다. 수십 년 쌓아올린 노도운의 공력은 해일에 휩쓸려 흔적도 없이 사라졌다.

터엉!

노도운의 몸이 담벼락을 때리며 바닥에 쓰러졌다. 혼절했으되 끝까지 검을 놓치진 않았으니 검수로서 명성이 헛되지는 않았나 싶었다.

"후우……."

이극은 손에 든 검을 왕반산의 옆으로 던져 놓고 깊은 숨을 쉬었다. 손쉽게 처리한 듯 보이지만 아주 손해를 입지 않은 것은 아니다. 왕반산은 그렇다 쳐도 노도운은 일격에 제압하기 위해 필요 이상의 공력을 소모한 것이다.

어쨌든 제 뜻대로 두 사람을 처리했지만 이극의 표정은 그리 밝은 편이 못 되었다. 이극은 쓰러진 두 사람을 보며 고개를 저었다.

'쌍검량사쯤 되는 자들이 움직였다면 곽추운, 그놈이 직접 지시한 일이라고 봐야 하나? 아니… 그렇다면 쌍검량사가 문제가 아니지. 그 미친놈처럼 마종의 잔당이니, 암튼 어떤 구실을 붙여서 나를 아주 말살하려 했을 거야. 아니면 본인이 직접 나서든가.'

그리 생각하던 이극의 머릿속에 무언가가 스쳐 지나갔다. 이극은 쓰러진 왕반산의 상체를 일으켜 세워 담벼락에 기대고 공력을 주입했다. 이윽고 혼절했던 왕반산이 탁한 숨을 토해내며 눈을 떴다.

"헉!"

이극은 잠시 숨 고를 시간을 준 뒤 왕반산에게 물었다.

"누구의 지시를 받고 온 거냐?"

"……"

대답하지 않는 왕반산에게 이극이 말했다.

"쓸데없는 짓 하지 마라. 시간 지나면 어련히 풀리는 거, 잘못했다가는 평생 불구로 지낼 수 있으니까."

왕반산의 얼굴이 어두워졌다. 암암리에 운기행공을 해서 눌린 혈도를 풀려던 시도가 간파당한 것이다.

이극이 다시 물었다.

"다시 묻는다. 누구의 지시냐."

"크옥… 감히 우, 우리가 누구인 줄 알고……!"

왕반산은 순순히 대답하려 들지 않았다. 이극은 입술을 깨물며 제 머리를 마구 헝클어뜨렸다.

"으윽! 내가 이래서! 니들이랑 상종을 못 하겠다는 거야. 아니, 지금 어떤 상황인지 접수가 안 돼? 내가 당신을 제압해서 묻고 있잖아. 대체 뭘 믿고 그렇게 당당한 거야?"

"흥!"

짜증내는 이극을 향해 왕반산은 코웃음을 쳤다. 이극은 고개를 절레절레 흔들며 몸을 일으켰다.

"그래. 당신네들은 원래 그런 족속이지."

이극은 느릿한 걸음으로 걸어가 쓰러져 있는 노도운의 옆에 섰다. 그리고 노도운의 검을 집었다.

"그럼 그에 걸맞은 대접을 해줘야지. 자, 이러면 말할 마음이 나나?"

어느새 노도운의 검극이 주인의 목에 가 닿았다. 몸을 움직일 수 없는 왕반산이 크게 소리쳤다.

"뭐하는 짓이냐!"

이극이 천천히 돌아보며 말했다.

"대화 좀 하자고, 대화 좀."

2

왕반산의 얼굴은 파랗게 질려 사색이 되어 있었다. 이극은 그런 왕반산을 향해 빙그레 웃으며 말했다.

"아니, 우리 서로 죽이려 들던 사이 아닌가? 뭐 이런 걸 가지고 그래?"

"비겁한 놈! 정신을 잃은 자에게 무슨 짓이냐!"

왕반산이 눈을 부라리며 소리쳤다. 이극은 어이가 없어 헛웃음을 터뜨렸다.

"뭐? 비겁? 아니, 나리. 지금 나리 입에서 비겁하다는 말씀이 나오십니까?"

"무, 무슨 소리냐?"

"그렇잖습니까. 나리는 둘이고 소인은 하나고. 나리는 검을 들었고 소인은 맨손이고. 어느 쪽이 비겁한지 누가 봐도 명약관화한 일이 아닙니까요. 그런데 나리께서 제게 비겁하다 하시면 소인은 억울해 머리가 돌아버리고 손발에 힘이 풀리고 말지 않겠습니까!"

마지막 말에 힘을 주며 이극은 검을 쥐고 있던 손을 활짝 폈다. 그러자 노도운의 검이 제 주인의 목 위로 떨어졌다.

"노 형!"

깜짝 놀란 왕반산이 크게 소리쳤다. 무서운 속도로 떨어지던 검은 날이 살갗에 닿기 직전, 종이 하나 들어갈 틈을 남기고 멈췄다.

등줄기에 식은땀이 흘렀다. 왕반산은 이극을 잘근잘근 씹어버리겠다는 표정으로 노려봤다.

"이놈……!"

한바탕 왕반산을 골려준 이극은 검을 돌려 칼등을 제 어깨에 얹고 말했다.

"하긴, 소인이 비겁하긴 합니다. 예. 비겁한 놈 맞습니다. 지금 하는 짓도 비겁한 짓이지요. 왜냐고요?"

"……?"

"이래야 뭐라도 말씀하실 것 같으니까요. 나리도 강호에 명성이 꽤 나신 인물인데, 본인이 협박당한다고 입을 여실 건 아니지 않습니까?"

이극의 판단은 정확했다. 왕반산은 방금 전까지만 해도 이극에게 희롱 당하느니 혀를 깨물어 자진하리라 마음먹고 있었던 것이다. 그것이 마지막 남은 자신의 명예를 지킬 수 있는 유일한 방법이라고 생각하며 말이다.

하지만 이극이 왕반산 자신이 아니라 아직 혼절해 있는 노도운을 인질로 협박을 한다면? 그것은 왕반산 자신을 겁박하고, 고문하는 것보다 몇 배는 더 견딜 수 없는 일이었다.

"무엇을… 듣고 싶은 것이냐?"

'걸렸군.'

이극은 내심 쾌재를 불렀다.

물론 왕반산이 말하지 않는다 하여 노도운을 어찌 하려던 것은 아니다. 하지만 이극은 이런 시늉만으로 왕반산이 쉽게 입을 열리라 예상했던 것이다.

왕반산은 이미 이극의 압도적인 무위에 힘도 제대로 못 쓰고 패배한 상태다. 그러나 아직 그러한 현실을 순순히 받아들일 만큼 마음의 준비가 되어 있질 않으니, 이극이 무엇을 묻는다 한들 쉽사리 대답할 수 없었을 것이다. 이극의 물음에 대답하는 순간 왕반산은 패배를 마음으로 인정하는 꼴이기 때문이었다.

그리고 이극은 그런 왕반산의 속내를 간파했기 때문에 일부러 노도운을 걸고 넘어진 것이다. 왕반산이 '노도운'을 구실로 삼아 쉽게 입을 열 수 있도록 말이다.

"나를 어찌 알았는지, 그리고 왜 습격했는지. 이 두 가지만 알려주시지요. 저도 더 이상은 안 바랍니다."

"…정말이냐?"

"소인이 비겁하긴 합니다만 어리석진 않습니다. 누가 봐도 유리한 입장인데 뭐하러 나리를 속이겠습니까? 그럴 수고를 들일 만한 가치가 있다면 모르겠지만요."

이극이 마지막에 완곡한 말로 왕반산을 조롱하였으나 본인은 알아듣지 못한 눈치였다. 다만 왕반산은 깊이 고민하는 얼굴로 침묵하더니, 이윽고 입을 열었다.

"좌호법이 귀띔해 주더군. 다른 곳도 아니고 이 항주 성내에 대단한 고수가 숨어 있다고. 아무래도 맹에 적대적인 성향을 띤 것 같은데 진정한 목적이 무엇인지는 알 수 없다고 말이다."

이극이 칼등으로 어깨를 두어 번 두드리며 말했다.

"좌호법이라면 번천검랑을 말함입니까?"

"그분 외에 누가 맹주의 좌호법이란 말이냐."

"예, 뭐… 그렇겠지요. 그럼 날 왜 습격한 겁니까?"

왕반산은 어이가 없다는 투로 대답했다.

"맹원이 아니면서 맹에 적대적인 고수가 항주 성내에 암약하고 있다는데 우리가 어찌 가만히 있겠느냐?"

"그럼 지금 무림맹이 죄다 나를 쫓고 있단 말입니까?"

왕반산은 고개를 저었다.

"설마! 좌호법이 우리에게 이야기했다면 그걸로 끝이지, 왜 다른 자에게 이야기해서 일을 복잡하게 만들겠는가? 설마 네놈, 우리가 누구인지 모르는 거냐?"

"알았소."

왕반산의 언성이 다소 격앙되자 이극은 고개를 끄덕이며 말을 끊었다. 이극은 노도운의 검을 주인의 곁에 내려놓고 다시 왕반산에게 다가갔다.

왕반산은 지척으로 다가온 이극에게 말했다.

"자, 이제 됐느냐?"

이극은 무릎을 굽혀 왕반산과 시선을 맞추었다. 그리고 왕반산의 어깨를 두드리며 말했다.

"다 됐습니다."

잠을 부르는 주문이라도 되는지 이극의 말이 끝나기 무섭게 왕반산이 눈을 감았다.

"이렇게 주무시면 나중에 목 아픕니다."

이극은 한쪽으로 꺾인 왕반산의 목을 바로하고 자리에서 일어났다. 의혹으로 가득하던 얼굴이 다소 개운해 보였다.

'번천검랑이 나에게 흥미를 보이는 건 아직은 개인적인 차원이라는 얘기렷다. 그럼 나에 대해 곽추운까지 보고가 올라간 건 아니군.'

번천검랑 원가량이 맹주의 좌호법으로 그 직급이 대단히 높기는 하나 직책마저 높은 것은 아니었다. 맹주의 인가를 받지 않고 독단으로 가용할 수 있는 인력과 힘은 분명 제한적이니, 쌍검량사를 부추기는 등 번거로운 과정을 밟은 것은 어디까지나 이 일이 개인적 차원에서의 놀이거리에 지나지 않음을 증명하는 것이리라.

그렇다면 원가량은 이극을 어떻게 알게 된 것인가?

이극은 고개를 절레절레 흔들었다. 광기가 넘쳐 흐르던 그 눈을 떠올리는 것만으로 진절머리가 났다. 바로 어제의 일인데도 마치 수십 년 전처럼 아득하게 느껴지는, 그러면서도 빗나간 집념은 바로 곁에 있는 듯 섬뜩함이 생생한 것이다.

'그 미친놈, 잘도 살아 있구나.'

콰콰콰콰쾅!

굉음, 아니, 폭음이 대지를 뒤흔들었다. 작은 화산이라도 폭발했는지 사방은 온통 불바다요, 하늘에서는 연신 불티가 번쩍거렸다.

그 가운데 불꽃의 소용돌이에 휩싸인 풍선교가 눈을 번뜩이고 있었다.

"죽어라!"

주인의 노성에 반응하듯이 몸을 감은 불꽃도 사납게 출렁거렸다. 불꽃의 나선 세 가닥이 이극을 꿰뚫을 기세로 빠르게 날았다.

펑! 퍼펑!

불꽃은커녕 발출되는 공력의 기운 한점 없는 맨손바닥이 불꽃의 나선을 튕겨냈다. 튕겨 나간 불꽃들은 가옥과 담벼락에 꽂혀 이미 타오르고 있던 불에 제 몸을 더했다.

그렇다고 이극의 처지가 나아 보이진 않았다. 이곳은 지금 탈 수 있는 물건은 모조리 타고 있어 일종의 화진이 형성되어 있었으니, 그 안의 온도란 자기를 굽는 가마를 방불케 했다. 사방으로 튀는 불똥에 옷 여기저기 구멍이 뚫리고 얼굴에도

위험한 초대 29

그을음이 가득했다.

"이거 참, 낭팰세."

이극의 얼굴에도 여유가 사라진 지 오래였다. 직접적인 타격은 없었지만 이 거대한 화진 안에 있는 것만으로 공력이 소모되는 것이다.

그런 이극의 처지를 간파했는지 풍선교의 얼굴에 회심의 미소가 피어올랐다. 불꽃을 휘감은 풍선교가 크게 소리쳤다.

"어떠냐! 이 쥐새끼 같은 놈! 이대로 불에 타 통구이가 될 테냐!"

광기와 적의가 절반씩 지분을 차지한 노성은 듣는 것만으로 사람을 지치게 하는 놀라운 효과가 있었다. 이극은 절로 몸에 힘이 빠지는 것을 느끼며 대꾸했다.

"마종의 잔당에서 금세 쥐새끼로 바뀌었군. 대체 내 정체가 뭐냐? 나도 헷갈리니까 하나로 통일해 줬으면 싶은데 말이야."

"닥쳐라!"

말 그대로 노기가 하늘을 찔렀다. 사나운 불꽃이 하늘 높이 솟은 것이다.

'저건 좀 편리한데?'

자신의 감정을 저런 식으로 표출할 수 있다면 타인을 배려할 수 있는 밝은 세상이 될 텐데……. 긴박한 국면에서도 이극은 생뚱맞은 생각을 했다. 물론 풍선교처럼 사방을 불태울 정도라면 배려고 뭐고 없겠지만 말이다.

이극의 생각을 알 길 없는, 아니, 알려고 들지도 않는 풍선교가 거친 숨을 토해냈다.

"마종의 잔당 주제에 말이 많다! 어차피 네놈은 독 안에 든 쥐가 아니냐! 순순히 투항하여 네놈이 알고 있는 모든 걸 토해내는 것만이 살 길이다!"

"흠… 그렇군."

오랜만에 이극의 입에서 순응하는 말이 나왔다. 설마 이리 쉽게 투항하겠다는 말이 나올 줄 모른 풍선교가 미간을 찌푸렸다.

"투항하겠다는 게냐?"

이극은 큰 깨달음을 얻었다는 듯, 짐짓 두 눈을 크게 뜨며 대답했다.

"응? 아, 이건 그냥 혼잣말인데. 아무래도 너는 할 줄 아는 말이 쥐랑 마종의 잔당, 둘밖에 없구나 싶어서 말이지."

"이 쥐새끼가……!"

"또, 또 쥐랜다."

작정을 했는지 이극은 풍선교를 연신 자극했다. 노기가 주체할 수 없을 만큼 차올랐는지, 풍선교가 고함을 지르며 손을 휘둘렀다.

십여 가닥, 불꽃의 나선이 이극을 노리며 날아갔다. 그를 예상이라도 하듯이 이극의 신형이 먼저 움직였다.

쉐에엑!

이극의 신형이 허공에 잔상을 남기고, 불꽃의 나선들이 그를 꿰뚫고 지나갔다. 순식간에 이극이 풍선교의 지척에 도달했다.

휘익!

이극의 좌장이 바람을 일으켰다. 풍선교를 휘감고 있던 불꽃 중 일부가 그 바람에 휩쓸려 날아가고, 그 아래 맨몸이 드러났다. 불꽃을 걷어낸 자리를 이극의 우장이 강타했다.

퍽!

"크아악!"

고통스러운 비명을 지르며 풍선교의 몸이 뒤로 굴렀다. 주인의 고통에 감응하듯 사방의 불길이 요동쳤다. 이극은 놓치지 않겠다는 듯 몸을 날려 풍선교를 따라붙었다.

구르기를 멈춰 바닥에 웅크린 풍선교의 등 위로 이극의 우장이 내려치는 순간!

화염에 휩싸인, 아니, 그대로 하나의 불덩어리가 된 나무가 이극의 머리 위로 쓰러졌다. 이극은 황급히 우장을 거두며 몸을 피했다.

쿠쿠쿵!

굉음과 함께 불티가 온 천지로 튀었다. 아지랑이처럼 일그러진 시야 속에서 불꽃에 휩싸인 풍선교가 몸을 일으켰다. 그 한없는 광기와 적의, 혐오와 분노로 점철된 시선이 이극을 몸서리치게 만들었다.

'그냥 하는 말이 아니라 정말 미친 거 같군.'

"너 이놈… 죽여… 죽여 버리겠어!"

풍선교의 노성과 함께 다시금 불꽃이 거대한 소용돌이를 이루었다. 그 규모와 흉험함이 이제껏 타올랐던 불길과 비교할 수 없을 정도라, 이극은 절로 한숨이 나왔다.

"미치겠네."

불꽃의 소용돌이는 주변의 불길을 집어삼키며 끝없이 제 몸을 불려 나갔다. 저 불길에 맞서야 하다니! 이극도 그 생각을 하니 아찔하기만 했다.

"……?"

그런데 묘한 일이었다. 불꽃의 소용돌이는 끝없이 커지기만 할 뿐, 이극에게로 적의를 뿌리지 않는 것이었다. 한참을 긴장하며 대책을 강구하던 이극은 의아함을 느끼고 안력을 돋우어 그 안에 있는 풍선교를 보았다.

"……!"

불꽃 속에서 풍선교는 허우적거리고 있었다, 마치 수영을 모르는 자가 물에 빠진 것처럼.

주체할 수 없는 감정처럼 불길도 끝내 풍선교의 통제를 벗어난 것이다. 표출되지 못하는 분노가 자신을 해치듯, 불길도 마찬가지로 길을 잃고 주인에게로 돌아가고 있었다. 커질 대로 커진 불덩이가 고스란히 풍선교에게로 수렴되고, 그 열화는 인간의 몸으로 감당키 어려워 보였다.

"…크억……!"

타오르는 불길 틈으로 풍선교의 신음 소리가 새어 나왔다. 이극은 황당한 눈으로 몸부림치는 풍선교의 그림자를 바라보다가, 퍼뜩 정신을 차리고 몸을 돌렸다.

'그때 시신을 확인했어야 했어.'

두 다리를 바삐 움직이며 이극은 입술을 깨물었다. 새삼 유서현이 걱정되기도 했지만 실은 그 광기로 점철된 공간에서 한시라도 발을 빼고 싶었던 마음이 컸으리라. 풍선교의 광기는 이극도 몸서리가 쳐지는 그런 것이었다.

아마도 풍선교는 이극을 반드시 제 손으로 잡아 죽이고야 말겠다는 집념을 불태우고 있을 것이다.

'집념이라……. 말은 좋다!'

집념이라고 하면 대단히 긍정적인 감정인 것 같아 기분이 나빴지만, 이극은 일단 집념이라고 쳐 주기로 했다. 고맙게도 그 집념이 곽추운이 이극의 존재를 알지 못하게 하는 방패가 되어주었으니까.

'그런데 왜 번천검랑한테는 얘길 했다냐? 둘이 무지 친한가 보지?'

졸지에 풍선교와 원가량을 둘도 없는 지기로 만들었던 허튼 생각은, 곧 가지 뻗기를 중단하고 말았다. 카랑카랑한 목소리가 이극을 불러 세웠다.

"네가 팔방해사 이극이렷다?"

불진을 든 노년의 도사 한 사람이 길을 가로막고 서 있었다. 이극의 입에서 절로 욕이 튀어나왔다.

"이런 빌어먹을 놈!"

항주의 뒷골목에서 해결사로 지내온 날들이 벼려낸 직감. 그 직감이 경고하고 있었다.

어쩌면 원가량이란 놈이 풍선교보다 몇 배 더 성가시겠구나, 라고 말이다.

기억 속 원가량은 그 말이 맞노라 웃고 있었다. 그 얄미운 얼굴을 헤치고 도사의 불진이 이극을 덮쳐 왔다.

3

"정말 그래도 괜찮겠소?"

탐탁찮은, 아니, 그보다 이해할 수 없다는 투로 원가량이 물었다. 질문을 받은 유서현은 거리낄 게 없다는 듯이 고개를 끄덕였다.

"아침부터 기름진 음식을 먹는 것은 몸에 좋지 않습니다."

유서현의 앞에는 밥과 작은 종지에 담긴 나물 몇 가지가 놓여 있었다. 함께 식사를 하겠다고 승낙한 직후, 유서현이 요리사를 불러 따로 주문을 한 것들이었다.

원가량은 물론 주문을 받은 요리사로서도 이해할 수 없는 일이었다.

유서현의 앞에는 원가량이 특별 주문한, 그녀로선 평생 한 번도 먹어보지 못했고 앞으로도 기회가 다시 올지 알 수 없는 진귀한 요리들이 가득했다. 가격을 따지자면 하나하나가 일반 가정의 몇 달치 생활비에 해당하는 것이다.

또 그렇다고 돈만 있으면 먹을 수 있느냐? 그것도 아니다. 엄격한 심사를 거쳐 합당한 품격을 갖춘 고객만을 대접하는 것이 이 가게의 방침이다. 말하자면, 무림맹주의 좌호법쯤 되어야 주문을 받는 가게인 것이다.

그런데 이 촌에서 올라온 무지렁이 소녀는 자신이 얼마나 특별한 대접을 받는지도 모르고 저잣거리에서나 먹을 수 있는 요리도 아닌 것을 따로 준비해 달라 요구했다. 참으로 기가 차다 못해 넘칠 노릇이었다.

'쯧… 이래서 촌것들은 상대하기 어렵다니까.'

원가량은 속으로 고개를 저었다. 그가 유서현에게 품고 있던 관심의 절반이 뎅겅, 하고 잘려 나간 기분이었다.

"항주의 법도가 어떨지 모르오나 사람의 몸은 한 가지랍니다. 원 선배도 너무 기름진 것만 들지 마시고 이것도 좀 드셔 보시어요."

상대방이 무슨 생각을 하는지 관심도 없는 유서현이 원탁을 돌려 제 앞에 있던 나물 그릇을 원가량의 앞에 놓았다. 원가량은 당황하여 두 손을 저었다.

"나는 괜찮소. 소저나 많이 드시오."

"그러지 말고 드셔 보세요. 암만 무공을 익힌들 먹는 것이 그릇되면 소용없답니다."

"그, 그럼 조금만······."

원가량은 애써 미소를 유지하며 쓴 산채를 씹었다. 그런데 계속 원가량과 시선을 맞추고 있는 유서현의 눈이 무언가를 말하며 반짝반짝 빛나는 것이 아닌가?

원가량은 저도 모르게 산채를 씹으며 말했다.

"뭐··· 나쁘지 않구려."

원가량의 말이 나오기 무섭게 유서현의 얼굴이 활짝 폈다. 그 작고 청초한 얼굴에 웃음꽃이 피는 순간, 원가량은 가슴이 덜컹 내려앉는 기분이 들었다.

'뭐야? 이건?'

"커, 커억!"

당황한 나머지 씹던 산채가 반쯤 넘어가며 목구멍에 걸리고 말았다. 어느새 달려온 유서현이 찻잔을 내밀었다.

"괜찮으세요?"

"벼, 별거 아니오. 고맙소."

원가량이 차를 마시고 고개를 끄덕이자 유서현은 안심했다는 표정을 지으며 자리로 돌아갔다.

정리된 입안과 달리 원가량의 머릿속은 유랑극단으로 꽉 들어찼는지 시끄럽고 혼란스러웠다.

'이제껏 어느 여자가 나에게 저런 진심을 보여주었던가?'

원가량은 단순히 목이 메었을 뿐이다. 그럼에도 불구하고 유서현은 부리나케 달려와 찻잔을 내밀고, 걱정스러운 눈으로 원가량을 바라보았다. 그 눈빛과 일거수일투족이 오로지 원가량을 걱정하는 마음으로 가득했던 것이다.

원가량은 이제껏 여인을 진심으로 사랑했던 적도, 여인의 사랑을 진심으로 갈구했던 적도 없었다. 그에게 여인과 사랑이란 순간의 유희에 불과했을 뿐이었다.

한데 지금, 그렇게 그가 취하였다 버린 수많은 여인들 중 하나로 삼을 요량이었던, 제 절반도 채 살지 못한 어린 계집에게 마음이 동하다니! 스스로 생각해도 우스운 일이었다.

'이건… 아니지. 암. 아니고 말고.'

그리 생각하며 원가량은 자신을 다잡았다. 그런데 다시 유서현과 눈이 마주치니 희한하게도 심장이 쿵쾅거리는 것이었다. 원가량에게 익숙한, 욕정으로 달뜬 뜀박질과는 전혀 다른 울림이었다.

'미치겠군. 내가 왜 이러지?'

원가량이 자신에게서 시선을 돌리자 유서현이 물었다.

"안색이 안 좋으신 것 같은데, 탈이라도 나셨나요?"

원가량쯤 되는 내가 고수가 식사 중에 탈이 날 일이 어디 있겠는가? 조금 전이라면 이런 무지렁이 촌것이 나댄다며 속으로 조롱했을 것이다. 그러나 지금 원가량은 유서현의 되도 않는 소리마저 자신을 걱정해 준다는 생각에 설탕과자처럼 달콤하게만 느껴졌다.

"아니오. 난 괜찮소……. 소저나 마저 드시구려."

"하지만 아까부터 한 젓가락도 들지 않으시잖아요."

'누구를 먹이려고 준비한 것인데 나 혼자 무슨 맛으로 먹겠느냐!'

속내와 달리 원가량은 미소로 화답했다.

"소저의 말이 맞나 보오. 산채 위주의 담백한 음식을 먹었더니 기름진 요리가 당기질 않는구려."

그 말을 듣자 유서현의 얼굴이 또 한 번 활짝 피었다.

"맞아요! 잘 생각하셨어요! 그럼 원 선배도 저와 같은 걸

드시는 게 어떨까요?"

"그게 좋겠구려."

유서현이 한 번 웃을 때마다 원가량은 자신이 제 뜻과 다른 곳으로 끌려가는 것을 느꼈다. 그러나 도중에서 멈출 수가 없었다. 아니, 멈추고 싶지 않았다.

"나도 이 소저와 같은 것으로 준비해 주게."

다시 호출당한 요리사는 주문을 받고 정중히 고개를 숙였다. 그리고 물었다.

"그럼 여기 이것들은 어찌할까요? 번거롭지 않게 치워 드리는 편이 나을까요?"

"그렇게 하게나."

원가량은 별 생각 없이 고개를 끄덕였다. 요리사가 막 점소이들을 부르려는데, 유서현이 끼어들었다.

"잠깐만요."

유서현이 물었다.

"이 음식들, 치우면 어떻게 되죠?"

요리사는 한껏 어깨에 힘을 주며 말했다.

"저자의 여타 요리집 같은 경우에는 손님이 남기신 것들을 아깝다고 자기들끼리 먹거나 거지에게 적선을 하거나 한답니다만, 저희는 결코 그런 일을 하지 않습니다. 온전히 폐기 처리하니 안심하셔도 좋습니다."

안심하라니? 무엇을 안심하란 말인가? 유서현은 이해할 수가 없어서 다시 물었다.

"그럼 그냥 다 버린단 말인가요?"

"예."

"그럼 싸주세요."

"예… 예?"

자신의 가게가 얼마나 품격이 높은 곳인지 알려줄 수 있는 좋은 기회라 목에 잔뜩 힘이 들어갔던 요리사에게는 참으로 뜻밖의 소리였다. 그리고 그보다 더 당황한 쪽이 원가량이었다.

"소저! 그게 무슨 말이오?"

원가량은 본의 아니게 요리사의 눈치를 보며 질책하는 투로 유서현을 불렀다. 그러나 유서현은 아랑곳하지 않고 원가량과 요리사를 번갈아 보며 제 목소리를 냈다.

"이 안은 참으로 화려하고 멋들어진 게 별세계와도 같네요. 하지만 한 발짝만 밖으로 나가면 굶주린 아이들이 수없이 많은데, 음식을 버리는 건 말이 안 되잖아요. 지금은 아니어도 나중에 얼마든지 먹을 수 있으니 싸 달라는 건데, 제가 뭐 잘못했나요?"

유서현의 얼굴은 지극히 당당하여 제 말과 행동에 한 점 의심도 품고 있지 않았다. 원가량은 하마터면 그 말이 맞소 맞장구를 칠 뻔했는데, 요리사의 시선에 목구멍까지 나온 말이 도로 들어가고 말았다.

'무림맹의 좌호법께서 특별히 자리를 마련한지라 이른 시각부터 최선을 다했거늘, 어찌 이런 촌것을 데려왔단 말이오?'

항주의 유력자만을 상대하며 그 자신도 영향력이 꽤 있는 요리사 겸 가게의 주인이 무슨 생각을 하고 있는지 손에 잡힐 듯 훤했다. 체면을 중시하며 살아온 원가량에게는 견딜 수 없는 시선이었다.

원가량은 잠시 망설이다 입을 열었다.

"소저. 그것이 말이오……."

원가량은 말을 멈추고 유서현을 바라봤다. 유서현은 여전히 당당한 눈을 하고 원가량의 시선과 정면으로 마주하고 있었다.

아무것도 모르는 무지렁이에게 상층의 법도를 가르쳐 주는 것뿐인데 뭐 이리 어렵단 말인가! 이건 아무 것도 아니다!

원가량은 자신을 채찍질하며 재차 입을 열었다.

"이 건은 소저가……!"

"됐어! 싸긴 뭘 싸!"

바로 그때, 누군가 실내로 들어와 큰 소리를 내며 원가량의 말을 끊었다. 이극이었다.

"……!"

이극을 본 유서현의 얼굴이 굳어졌다. 바로 오늘 아침에 큰 소리를 내고 헤어진 사이가 아니던가? 자연 그대로 남아 있던 마음의 앙금이 차오른 것이다.

이극은 큰 걸음으로 다가와 원탁의 한 자리에 앉았다. 그리고 요리사에게 말했다.

"나도 여기 원 나리가 초대해서 온 손님이요. 내가 먹을 테니 신경 끄고 가서 볼일 보시오."

"예, 예?"

요리사는 당황하여 원가량을 바라봤다. 원가량은 한결 편안해진 얼굴로 고개를 끄덕였다.

"내 손님 맞네. 그만 가보게나."

요리사를 보내고 실내에는 세 사람만 남아 있었다. 유서현과 원가량이 어색하게 침묵을 지키고 있는 가운데 이극은 걸신 들린 사람처럼 요리를 해치웠다.

"꺼억~ 어이쿠, 이제 좀 배가 차네."

만찬의 삼분지 일을 해치우고 나서야 이극은 젓가락을 내려놓았다. 그제야 유서현이 입을 열었다.

"여긴 왜 왔죠?"

"뭐?"

"이제부턴 제 스스로 하겠다고 했잖아요. 그런데 왜 따라

오셨냐구요."

"나 아가씨 따라온 거 아닌데?"

정색을 하며 말하는 유서현에게, 이극은 웃으며 고개를 절레절레 흔들었다.

"예?"

"나 아가씨 따라온 거 아니라고. 나 여기 초대받아서 온 거야. 안 그렇습니까? 사람 불렀으면 말씀 좀 해주시죠?"

유서현의 시선이 빠르게 이동했다. 원가량은 머뭇―그를 아는 사람이라면 누구나 놀랄 일이다―거리다 겨우 입을 열었다.

"맞소. 내가 함께 초대하였소."

"왜죠?"

유서현의 물음은 얼음으로 만든 꼬챙이처럼 차갑게 원가량의 가슴을 후벼팠다. 소녀에게 어찌 너를 미끼로 저자를 낚으려 했다 말할 수 있겠는가? 결국 내뱉은 말은 궁색하기 그지없었다.

"저자가 소저의 오라비나 다름없다고 하지 않았소? 아무래도 함께하는 편이 옳다고 판단하여 불렀소."

"그건……!"

무림맹 본영에 들어가고자 곽추운 앞에서 이극이 대충 둘러댔던 말이다. 잊고 있던 일이 원가량의 입에서 되살아나자 유서현은 입술을 깨물었다.

한편 이극은 원가량을 신기한 듯이 바라보았다. 이극은 오랫동안 무림맹을 관찰하며 알음알음 내부 인사들의 정보를 캐내 파악하고 있는 상태였다. 그러니 지금 유서현에게 쩔쩔매는 원가량의 모습을 보니, 이것이 대체 무슨 상황인지 도무지 분간할 길이 없었다.

하지만 언제까지고 보고만 있을 수 없다. 이극은 차를 한 모금 마셔 입가심을 하고 원가량에게 말했다.

"배도 채웠겠다, 이제 얘기 좀 합시다."

이극의 말은 원가량에게도 구원이었다. 원가량은 고개를 끄덕였다.

"그럽시다."

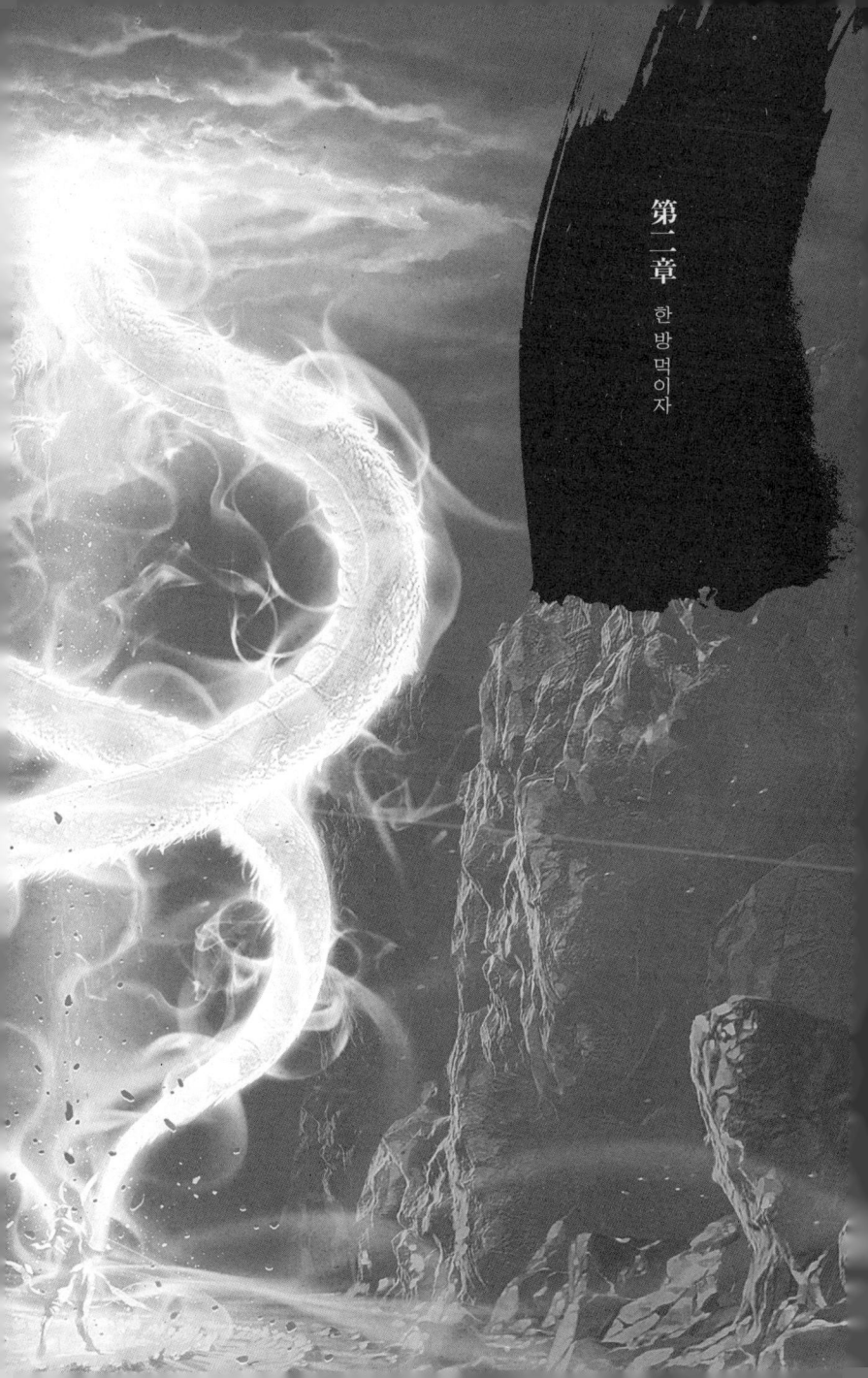

第二章 한 방 먹이자

蒼龍魂 창룡혼

1

"그래, 무슨 일로 소인을 부르셨습니까, 나리?"

이극이 스스로를 낮추어 말하자 원가량이 고개를 저었다.

"눈 가리고 아웅은 그만두지요. 이 형!"

"이 형이라니요. 소인, 감당키 어렵습니다요."

이극은 정말로 허리를 숙이며 굽실거렸다. 그러면서도 목을 길게 빼 눈을 치켜뜨니, 모르는 사람이 보면 무슨 생각으로 이러는지 헷갈리기 딱 좋았다.

원가량이 말했다.

"이 원 아무개는 이 형의 명성을 익히 들어 알고 있소. 같은 강호의 사람끼리 소인이니 나리니, 이게 무슨 짓이오? 누가 보면 비웃을 일이외다."

"아니, 나리를 나리라고 부르지 뭐라고 부릅니까요? 그리고 같은 강호의 사람이라니, 당치도 않습니다. 소인은 남들이 하지 않는 일을 처리하는 심부름꾼에 지나지 않는다는 걸 잘 아시면서 왜 그런 말씀을 하시는지 모르겠습니다."

탕!

원가량이 가볍게 원탁을 쳤다.

"이 형이 강호의 사람이 아니면 무어란 말이오? 지금 이 자리에 있는 것이 그 증거이거늘!"

"소인, 무슨 말씀이신지 통 모르겠습니다요."

그리 말하면서도 이극의 눈은 무언가를 요구하고 있었다.

'이놈 봐라?'

원가량은 이극이 무엇을 원하는지 생각하고 맹랑하다며 혀를 찼다.

이극은 이제 서른의 나이로, 겉보기에는 원가량과 비슷한 연배이지만 엄연히 팔 년 연하의 후배였다. 원가량은 어려서부터 산전수전을 다 겪어 강호에 잔뼈가 굵었는데, 연하의 이극이 수 싸움을 걸어오니 가소로운 생각이 들었다.

그러나 원가량도 후배와 하찮은 실랑이를 벌일 생각은 없었다. 어차피 이극이 이 자리에 나타난 것만으로 목적은 달성한 셈이었으니 말이다.

원가량은 평정을 찾고 웃으며 말했다.

"내가 보낸 선물을 잘 받지 않았소? 그러니 예까지 잘도 온 게 아니오."

비로소 이극이 허리를 폈다. 원하는 답을 이끌어낸 것이다.

"그것들이 나리가 보낸 선물이었습니까? 눈물이 나올 만큼 감사한데 누구에게 예를 표해야 할지 몰라 안타까워하던 참이었습니다요."

이극은 어금니를 악물었다.

'선물이라고? 쌍검량사, 현기진인, 종리권사가 선물이냐?'

이곳으로 오기까지 이극은 세 번의 싸움을 거쳤다. 첫 번째는 노도운, 왕반산 두 사람으로 이루어진 쌍검량사요, 두 번째는 현허파(玄虛派)의 장로 중 하나인 현기진인(玄氣眞人)이며, 마지막은 종리세가(綜理世家) 출신의 이름난 권사(拳士)였다.

이들은 모두 항주 무림맹 본영에 머무는 이름난 고수였으며, 무인의 피가 끓는 자들이었다. 그러면서 동시에 무림맹으로 하나된 강호에서 더 이상 피 흘리는 싸움을 할 수 없어 무료한 자들이기도 했다.

원가량은 그런 자들을 골라 이극과 싸우도록 부추긴 것이다. 이극을 판별할 수 있는 시험지 역할을 하도록 말이다.

 지금 항주의 무림맹 본영에는 맹주 곽추운을 추종하는 수많은 고수들이 모여 있었다. 그들 중 일부는 강호에 명성이 높은 명숙이요, 또 일부는 나름의 일가를 이루어 종사라 칭하는 자들이었다. 모두가 강호의 일류 고수를 자처하고, 또한 세간에서도 그리 말하기를 저어치 않았다.
 그러나 원가량으로부터 인정을 받은 자는 아무도 없었다.
 원가량은 항상 웃는 낯으로 맹원들을 대하였지만, 속으로는 그 중 어느 누구도 고수의 반열에 오른 자가 없다고 생각했다. 원가량이 인정하는 자는 기껏해야 같은 맹주의 호법인 복지쇄옥 하후강 정도였다.
 때문에 원가량은 항시 무료했다. 형식뿐인 맹주의 호법을 서는 시간 외에는 항상 여인을 쫓고 또 품을 뿐. 자극없이 그저 흘러가는 세월에 녹아 영혼마저 녹이 슨 상태였다.
 그러던 차에 나타난 것이 이극이었다.
 원가량은 풍선교 역시 눈 아래에 두고 있었지만, 폭마경심환의 위력은 익히 알고 있었다.
 홍안의 미소년이던 원가량의 앞을 막아선 마종의 고수들. 그들을 마인(魔人)으로 만들었던 것이 바로 폭마경심환이었다. 타고난 무재로 거칠 것 없었던 원가량에게 처음 패배의 쓴맛을 안겼던 것도 폭마경심환을 복용한 마인이었다. 하여 원가량은 종종 지금의 자신이라면 그 마인들을 상대로 어떻게 싸울지 상상하고는 했다.

 물론 애초에 본신 무공의 수위가 다르니 풍선교가 폭마경심환을 복용한들 과거 마종의 마인들처럼 경천동지할 위력을 보이진 않을 것이다. 그러나 여러 가지 조건을 감안하여도 풍선교가 폭마경심환을 복용하고도 능히 제압하지 못했다는 사실이 놀라운 것이다.

 그러나 원가량은 확신이 필요했다.

 무료한 세상에서 자신이 직접 움직일 만큼의 가치가 있는 상대인지, 그 수고로움을 헛되지 않게 만들 수 있는 자인지 확신이 서지 않았던 것이다.

 하여 하룻밤새 뚝딱 준비한 것이 이 자리였다.

 원가량에게 있어 유서현은 이극을 끌어들일 미끼였고, 입맛을 돋우기 위한 전채에 불과했다. 만약 이극이 원가량의 시험을 통과하지 못하고 그저 그런 자들에게 패하여 이곳에 당도하지 못한다면 유서현을 취하든, 풍선교에게 넘기든 적당히 처리하고 일상으로 돌아가면 될 일이었다. 적어도 유서현에게 마음을 빼앗기기 전까지는 말이다.

 물론 뜻하지 않게 마음을 빼앗기기는 했으나 원가량은 어디까지나 무인이요, 검수다. 이극이 자신의 안배를 거쳐 스스로를 증명하였으니 피가 절로 끓고 손이 근지러웠다.

그러나 동시에 유서현이 마음에 걸리는 것도 사실이었다. 원가량은 잠시 망설이다 말을 이어나갔다.

"내가 이 형이라고 부르는 게 부담스러우면 말을 놓지. 대신 자네도 나리 자는 빼는 게 좋을 거야. 원 선배 정도면 어떤가? 무림에 반드시 맹원만 있는 것은 아니니, 강호 동도라면 그 정도는 해줄 수 있지 않은가?"

원가량이 이렇게까지 나오자 이극도 더 뺄 수가 없었다.

"뭐, 소원이라면 불러 드리지요. 원 선배님."

"좋아."

원가량은 비로소 만족스럽게 웃고 말을 이었다.

"이제야 말이 통하는군. 그럼 우리 자리를 옮기세. 소저, 함께 가시지요. 듣고 싶어 하는 이야기를 해드릴 테니."

*   *   *

"지금 뭐라고 했느냐?"

어둠 속에서 신음 섞인 음성이 흘러나왔다. 발 틈으로 들어오는 햇빛이 실금을 그은 자리에 무릎을 꿇은 그림자가 대답했다.

"지금 성내의 취로각(醉盧閣)에서 좌호법과 두 연놈이 회동을 가지고 있다 하였습니다."

"이익… 커헉!"

어둠 속에 묻혀 있던 그림자가 빗금 친 빛 아래 모습을 드러냈다. 침상에서 반쯤 내려온 그림자는 바로 암천대주 풍선교였다.

풍선교의 몰골은 어젯밤 그대로라, 민둥산이 된 머리도 그렇고 참혹하기 짝이 없었다. 하지만 달라진 점도 있었는데 핏기가 가셔 살갗이 창백하였고 자신의 몸도 제대로 가누지 못하는 것이었다.

겉으로 드러난 행색이 파심작혈공의 양기를 제어하지 못하고 폭주한 결과라면, 완연한 병자의 기색은 폭마경심환 복용의 후유증이었다. 순간적인 내공의 증폭의 대가로 진기의 손실과 적지 않은 내상을 입는 것이다.

이렇듯 지금 풍선교는 파심작혈공과 폭마경심환의 폐해를 내외로 입어 무척이나 쇠약해진 터. 절대적인 안정을 취해야 회복이 가능한 상황이었다.

그런데 지금 수하가 가져온 보고를 듣자 풍선교는 평정을 잃고 만 것이다.

"커헉!"

급기야 풍선교가 피를 토하자 깜짝 놀란 수하가 다가갔다.

"괜찮으십니까!"

풍선교는 부축하는 수하를 신경질적으로 밀쳤다. 그리고 소리쳤다.

"그놈이 왜! 그 연놈들을 만난단 말이냐! 왜!"

"좌호법의 눈이 두려워 가까이 다가가지는 못하고들 있습니다만… 그저 담소를 나누고 있다 합니다."

"담소?"

"예."

풍선교의 수하, 암천대원들 중 수좌 격인 젊은이는 짧게 대답하고 자신의 의견을 피력했다.

"좌호법이 무슨 생각인지는 모르나 저희 측에서 먼저 나서기는 위험 부담이 큽니다. 좌호법은 저희가 또 한 번 실패하고 맹주께 보고 드리지 않은 것도 알고 있지 않습니까?"

속이 진탕되어 고통스러운 가운데에서도 풍선교는 빠르게 냉정을 되찾았다.

인정하기 싫지만 현실적으로 자신은 움직일 수 없는 상황이다. 수하들이 있다지만 이들에게 바랄 수 있는 최대치는 유서현을 잡는 일뿐. 풍선교에게 있어 가장 중요한 표적인 이극—마종의 잔당으로 무림맹의 치세에 가장 큰 위협이 될—은 어림도 없음이다.

풍선교를 다시 침상 위에 모시고, 젊은이는 다시 한 번 자신의 의견을 꺼냈다. 의견이라기보다는 주인을 달래는 말에 더 가깝겠지만.

"대주께서 폭마경심환을 복용하고도 쉽게 잡을 수 없었던 자입니다. 좌호법이 다른 마음을 품고 있다 한들 어쩔 수 있겠습니까? 제 생각에는 기껏해야 창피만 당하고 묻어두려 할 겁니다."

"음."

일리가 있다고 생각했는지 풍선교가 가벼운 소리를 냈다. 젊은이가 말했다.

"어찌하면 좋겠습니까?"

풍선교는 잠시 생각에 잠겼지만, 지금으로선 달리 방도가 없었다. 원가량이 먹이를 가로채기 전에 최대한 빨리 내상을 치유하고 몸을 회복하는 수밖에 말이다.

"일단은 지켜보기로 한다. 원가 놈에게 들키지 않도록 조심하고, 변동 사항이 있을 시에는 바로 보고하도록."

"예."

원하는 대답을 이끌어냈기 때문일까? 대답 소리가 필요 이상으로 경쾌했다. 젊은 암천대원은 자신의 경솔함이 주인의 심기를 거슬렸을까 겁이 났지만, 풍선교는 이미 운기조식에 들어가 오감을 닫은 상태였다.

*　　　*　　　*

원가량이 두 사람을 이끌고 이동한 곳은 취로각 별채에 마련된 다실(茶室)이었다.

입구에서부터 은은한 다향으로 사람의 마음을 편안케 하였고, 수많은 종자들이 분주히 움직이면서도 동선이 분리되도록 설계되어 손님과 마주치는 일이 없었다. 종자들은 기척조차 내지 않도록 훈련을 받았으므로 차를 마시러 들어선 자들은 마치 보이지 않는 가상의 하인으로부터 시중을 받는 듯하여 이곳이 가히 속세로부터 떨어진 작은 선경(仙境)이 아닌가, 감탄하고는 하였다.

세 사람이 자리를 잡은 곳은 그런 별세계 중에서도 가장 깊은 방이었다.

유서현은 김에 섞여 피어오르는 향기를 음미하며 말했다.

"좋은 차군요."

조예가 있다고 할 정도는 아니지만 좋은 차인지 아닌지는 구별할 수 있었다. 유서현은 이 차 역시 원가량의 취향으로, 몹시 비싼 물건이리라 짐작했다.

원가량은 드디어 칭찬받았다는 생각에 절로 웃음이 나왔다. 입꼬리가 실룩거리는 것을 간신히 참으며 원가량이 말했다.

"그리 비싼 물건은 아니나 향이 정갈하고 기품이 있는 것이 소저와 어울린다 싶어 골랐소. 소저의 마음에 드니 실로 다행이외다."

"흥!"

이극은 유서현과 원가량이 덕담을 주고받는 모습을 보며 콧방귀를 끼었다. 그리고 차를 단숨에 들이켰는데, 과연 이극의 싸구려 혀도 알아차릴 만큼 맛이 일품이었다. 이극은 저도 모르게 감탄사를 내뱉었다.

"좋긴 좋군!"

그러나 일품은 일품이되, 과연 이 차가 자신에게 매겨진 만큼의 값어치를 할 것이냐 묻는다면 회의감이 드는 게 사실이다. 그렇게 보자면 이극 같은 자들에게는 그저 싸구려 엽차가 최고일 것이다.

"……"

잠시 침묵이 작은 다실을 감쌌다. 누구도 먼저 입을 벌리지 않는 상황이 이어지자, 역시 유서현이 말을 꺼냈다.

"저는 약속을 지켰습니다. 선배님도 약속을 지켜 주십시오."

원가량은 다관을 들어 찻잔을 채웠다. 조르륵— 하는 물소리와 함께 김이 피어올랐다.

"그러기 위해 자리를 이동한 것이오. 이러니저러니 해도 바깥은 듣는 귀가 많으니까."

2

유서현은 귀를 쫑긋 세우고 원가량의 말에 온 신경을 기울였다. 이극은 다소 떨어져 그런 유서현을 보며 속으로 고개를 저었다.

'쯧쯧… 순진하기는. 번천검랑이 어떤 사람인데 그 말을 믿으려고? 뭐, 얕은 수작을 부리지 않은 건 의외였지만.'

이극의 입장에서는 아주 골탕을 먹은 셈이었으니 원가량을 곱게 보지 못하는 게 당연하다. 밖에서 먹은 식사야 그렇다 쳐도, 이런 별실에서라면 차에다 농간을 부리지 않을까 의심하고 암암리에 확인도 했으니 말이다.

어쨌든 그런 이극은 제쳐 두고 원가량이 입을 열었다.

"가장 궁금해할 이야기부터 먼저 해드리지. 소저가 예상한 대로 나는 유순흠을 알고 있소. 이렇게 얘기하면 어떻게 생각할지 모르겠지만 우리는 제법 마음이 통했고 친분이 두터웠소. 아마 맹원이 아닌 입장에서 만났더라면 의형제를 맺었을지도 모를 일이지."

"그럴 거라 생각했어요."

의외로 유서현은 원가량의 말을 순순히 받아들였다. 원가량이 눈으로 묻자 소녀는 재빨리 첨언했다.

"아까 선배님께서 말씀하신 북천일검은 우리 유씨 가문이 대대로 이어 온 북일검문(北一劍門)의 비전 검법이에요. 검문이라고 하지만 어차피 가문의 사람이 전부였고, 강호 출입을 삼갔으니 그 이름을 아는 외인은 별로 없을 겁니다. 제 오라비와 친분이 없었다면 선배님도 그 이름을 들어보지 못했을 거예요."

원가량은 고개를 끄덕였다.

"소저의 말이 맞소. 그와 나는 검을 논하며 금세 의기투합했지. 비록 하는 일이 달라 자주 만나지는 못하였지만, 가끔 시간이 나면 밤새 술을 마시며 논검을 하고는 했소."

원가량은 잠시 말을 멈췄다. 이극의 시선이 따가웠던 것이다.

"핫핫핫! 물론 그의 검이 나와 비견할 정도는 못 되었소만, 그 검리(劍理)가 오묘하고 정순하면서도 당대의 무학과 달라 색다른 점이 있었소."

원가량은 너털웃음을 터뜨리고, 다시 정색을 하고선 이극을 향해 말했다.

"설마 내가 소저와 자네 앞에서 말을 지어낸다고 생각하는 건 아니겠지?"

"제가 술사도 아니고 남의 속을 어찌 알겠습니까?"

한 방 먹이자 61

이극이 빈정거리자 원가량의 눈빛이 한층 날카로워졌다. 잠시 이야기가 중단되자 유서현이 끼어들었다.

"역시 오라버니는 무림맹원이었군요."

고개를 돌리는 순간 낯빛도 바뀌어, 원가량은 면목이 없다는 얼굴로 유서현에게 말했다.

"맞소. 순흠은 무림맹원이었소. 능력이 출중하여 직급도 빠르게 올랐고, 맹주께서도 몹시 아끼던 인재였지."

"그런데 왜 그랬죠?"

나직이, 유서현의 목소리가 떨리고 있었다. 원가량은 바로 대답하지 않았다. 잠시 후, 유서현은 목소리를 가다듬고 다시 물었다.

"왜… 그날 제가 여쭈었을 때, 맹주께서는 왜 한마디도 하지 않으셨죠? 아는 척조차 하지 않았던 거죠?"

"저잣거리에는 이목이 많소. 순흠의 실종은 본 맹에서도 지극히 조심스럽게 다루어지는 일인데, 어찌 맹주께서 경거망동하실 수 있겠소? 게다가 당시에는… 지금도 다르진 않소만, 소저가 정말 순흠의 동생이라는 보장이 없었고 말이오."

'정론이군.'

원가량의 설명은 물 흐르듯 막힘이 없어 미리 준비라도 했나 싶을 정도였다. 이극으로선 그 점이 더욱 의심스러웠지만, 아무래도 자신이 나서서 뭐라 할 장면이 아니라 입을 다물고 지켜보기로 했다.

유서현이 다시 물었다.

"그럼 본영 안까지 데려왔다가 왜 그냥 보냈던 거죠? 그때 저에 대해 확인해 볼 수 있지 않았나요?"

"나는 단순한 호법이니 맹주의 의중이 어떤지는 알 길이 없소. 다만 내 생각건대, 소저가 진짜든 가짜든 아무 일 없이 돌려보내는 편이 옳다고 판단하셨기 때문일 것이오."

원가량의 말이 얼른 이해되지 않았다. 유서현이 물었다.

"그게… 무슨 뜻이죠?"

"아까도 이야기했지만 순흠의 실종은 본 맹에서도 매우 조심스럽게 다루어지는 극비 사항이오. 그가 맡은 일은 지극히 은밀하고 또 위험하기 때문에 그 관리 또한 일반 맹원들과는 별개로 이루어졌소."

"……."

"안타까운 일이지만 그래서 순흠은 표면적으로는 존재하지 않는 자가 되었소. 그것이 순흠이 맡은 바 임무를 조금이라도 쉽게 수행하며, 그 자신의 안전도 보장받는 유일한 방법이었기 때문이오. 그때부터 순흠에 관한 모든 기록은 삭제되었고, 순흠은 존재하나 존재하지 않는 자가 되어 본 맹의 임무를 수행하게 되었소."

"그 맡은 바 임무라는 게 대체 무엇이죠?"

한 방 먹이자 63

유서현의 시선은 원가량의 눈을 꿰뚫고 들어가 의식 밑바닥까지 헤집어 놓을 듯 날카롭게 빛나고 있었다. 원가량은 은근슬쩍 소녀의 시선을 피하며 고개를 저었다.

"극비 사항이오. 말해줄 수 없소."

"그럼 그 위험한 임무를 왜 굳이 오라버니가 맡아야 했죠?"

"능력과 인격, 신념과 충성 등 모든 면에서 그 일을 수행하는 데 순흠보다 적합한 인재가 없었기 때문이었소. 오직 순흠만이 해낼 수 있는 일이라는 게 맹의 판단이었지. 이는 순흠 자신도 동의한 바요."

"……."

원가량의 말은 멋진 목소리와 함께 소녀의 마음속으로 파고들었다. '그만이 할 수 있는 일이었다', '그가 남들보다 뛰어났기 때문이었다' 등의 이야기는 유서현이 품은 오빠에 대한 환상을 유감없이 충족시켜 주었기 때문에, 그 문제에 대하여 더 깊게 추궁할 여지를 차단한 것이다. 오히려 그 말이 사실이었으면 하는 욕망도 슬그머니 꼬리를 들이밀고 있었다.

유서현이 잠시 말이 없자, 원가량은 만족해하며 말을 이었다.

"말했지만 순흠의 임무는 지극히 위험한 일이오. 믿기 어렵겠지만 그를 방해하려는 자들… 굳이 말하자면 적이 존재하오."

가만히 듣고 있는 이극이 끼어들었다.

"적이라니요? 무림맹주의 이름 아래 하나가 된 무림에 무슨 적이 존재한단 말입니까?"

"그것까진 말해줄 수 없네. 지금도 나는 말해선 안 될 선을 넘은 상태이니 더 나아가서는 아니 될 일이지."

원가량이 엄숙히 이야기하자 이극이 이죽거렸다.

"한 발을 가든 열 발을 가든 선을 넘은 것은 매한가지 아닙니까? 한 발만 넘었다고 열 발 넘은 자보다 나은 건 아닐 텐데요?"

"자네 때문에 자꾸 말이 끊기는군."

원가량은 이극의 도발에 넘어가지 않고 도움을 청했다. 유서현이 이극을 돌아봤다.

"원 선배의 이야기를 마저 듣는 게 우선이지 않을까요?"

"예, 예. 그러십시오."

이극은 마음대로 하라며 두 팔을 벌렸다. 이극의 그런 행동에 유서현은 조금 화가 났지만, 그보다 오빠에 대한 이야기를 들어야 한다는 마음이 급했다.

"말씀해 주세요."

유서현이 재촉하자 원가량은 마지못한 척 이야기를 이어나갔다.

"순흠이 실종되고 난 후, 우리는 백방으로 수소문했으나 그를 찾을 수 없었소. 어째서인가? 우리는 그에 대해 두 가지 가설을 세웠소. 하나는 순흠이 적에게 잡혔거나 죽었다는 설이며, 다른 하나는 순흠 스스로 사라졌다는 설이오."

지나가듯 나온 죽음이라는 말에 유서현의 주먹이 떨리는 것을 이극은 놓치지 않았다. 애써 평정을 유지하고 있지만 아마 소녀의 마음은 폭풍우를 만난 일엽편주(一葉片舟)마냥 불안한 것이리라.

'이 자식……'

이극은 원가량을 노려봤다. 원가량의 입에서는 나오는 말들은 이극이 생각하기에 가장 질이 안 좋은 방식으로 흐르고 있었던 것이다.

하지만 지금 다시 개입해 봤자 유서현의 불신만 키울 뿐이다. 이극은 이러지도 저러지도 못하고, 유서현을 바라볼 수밖에 없었다.

원가량은 안심하라는 듯, 따뜻한 미소를 띠며 말했다.

"안심하시오, 소저. 본 맹의 정보력은 내가 말한 두 개의 가설 중 전자, 즉 순흠이 적에게 잡혔거나 죽었을 가능성이 지극히 희박하다고 결론을 내렸소."

"그걸 어떻게 믿죠?"

"순흠이 잡혔거나 죽었다면, 그 자체로 본 맹은 적에게 커다란 허점을 노출하는 것이나 다름없기 때문이오. 그렇다면 본 맹은 적의 공격에 큰 피해를 입었거나, 적어도 적에게서 불온한 움직임을 포착했을 것이오. 하지만 그렇지 않으니 본 맹은 첫 번째 가설을 과감히 폐기했소."

"아아……!"

비로소 유서현의 얼굴에 안도의 빛이 서렸다. 그 얼굴을 본 원가량은 속으로 깊은 탄식을 했다.

'허어… 내가 돌았나 보구나!'

유서현의 불안이 씻겨 나가자 원가량도 함께 안심이 되어 속이 편안해지는 것이다. 사십여 년 가까이 살면서 한 번도 겪어보지 못한 일을, 이 소녀를 통해 오늘 하루만 몇 가지나 경험하였으니 이보다 놀라운 일이 어디 있을까! 원가량이 스스로 돌았구나, 탄식하는 것도 무리가 아니었다.

"하여 우리는 잠정적으로 순흠의 실종이 타의가 아닌 자의에 의한 것이라 결론을 내렸소. 실종이라기보다는 은신이라 해야 옳겠소만."

유서현의 눈이 저도 모르게 돌아갔다. 원가량을 떠나 닿은 시선의 끝에는, 빈 잔을 홀짝이는 이극이 있었다.

'어쩜… 아저씨가 말한 그대로일까?'

바로 오늘 아침, 이극이 들려주었던 이야기가 그대로 원가량의 입에서 되풀이된 것이다. 유서현이 놀라움 반, 감탄 반의 시선을 보냈으나 이극은 딴 곳을 바라봤다.

왜일까? 유서현은 자신의 시선을 피하는 이극이 원망스럽지 않았다. 공치사를 싫어하는 이극의 성품과 멋쩍음을 드러내지 않으려 빈 잔으로 얼굴을 가리는 행동이 어쩐지 귀엽게 느껴지는 것이었다.

'이상한 사람.'

계속 이극을 바라볼 수만은 없었다. 유서현은 애써 시선을 돌려 원가량을 바라봤다.

유서현의 시선이 돌아오기를 기다렸던 원가량이 다시 입을 열었다.

"여기까지 왔으니 소저도 알 것이오. 순흠은 왜 몸을 숨기고 우리와도 연락을 취하지 않았겠소?"

"적의 위협이 사라지지 않았기 때문일까요?"

"그렇소. 하지만 단순한 적의 위협이라면 응당 우리에게 몸을 의탁했어야지."

"그럼 왜 오라버니는 무림맹에 연락을 취하지 않는 거라고 생각하시죠?"

유서현의 질문이 아픈 곳을 찔렀는지 원가량은 또 다시 머뭇거렸다.

"예?"

유서현이 대답을 종용하자 원가량은 한숨을 쉬며 대답했다.

"휴… 차마 입이 떨어지지 않는구려. 게다가 이것은 어디까지나 추측이지 사실이 아니기 때문에 외인에게 함부로 발설할 수 없는 노릇이나… 소저에게는 말할 수밖에 없겠군."

원가량은 무슨 대단한 결심이나 한 듯 비장한 얼굴로 말을 이었다.

"순흠이 함부로 연락을 취하지 않는 까닭은 하나밖에 없을 것이오. 그것은……."

"그 적이라는 것들이 무림맹 내부에도 있다고 믿기 때문이다, 뭐 그런 얘기 아닙니까?"

이극이 원가량의 말을 자르고 들어왔다. 기껏 잡아놓은 무게가 소용없게 되자 원가량의 눈에 일순간 노기가 서렸다.

'이놈이?'

"무림맹 내부의 적이라고요?"

그러나 다시 유서현이 끼어들어 원가량은 화를 낼 시기를 놓치고 말았다. 원가량은 노기를 가라앉히고 유서현을 돌아봤다.

"그렇소, 소저. 그들, 편의상 적이라 칭하는 자들이 본 맹 내부에 존재한다는 것이오. 그것도 아주 은밀한 곳까지 세력을 점하고 있다… 따라서 순흠은 맹에 연락을 취하는 것조차 위험하다는 판단하에 행동을 취하고 있다… 그런 이야기라오."

원가량의 얼굴에 서려 있던 비장함이 어느새 안타까움으로 바뀌어 있었다. 원가량은 자연스럽게 손을 뻗어 유서현의 손을 잡았다.

"그런 상황에서 여동생을 자처하는 자가 나타났을 때, 모든 경우의 수를 고려해 우리가 취할 수 있는 행동은 하나뿐이었소. 유순흠은 존재하지 않는 자로 놔두는 것 말이오. 왜냐하면……?"

말을 이어가면서도 원가량이 애써 유지하던 안타까운 표정이 순간 일그러지고 말았다. 놀랍게도 유서현은 원가량과 시선을 맞추며 고개를 끄덕이면서도 잡힌 두 손을 교묘히 빼내는 게 아닌가?

원가량은 당혹스럽다 못해 화까지 날 정도였다. 그에게 있어 계집이란 스스로 안겨오는 존재였다. 감히 자신이 먼저 뻗어 잡은 손을 뿌리칠 계집이 있으리라고는 꿈에도 생각지 못했던 것이다.

그렇다고 화를 내거나 한다면 스스로 체면을 깎아먹는 꼴이다. 원가량은 자연스럽게 손을 움직여 다관을 집었다. 마치 처음부터 그러려고 했다는 듯이, 원가량은 다관을 들어 유서현과 이극의 빈 잔을 채웠다.

"왜냐하면 소저가 적일 경우, 어디까지나 적의 말단에 불과하여 잡아봤자 소용이 없을 것이기 때문이오. 스스로 꼬리를 자르고 제 목숨을 취하는 도마뱀을 생각하면 될 것이오."

마지막으로 원가량은 자신의 잔을 채웠다.

"그리고 소저가 정말 순흠의 동생일 경우, 우리가 소저에게 취하는 모든 행동이 적에게 노출되어 있기 때문이오. 우리가 소저를 통해 순흠과 접촉을 시도하려 한다면, 그 시도는 소저와 순흠의 안위와 곧바로 이어지며 높은 확률로 두 사람을 위험에 빠뜨릴 것이기 때문이오."

유서현이 말했다.

"저는 그 뒤로 두 번이나 습격을 당했어요. 저를 습격한 자들이, 말씀하신 적인 걸까요?"

원가량은 들고 있던 찻잔을 내려놓고 탄성을 질렀다.

"어제 말고도 또 습격을 당했단 말이오?"

모친상을 당하여도 이보다 안타까울 수 없다는 투로 원가량이 말했다. 유서현이 대답했다.

"예. 바로 무림맹 본영을 방문하고 난 직후에 습격을 당했어요. 선배님께서 어제 물리쳐 주신 그자들과 같은 자들에게요."

원가량은 무겁게 고개를 끄덕였다.

"으음. 그것이야말로 본 맹 내부에 적의 세력이 깊이 침투해 있다는 증거일 것이오."

"……."

원가량의 말에 유서현도 침묵으로 동조했다.

당금 무림을 하나로 모은 무림맹.

그 속에 침투하여 일거수일투족을 감시하는 적들.

서로의 존재를 인지하고 어둠 속에서 벌어지는, 결코 수면 위로 드러나지 않는 싸움들.

평화로운 세계의 이면은 어쩌면 이다지도 무섭게 돌아가고 있단 말인가! 그 터무니없는 진실의 무게란 실로 무지막지하다. 유서현은 어깨 위에 올라온, 태산과도 같은 중압감에 괴로움을 느꼈다.

이극은 한발짝 떨어진 곳에서 진실의 무게감을 공유하는 두 사람을 바라보고 있었다. 이극은 원가량이 채워준 찻잔을 비우며 속으로 내뱉었다.

'놀고들 있네.'

3

이야기는 그것으로 끝났다.

그러나 원가량의 이야기도 결론은 이극의 그것과 다를 게 없었다. 항주는 위험하다. 고향으로 내려가서 어머니와 함께 몸을 피하는 것이 상책이다.

다른 면이 있다면, 그러한 정론을 내세우면서도 원가량은 한점 아쉬움을 감추지 못했다는 것이다.

"항주를 떠나기 전에 다시 한 번 만날 기회가 있기를 바라겠소. 내 소저의 취향을 똑똑히 알았으니 다음에는 실수하지 않을 것이오."

"오라비의 소식을 알게 된다면 꼭 좀 알려주십시오."

"하핫, 여부가 있겠소?"

유서현의 인사를 끝내길 기다렸다가, 이극이 나서서 포권의 예를 취했다.

"평생 구경도 못할 귀한 요리들을 배불리 먹을 수 있었으니, 이제 죽어도 여한이 없겠습니다. 덕분에 좋은 경험 하고 갑니다, 원 선배님."

제아무리 이극이라도 그 만찬을 모두 먹어치울 수는 없었다. 옆구리에 찬 보따리 틈으로 기어코 싸온 남은 요리들이 보여, 원가량은 질색을 하며 대답했다.

"마음에 들었다니 다행이군."

[자네도 내 마음에 들었으니 다행이야.]

적의를 숨기지 않는 전음이 이극의 귓가를 때렸다. 이극은 공손히 고개를 숙이며 전음을 보냈다.

[번천검랑 하면 여인만 탐할 줄 알았는데, 남색에도 일가견이 있는 줄은 몰랐습니다. 그런데 어쩝니까? 저는 그쪽으로

는 영 동하질 않아서 말입니다.]

 [입심도 좋군. 풍 대주가 왜 그렇게 자네를 못 잡아먹어 안달인지 알겠어. 하지만 말도 상대를 봐가면서 해야 할 거야. 당장 이 자리에서 베어버리는 수가 있으니 말일세.]

 [천하의 번천검랑께서 검보다 입을 앞세우시는군. 난 언제든 괜찮은데?]

 원가량이 노기 띤 눈으로 이극을 노려봤다. 이극은 싱글벙글 웃으며 원가량의 시선을 받아넘겼다.

 이런 맹랑함이야 말로 놈이 최상의 먹잇감이라는 방증일 것이다. 이극의 전음대로 '천하의' 번천검랑이다. 그의 앞에서 기죽지 않고 이빨을 드러낼 수 있는 자를 구하기가 어디 쉬운 일인가?

 더군다나 이제 슬슬 원가량의 본업―맹주의 호법으로 돌아가야 할 시간이다. 곽추운은 대범한 듯 보이지만 실은 매사에 그냥 지나치는 법이 없다. 조금이라도 시간을 어겼다가는 귀찮을 정도로 추궁을 해댈 터인데, 그것만은 당하고 싶지 않다는 게 솔직한 심정이었다.

 '참자. 지금은 때가 아니야.'

 [조만간 보게 될 게야.]

 전음을 남기고, 원가량은 다시 한 번 유서현에게 인사를 한 뒤 사라졌다.

원가량이 사라지고 난 뒤에도 유서현은 한참 동안 취로각 앞에 서 있었다. 어찌할까 망설이다 일단 유서현과 함께 서 있던 이극이 결국 참지 못하고 말을 걸었다.

"아가씨."

"…예?"

무언가 골똘히 생각하고 있던 유서현은 자기를 부르는 소리에 퍼뜩 정신을 차려 대답했다. 그러나 자기를 부른 사람이 이극임을 확인하자 이내 정색을 하며 이렇게 말하는 것이었다.

"아직도 안 가셨나요? 거기 왜 그러고 계시죠?"

"뭐?"

"원 선배와 약속이 있어서 왔다면서요. 그럼 이제 아저씨도 볼일 끝난 거 아닌가요?"

"……."

이극은 대답 대신 두 손을 허리에 얹고 유서현을 뚫어져라 바라봤다. 유서현도 지지 않고 이극을 마주보며 말했다.

"왜요? 저한테 뭐 할 말 있어요?"

유서현의 말이 날카로웠지만 아주 말도 붙이지 못할 만큼 가시가 돋친 것도 아니었다. 이극이 말했다.

"이제 어쩔 거야?"

"뭘요?"

"저 작자, 아니, 원 선배도 나와 같은 말을 하잖아. 일단 고향으로 돌아가는 게 상책이라고 말이야. 내 말은 개똥 같이 알아도 원 선배 말은 들을 텐가?"

"……."

유서현은 입을 다물고 대답 대신 이극의 눈을 바라봤다. 상대의 눈을 똑바로 쳐다보는, 부담스러웠던 소녀의 버릇도 이제는 적응이 됐는지 이극도 눈을 피하지 않았다.

이윽고 유서현이 입을 열었다.

"우리 걸어요."

소녀의 입에서 나온 말은 이극의 예상 범위를 한참 벗어나 있었다. 황망해하는 이극을 뒤로 하고 유서현은 앞으로 걷기 시작했다. 이극도 얼른 유서현과 어깨를 나란히 했다.

두 사람이 취로각을 나왔을 때 시각은 이미 정오를 지나 있었다. 거리는 사람들로 가득해 여느 때와 같이 분주했다.

인파 속에 묻혀 걷던 유서현이 말했다.

"원 선배님은 어떤 사람이죠?"

유서현의 입에서 나온 말은 곧 수많은 사람들의 소음 속으로 흩어졌다. 그러나 이극은 소녀의 말을 똑똑히 들을 수 있었다.

유서현이 어떤 의도로 한 말인지 몰라 이극은 머릿속으로 대답을 골라보았다. 그러나 무엇을 말해야 좋을지 몰라 망설이자, 유서현이 다시 말했다.

"저는 그분이… 나름 저를 위해 얘기했다고 믿고 싶은데 마음과 달리 자꾸 다른 생각이 떠오르더군요. 과연 이 사람의 말을 곧이곧대로 믿을 수 있는가 하고 말이에요."

유서현의 말이 의외였다.

사실 원가량은 붓으로 그린 듯 수려한 외모도 외모지만 그보다 기품있는 행동과 말솜씨, 아침부터 취로각을 통째로 빌릴 수 있는 재력, 자타공인의 절정 고수이자 무림맹주의 호법이라는 명성 등 여인을 홀릴 수 있는 모든 조건을 한몸에 가진 자였다.

이극이 어색함을 무릅쓰고 유서현을 기다렸던 것도 소녀가 원가량에게 홀딱 넘어가 버린 게 아닌지 걱정했던 까닭이었다.

그런데 유서현이 먼저 원가량의 말을 믿어야 하는지 물어오니 미처 예상치 못한 질문이었다.

이극은 소녀와 보폭을 맞추며 대답했다.

"아가씨, 그거 알아? 우리가 없을 때 오공 놈이 자기 집에 다녀오는 거."

"집이 따로 있었어요?"

"그럼. 이름이 오공이잖아. 화과산(花果山)에 자기 집이랑 부하들이 있거든. 여기서 좀 멀긴 한데 근두운 타고 날면 금방이야. 가서 부하 원숭이들 좀 괴롭히고 배 채우다가 우리보다 한발 먼저 돌아와서 시치미 뚝 떼는 거라니까."

너스레가 통했는지 유서현이 웃었다. 손으로 입을 가렸지만 웃음소리를 감추지 못해 순식간에 이목이 소녀에게로 쏠렸다.

"깔깔깔! 뭐예요, 그게!"

소녀답게 청량한 웃음소리가 두 사람 사이 남아 있던 불편함을 녹였다. 비로소 마음이 편안해진 이극이 마주 웃으며 말했다.

"그놈을 믿느니 차라리 오공이 근두운 타고 날아다닌다고 믿으란 말이야."

별거 아닌, 농담으로 쳐 주지도 못할 말에 배꼽을 뺀 유서현은 찔끔 나온 눈물을 닦으며 말했다.

"사람을 너무 악의적으로 말하는 거 아니고요?"

"흥! 그놈이 지금이야 무림맹주의 좌호법이니 어쩌니 하면서 칭송을 받지, 과거에는 아주 미친놈이었다고. 별호도 번천검랑이 아니라 혈천광랑(血天狂郞)이었나? 암튼 아주 악질적인 사파의 고수였다니까."

"무림맹주의 최측근이 사파라고요?"

유서현이 놀라 물었다. 이극은 한숨을 쉬며 말했다.

"이러니 세월이 얼마나 무상한 것인가! 사람은 과거를 쉬이 잊으니 진실은 덧없도다!"

 머리에 먹물 좀 들었다는 사대부나 할 감상적인 말이 이극의 입에서 나왔다. 유서현은 원가량이 사파라는 말보다 오히려 더 놀랐지만, 잠자코 이극의 말이 이어지기를 기다렸다.

 "지금 무림맹은 온 무림을 하나로 아우르는, 말 그대로 정사일통의 단체라고들 말하잖아. 아가씨도 그런 말은 들었을 거 아닌가? 무림이 어디 정파로만 이루어진 게 무림인가?"

 이극의 말을 듣자 유서현도 깨닫는 바가 있었다.

 기실 무림이라는 세계는 그 실체가 모호하다. 기껏해야 무공을 쓰는 자들의 세계 정도로 큰 틀을 잡을 수 있을 뿐, 그 속에는 정파는 물론 사파와 녹림, 정사지간의 중간자 등 헤아릴 수 없이 다양한 인간군상이 자리하고 있었다.

 하지만 지금, 무림맹이라는 이름으로 하나된 무림에는 그러한 다양성이 없다. 정파의 기치를 짊어진 곽추운이 그대로 무림맹의 상징이자 정체성인 것이다.

 "과거 마종의 중원 습격이 모든 것을 바꿔놓은 거야. 마종이라는 거대한 홍수가 휩쓸고 간 뒤 남은 자들은 과거를 버리고 무림맹에 편입되었지. 원가량도 그런 자들 중 하나야."

 물론 모두는 아니다.

 무림맹에 소속되기를 거부하고 홀로 서기를 선택한 자들도 얼마든지 있다. 하지만 대부분은 홀로 서기 위해 마찬가지로 과거를 버렸거나, 세상을 버리는 길을 택했다. 좋게 말하자면 은거기인(隱居奇人)이요, 실상은 세상으로부터 버림받은 자들이었다.

"혈천광랑이라는 이름도 참 유명했지. 약관의 젊은이가 검 한 자루로 피바다를 만들고 다닌다고 어린애들도 알 정도였으니 말이야. 아마 마종이 중원으로 쳐들어오지 않았다면 무림공적으로 몰려 제거당하지 않았을까?"

"하지만 그것도 과거의 일이잖아요. 지금은 새사람이 되었는지도 모르는 일 아닌가요?"

원가량은 곽추운에게 포섭되어 마종을 무너뜨리는 데 혁혁한 공을 세웠다. 그 공을 기려 사람들은 원가량을 혈천광랑이 아니라 번천검랑으로 바꾸어 부르기 시작했다.

한바탕 난리를 겪고 난 뒤의 원가량도 예전의 그가 아니었는지, 그 뒤로는 무림맹을 위해 일하고 훗날 맹주의 호법이 되기까지 큰 말썽을 부리지 않았다. 사람은 누구나 나아질 수 있다고 믿는다면, 원가량 역시 개과천선할 수 있는 게 아닐까?

"새사람이 되었다면 아가씨는 왜 믿지 못하고 나에게 물어보는 거지?"

이극은 대답 대신 유서현에게 공을 넘겼다. 유서현은 걸음을 멈추고 이극을 향해 몸을 돌렸다.

"원 선배님은 오라버니와 친분이 있다고 하였는데, 그렇다면 저와 할 말이 많지 않았을까요? 하지만 오라버니에 대해 한 말이라고는 고작해야 사문과 검법의 이름이 전부였죠. 그 외에는 모르는 사람도 얼마든지 할 수 있는 칭찬뿐이었고요."

이극을 올려다보며 말하는 유서현의 얼굴에 분한 기색이 역력했다. 이극은 새삼 이 소녀가 자신의 생각보다 훨씬 똑똑하다는 것을 깨달았다.

"그리고 저랑 오라버니가 얼마나 닮았는데요? 아저씨도 제 오라비를 보면 한눈에 알 수 있을 걸요? 그런데도 내가 정말 동생인지 아닌지 판단이 서지 않았다고 하니, 이건 오라비의 얼굴도 모른다는 얘기잖아요."

얼굴을 바꾸는 역용(易容)의 수법이야 얼마든지 있다. 사실 생김새는 판단의 근거가 될 수 없으니, 이 말은 다분히 감정적이다. 하지만 이극은 굳이 지적하지 않고 넘어갔다. 아니, 지적하려 해도 틈이 없었다. 유서현이 바로 울분을 터뜨린 것이다.

"그리고 무엇보다, 오라버니는 술을 못 먹는다고요. 술이 한 모금만 들어가도 바로 잠들어서 다음날까지 숙취에 시달리는 사람이란 말이에요! 그런 오라버니와 밤새 술을 마셨다니, 제가 어떻게 원 선배의 말을 믿을 수 있겠어요!"

땅에 떨어질 듯 커다란 유서현의 눈이 일렁였다. 사람들의 시선이 쏠리자 이극은 유서현을 진정시켰다.

"그래. 아가씨 말이 맞는 거 내가 다 아니까 진정하라고. 이봐, 울지 마. 사람들이 내가 울린 줄 알 거 아냐?"

"울긴 누가 울었다고."

유서현은 눈을 깜빡이며 고개를 돌렸다. 그리고 다시 걷기 시작했다.

말없이 걷는 유서현은 입술을 질끈 깨물고 있었다.

'나참, 이 아가씨는 왜 자꾸 나를 곤란하게 만드는 거냐고. 대체 왜!'

울음을 꾹 참고 걷는 유서현과 함께 있으니 풍선교에게 시달리는 편이 백 번 나을 것이다. 적어도 풍선교에게서는 달아날 수가 있으니 말이다.

한참을 생각하다 낸 말이 이거였다.

"좋은 거짓말쟁이는 거짓말을 어떻게 하는지 알아?"

"……."

"바로 말 속에 진실을 함께 놓는 거야. 진실 속에 거짓말을 감추는 거지. 비율은 칠 대 삼 정도가 이상적이랄까? 그런 면에서 원 선배는 타고난 거짓말쟁이더군."

"…그래서요?"

"하지만 타고난 거짓말쟁이들은 멍청할 수밖에 없어. 거짓을 숨기기 위해 진실을 토해내니까."

유서현이 고개를 돌렸다. 이 말이 단순히 원가량이 멍청하다 욕을 하기 위함이 아님을 안 것이다.

"원 선배님의 말 중에 진위를 가려낼 수 있다는 건가요?"

"왜 이래? 진실과 거짓을 구분하는 것도 내 밥벌이였다고. 그 정도야 어렵지 않지. 일단 가장 큰 거짓말은 아가씨도 눈치챘듯이 원 선배가 아가씨 오라비와 개인적인 친분이 있다는 걸 테고. 또 다른 거짓말은 내부에 적이 침투해 있다는 거야."

무림맹 내에 맹주를 적대시하는 세력은 있을지언정, 원가량의 말 속에 나온 무림맹과 대립하는 외부의 적은 없다. 그것이 사실이라는 데에 이극은 목숨도 걸 수 있었다.

만약 있다면, 십삼 년째 팔방해사라는 이름으로 항주에 머무르며 은밀히 무림맹과 맹주를 조사해 온 이극 자신일 것이다.

유서현은 그것이 사실이냐 묻지 않았다.

다소 장황하고 청산유수라는 점에서 이극의 화법은 원가량과 비슷했지만, 그 안에 담긴 진심이 보인다는 점에서 두 사람은 전혀 달랐던 것이다.

"아가씨 오라비가 스스로 몸을 숨겼고, 큰 위험에 직면해 있다는 것은 사실이겠지. 하지만 그것이 무림맹 내부에까지 침투해 있을 정도로 세력이 큰 적이 존재해서는 아니야. 만약 아가씨 오라비가 두려워할 적이 있다면……."

이극은 한 박자 말을 끊었다. 유서현은 앞을 보며 걷고 있었지만 온 신경을 집중해 이극의 말을 듣고 있었다. 이극은 그런 소녀를 보다가 다시 고개를 돌려 앞을 보고 말했다.

"바로 무림맹 그 자체일 테지."

"……."

대화가 끊겼다.

유서현은 말없이 걷고, 이극은 그 뒤를 따랐다.

얼마나 걸었을까? 인파로 가득한 거리를 빠져나와 주변이 한산해졌을 때, 눈앞에 작은 우물가가 나타났다. 유서현은 우물가로 다가가 물을 한 바가지 푸고는 이극에게 다가오라 손짓했다.

유서현은 다가온 이극의 오른팔을 붙잡고 소매를 걷었다. 팔뚝 전체에 빗금 같은 생채기가 퍼져 있었다. 현기진인의 불진에 쓸린 상처였다.

유서현은 물로 상처를 닦고, 추 부인에게 받은 금창약을 꺼내 상처에 고루 펴 발라주었다. 오른팔을 빼앗긴 이극이 말했다.

"알고 있었어?"

"처음부터요."

유서현의 짧은 대답은 긴 말보다 더 많은 것을 담고 있었다. 이극은 날카로운 칼에 찔린 것 같은 기분이 들었다.

 유서현은 정성들여 금창약을 바르고, 상처에 닿지 않도록 소매를 접어 팔꿈치 위로 말아올렸다. 이극은 그런 유서현을 보다가 저도 모르게 말했다.

 "분하지?"
 "예."
 "당하고만 있을 거야?"
 "……."

 곽추운에게, 풍선교에게, 원가량에게, 그리고 무림맹 전체에게 희롱당한 꼴인데 분하지 않을 리 있겠는가? 하지만 당하고만 있지 않으면, 유서현이 무얼 어떻게 할 수 있단 말인가?

 피가 나도록 입술을 깨물 뿐, 대답하지 못하는 유서현의 어깨가 떨리고 있었다. 이극은 짧게 한숨을 쉬고 유서현의 머리를 쓰다듬으며 말했다.

 "한 방 먹이자."

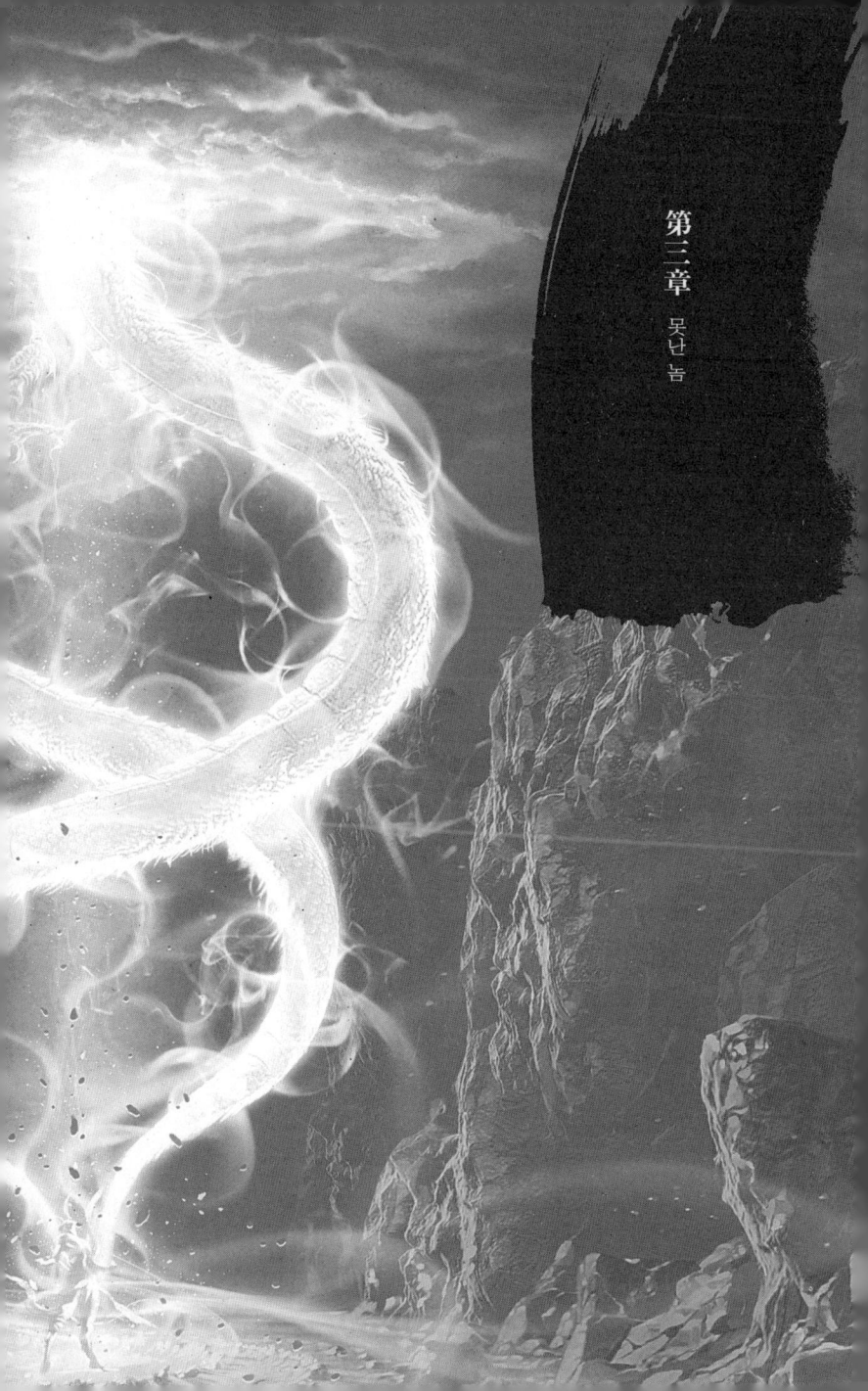

蒼龍魂 창룡혼

1

"이게 정말 소용이 있을까요?"
"속고만 살아왔나? 좀 믿고 기다려 봐."
"자기 믿으란 사람치고 믿을 사람 없다던데……."
"말하지 마. 머리 흔들리잖아."
 이극은 단호하게 말하고 유서현의 머리에 머리띠를 씌웠다.
 단순히 그러한 동작만 묘사한다면 연인 사이에 이루어지는 다정한 광경이 연상될 것이다. 그러나 안타깝게도 이극과 유서현은 연인이 아니었으며 유서현의 머리에 씌워진 머리띠도 연인에게 선물할 수 있는 물건이 아니었다.

머리띠는 저잣거리에서 얼마든지 구할 수 있는 흔한 물건이었지만, 그 위에 묘한 것이 달려 있었다. 바로 커다란 부채가 공작의 꼬리처럼 활짝 펴진 채 유서현의 머리 위에 달려 있는 것이다.

그것만이 아니었다.

유서현은 길고 넓적한 판자 두 개를 앞뒤로 달고 있었다. 아니, 달고 있는 게 아니라 입고 있다는 표현이 더 어울릴까? 차라리 쓰고 있다는 해야 맞을지 모른다.

양 어깨에 걸쳐있는 끈이 두 개의 판자를 연결하고 있었는데, 정면에서 본다면 판자에 머리와 양 팔, 다리가 삐쭉 솟아난 모양이었다.

거기에 커다란 부채까지 머리에 썼으니, 모양새가 심히 빠지는 게 잡극의 배우라도 질색을 할 정도였다.

"끽! 끼끼끽!"

보는 눈은 짐승이라도 다르지 않은지, 오공이 배를 잡고 바닥을 뒹굴었다. 유서현의 얼굴이 확 달아올랐다.

"오공, 너……!"

짐승도 우스운 꼴을 알건만 인간인 이극은 눈이 삐었는지, 대단히 흡족한 표정으로 유서현을 바라보고 있었다. 지금 유서현의 몰골이 이극의 작품이었으니 당연한 일이었다.

"저 놈 반응은 신경 쓰지 마. 아니, 좀 우스우면 어때? 무림맹에 한 방 먹이겠다던 각오가 겨우 그 정도였어?"

"……."

"자. 팔을 앞으로 올려 봐. 어때?"

이극의 지시에 따라 유서현은 두 팔을 지면과 수평이 되도록 올렸다. 그러나 판자의 모서리에 부딪혀 여의치 않았다. 그 모습을 본 이극은 숯으로 판자의 끝 부분에 금을 그었다.

"여기는 잘라내야겠군. 위로 쭉 올리는 건 어때?"

"괜찮네요."

유서현은 팔을 위로 올리며 건성으로 대답했다. 이극은 그 외에도 팔을 둥글게 돌려 보라는 둥, 유서현으로 하여금 여러 가지 동작을 취하게 하고 유심히 관찰했다.

"됐어. 그럼 걸어 봐."

유서현은 순순히 이극의 방을 걸었다. 걸을 때마다 무릎이 판자를 쳐서 영 불편하기만 했다.

"너무 길어서 움직이기 불편하네요."

유서현은 솔직한 감상을 토로했다. 이극은 마음에 들지 않는다는 표정으로 고개를 갸웃거렸다.

"길이가 줄어들면 좀 그런데… 그렇게 불편해?"

"궁금하면 직접 써 보세요!"

"그만해. 머리에 쓴 거 망가지잖아!"

유서현이 판자를 벗으려 하자 이극이 황급히 말렸다. 이극은 간신히 유서현을 진정시키고 말했다.

"아무래도 방이 좁아서 문제가 있네. 옥상에 올라가서 시험해 보자고."

"이 꼴을 하고 나가라고요?"

"어차피 밖에 나가려고 만든 건데 뭐 어때? 그리고 아주 밖으로 나가자는 것도 아니잖아. 겨우 옥상 올라가는 것 가지고 그렇게 질색을 하면 어쩌겠다는 거야. 겨우 그 정도 각오로 무림맹에 한 방을 먹일 수 있겠어?"

유서현은 뱃속으로부터 억울함이 솟구쳐 올랐다.

유서현은 어디까지나 한 방 먹이자는 이극의 말을 액면 그대로 받아들이고 동의한 것이다. 이런 해괴한 꼴을 하게 될 줄 알았다면 이 공동주택으로 다시 돌아오지도 않았을 것이다.

하지만 또 그만두겠다는 말이 쉽게 나오지 않는 것은, 다름 아니라 이극이 열의를 불태우고 있기 때문이었다.

무림맹에 한 방 먹이자던 제안에 유서현이 그러마고 대답을 했을 때, 이극의 얼굴에 떠오른 기쁨의 표정이 눈에 선했다. 항상 심드렁한 표정으로 태만을 벗 삼던 이극이 의욕을 보이고 있는데, 초를 친다고 생각하니 어째서인지 죄스러운 마음이 드는 것이었다.

"자, 나와."

"끼끼끽! 끽!"

이극이 문을 열고 오공이 팔을 끌었다. 유서현은 어렵게 걸음을 옮겨 방문을 나섰다.

그런데 유서현이 복도에 나온 순간, 옆방 사내도 문을 열고 나오는 게 아닌가? 공동주택이라지만 입주자들이 다들 직업이나 생활이 제각각이라 하루에 한 명 보기도 힘들다. 며칠이나 묵었지만 복도에서 사람과 마주친 일이 두어 번에 그쳤는데, 하필이면 그 희귀한 경험 중 한 번이 지금이라니!

"......!"

옆방 사내는 유서현과 눈이 마주친 순간 얼굴이 경직되더니, 곧 주춤거리며 뒷걸음질을 쳤다. 그리고는 크게 호를 그리며 복도 벽에 붙더니, 유서현과 최대한 거리를 유지하며 그녀를 지나쳐 계단으로 황급히 뛰어가는 것이었다.

유서현은 어려서부터 예쁜 용모로 동네 사람들의 사랑을 독차지하며 자라왔던 터라, 마치 못 볼 것을 봤다는 듯 자신을 멀리하는 옆방 사내의 행동에 커다란 충격을 받았다. 얼굴은 물론 목덜미까지 화끈거리고, 당장에라도 이 거지같은 판자와 머리띠를 벗어 부수고 싶은 마음이 굴뚝처럼 솟아올랐다.

"뭐해? 얼른 안 오고?"

유서현의 속을 아는지 모르는지, 이극은 벌써 저만치 앞서서 손짓하고 있었다. 유서현은 분노와 수치를 가라앉히고 이극을 쫓아갔다. 한 발을 옮길 때마다 앞으로 들렸다가 되돌아오는 판자가 무릎을 때리고, 그때마다 유서현은 숨을 내쉬며 화를 가라앉혀야 했다.

불운은 거기서 그치지 않았다. 옥상에도 누군가가 빨래를 널고 있었던 것이다. 빨래를 너는 이가 추 부인이라는 점이 불행 중 다행이었다.

"그게 무슨 꼴이니?"

빨래를 걷다 말고 놀란 추 부인이 물었다. 유서현은 풀이 죽은 목소리로 대답했다.

"저도 모르겠어요. 아저씨가 뭐 생각이 있다면서 이래놨지 뭐예요? 정말 무슨 생각을 하는지 모르겠어요. 뭘 어쩌자는 건지 물어봐도 가르쳐 주지도 않고… 아주머니?"

유서현은 하소연을 하다 말고 추 부인을 불렀다. 말하는 도중 추 부인이 입을 막으며 고개를 돌린 것이다.

"아주머니? 왜 그러세요?"

추 부인의 어깨가 떨리는 것을 보자 유서현은 놀라 눈을 크게 떴다. 무슨 일이라도 있나 걱정이 앞섰는데, 갑자기 추 부인이 손을 떼며 박장대소를 터뜨렸다.

"푸하하하하하하하! 아니, 너 대체, 그 꼴이… 푸웁! 푸하하하하! 하하하하하하하하!"

추 부인은 배를 부여잡고 허리를 굽혔다 폈다 반복하며 웃음을 멈추지 않았다. 얼마나 웃었는지 눈에는 눈물이 맺혔을 정도였다.

"…너무하세요."

어느새 오공이 합류하여 추 부인과 함께 웃고 있었다. 위로는커녕 웃음을 멈추지 못하는 추 부인이 야속해 유서현은 어깨를 축 늘어뜨렸다.

"거기서 뭐해? 시간 없으니까 빨리 와!"

이극은 옥상 한가운데에서 유서현을 부르고 있었다. 유서현은 힘없이 이극에게 다가갔다.

"왔어요."

"왜 이렇게 힘이 없어? 지금 무림맹에 한 방을 먹이겠다는 거야, 말겠다는 거야?"

"누가 안 한 대요? 이 꼴로 뭘 할 건지 알 수가 없으니까 이러는 거지!"

참다못한 유서현이 큰 소리를 냈다. 유서현이 신경질을 내자 이극은 찔끔한 표정으로 태도를 바꾸어 살살 구슬렸다.

"이게 다 아가씨가 원해서 하는 일이잖아. 뭐, 나 좋으라고 하는 일이겠어?"

"그런 것 치고는 너무 열성적이잖아요?"

"그런가? 내가 그랬나?"

이극은 말도 안 된다는 표정을 지으며, 오공에게 물었다.

"오공아, 네가 보기에도 내가 혼자 열 내서 이러는 것 같냐? 이걸 해서 뭐 나한테 떡이 나오냐, 밥이 나오냐. 너 먹을 사과값도 안 나오는 일인데 본인은 하기 싫어하는데 나만 들떠서 열심인가 보구나. 그래, 너도 내가 우습냐?"

"할게요! 하면 되잖아요!"

이극이 오공을 붙잡고 한소리를 늘어놓는데 도저히 들어줄 수가 없었다. 유서현이 하겠다고 나서자 이극은 오공을 놓아주고 만족스러운 얼굴로 다시 말했다.

"잠깐만……."

이극은 일단 유서현을 세워두고, 주변에 널린 빨래들을 한쪽으로 치웠다. 곧 널찍한 공간을 확보한 이극은 손뼉을 치며 말했다.

"자, 그대로 뛰어봐."

"예?"

"뛰어보라고. 내 말 안 들려?"

유서현이 눈을 크게 뜨고 무슨 말인지 알아듣지 못하자, 이극은 제 가슴을 두드리며 말했다.

"답답하기는. 아가씨 잘 하는 거 해보라고. 경공술 말이야. 이렇게!"

말을 마치기 무섭게 이극의 신형이 훌쩍 하늘을 날았다. 얼핏 봐도 석 장은 넘게 뛰어오른 이극은 바닥이 아니라 빨랫줄을 감아두기 위해 세워둔 막대기 위에 내려서는 게 아닌가?

 워낙 빨랫줄이 길고 빨래가 많기 때문에 막대기라 해도 굵기가 사람의 팔목 정도는 되었다. 그렇지만 그 위에 다 큰 사내가 올라섰는데도 미동조차 하지 않았으니, 실로 놀라운 일이 아닐 수 없었다.

 막대 위에 한 발로 서 있던 이극이 다시 몸을 날리더니, 이번에는 빨랫줄 위에 섰다. 빨랫줄이 이극과 함께 바닥으로 내려앉고 막대들이 저마다 허리를 구부렸다.

 핑

 무게가 사라진 걸까? 이극과 함께 내려앉았던 빨랫줄이 다시 원상태를 회복하였다. 막대들은 구부렸던 허리를 폈고, 제 모습으로 돌아오는 탄력을 받아 이극의 몸이 다시금 하늘 높이 올랐다.

 기예단의 줄타기처럼, 이극의 몸이 하늘 높이 솟았다가 다시 빨랫줄에 내려앉기를 반복했다. 그러면서 이극은 앞으로 돌고, 뒤로 돌고, 옆으로 도는 등 허공에서 갖은 동작을 취해 보였다.

 유서현은 입을 벌린 채 이극의 경공술을 멍하니 바라보고 있었다.

유서현은 어려서부터 발이 빠르고 몸이 가벼웠다. 단순 뜀박질로도 한참 위인 사내애들보다 빨랐는데, 이는 단순히 소녀에 국한된 얘기가 아니었다.

소녀의 아버지나 오빠도 마찬가지였다. 경공과 신법에 특화된 재능이 유씨 가문의 피에 흐르고 있었던 것이다. 유씨 가문이 대대로 지켜 온 무공은 검법이나, 가전의 내공 심법과 조화를 이루는 경공술은 무림의 일절로 손색이 없을 정도였다.

그러한 연유로 유서현은 경공술에 관한 한 나름대로 자부심을 가지고 있었다. 한데 그런 소녀가 보기에도 지금 이극의 몸놀림은 저게 과연 사람의 것인가? 의심스러울 지경이었다.

마지막으로 크게 뛰어오른 이극은 공중에서 몇 바퀴나 몸을 돌리더니 유서현의 앞에 내려섰다. 두 발이 바닥에 닿는 순간 먼지는커녕 소리조차 나지 않았으니, 이극의 경공 수법이 가히 놀라운 경지에 올랐음을 알 수 있었다.

그러나 정작 본인은 마치 제자리에서 앉았다 일어나기라도 했는지 아무렇지도 않은 얼굴로 유서현을 다그치는 것이었다.

"봤어? 이렇게 해보란 말이야."

"……!"

신기에 가까운 경공술을 눈앞에서 봤으니, 그대로 따라해 보라는 말을 들으면 터무니없다는 반응이 나와야 정상일 게다. 그런데 유서현은 오히려 해보겠다며 한 발 앞으로 나서는 게 아닌가?

빨래는 다 널었는지 오공과 나란히 앉아 이극의 경공술을 감상하던 추 부인의 눈에 이채가 떠올랐다.

'호오? 이것 봐라?'

처음에 엄두가 안 나기는 유서현도 마찬가지였다. 그런데 잠깐 사이, 한번 해 볼까? 하는 마음이 앞서더니 순식간에 '아저씨가 했는데 나라고 못하겠어?'로 바뀌는 것이었다.

후우—

유서현은 호흡을 가다듬고 공력을 끌어올렸다. 이극은 그런 소녀의 눈을 보며 고개를 끄덕였다. 유서현도 마주 고개를 끄덕였다. 유서현의 무릎이 살짝 구부러지더니, 힘 있게 바닥을 차고 날아올랐다.

휙!

유서현의 몸이 하늘 높이 솟구쳤다. 높이만 보면 이극이 뛰어오른 정점과 크게 차이가 없었다.

"잘 한다!"

추 부인이 웃으며 손뼉을 쳤다. 이극도 흐뭇한 미소를 지었는데, 문제는 직후에 일어났다.

정점에서 내려오는 순간, 앞뒤에 달려 있던 판자들이 바람을 받아 위로 올라간 것이다.

빡!

판자들은 유서현의 얼굴과 뒤통수를 후려치고 집게 모양을 이루었다.

소녀는 코피를 흘리며 바닥으로 떨어졌다.

2

인류는 언제나 희생을 발판 삼아 전진한다. 역사의 수레바퀴는 사람의 피를 동력으로 삼아 돌아가는 법.

두 장의 판자도 다르지 않았다. 유서현이 피를 흘린 덕분에 어깨 부분만 연결되어 이동 시 장애가 따른다는 결함을 찾아낼 수 있었던 것이다(추 부인은 판자가 아니라 이극이라는 인간의 결함이라며 신랄하게 욕을 했는데, 그 와중에서도 웃음을 참지 못해 유서현의 마음을 아프게 했다).

이극은 다 집어치우겠다는 유서현을 설득하는 데 간신히 성공, 실험과 개량을 계속할 수 있었다.

덕분에 판자들은 바람에 날리지 않도록 여러 부위로 나누어 단단히 고정되었다. 그리고 이동 시 다리가 걸리는 점을 감안하여 아랫부분을 대거 잘라내는 등 이런저런 부분에 조정이 이루어진 것이다.

한편 이극이 가장 야심차게 준비했던 부채 머리띠는 폐기 처분되고 말았다. 부채가 워낙 커서 조금만 속도를 내서 뛰어도 머리띠가 쉽게 벗겨져 나갔기 때문이었다.

 그럼에도 포기할 수 없었던 이극은 머리띠를 고정시키기 위해 유서현의 머리를 끈으로 칭칭 감는 등 온갖 수를 써보았다. 그리하여 추 부인의 배꼽을 빼는 데까지는 성공했으나, 종이가 찢어지고 부챗살이 부러지는 등 난관을 극복하지 못하고 결국 실패를 인정할 수밖에 없었다.

 인류 역사의 진보와는 크게 상관없는 이 작업은, 반나절이 지나 사위가 어둑해질 때가 되어서야 일단락 지어졌다.

 밤이 깊었다.

 한동안 유서현에게 침실을 내어주고 옥상이나 복도를 전전했던 이극으로선 오랜만에 맞는 편안한 밤이었다. 추 부인이 유서현을 자신의 방에 머무르도록 배려했기 때문이었다. 오공도 유서현과 함께 아래층으로 내려갔다.

 평화를 만끽하며 휴식을 취할 법도 하건만, 이극은 등불을 켜놓고 무언가에 열중이었다. 낮에 옥상에서 행했던 작업은 어디까지나 기초에 불과했다. 유서현에게 호언장담한 대로 무림맹에 한 방을 먹이려거든 지금부터가 중요했다.

 오랜 생각 끝에 이극은 붓을 들었다. 그리고 판자 위에 글을 쓰기 시작했다. 한 글자, 한 글자. 얼핏 지나쳐도 잘 보이게끔 또박또박 정성들여 써내려 갔다.

고민한 시간은 길었으나 막상 실행에 옮기는 시간은 짧았다. 넓은 판자가 금세 굵은 글자로 가득했다.

이극은 판자를 세워 벽에 기대고 멀찍이 물러나 바라봤다. 은은한 등불이 판자를 비추고, 이극은 팔짱을 낀 채 자신이 쓴 글귀를 읽고 또 읽어보았다.

그런 이극의 등 뒤, 빛이 채 닿지 않은 어둠이 움직였다. 어둠은 슬며시 사람의 윤곽을 띠더니 곧 빛의 영역으로 넘어와 이극과 나란히 섰다. 추 부인이었다.

추 부인은 판자 가까이로 다가가 얼굴을 가까이 대보거나 허리를 움직여 위, 아래, 옆 등 여러 각도에서 판자를 들여다보았다. 그리고 마지막으로 이극을 돌아보며 말했다.

"네놈을 오래도 봐왔다만 머릿속에 뭐가 들었는지 아직도 모르겠구나. 이게 다 뭐다냐?"

이극은 대답하지 않고 큰 걸음으로 추 부인을 지나쳐 판자를 한쪽으로 치웠다. 그리고 한 쌍을 이루었던 다른 판자를 탁자 위에 올려놓고 붓을 들었다.

퍽!

작지만 두툼한 손바닥이 이극의 뒷통수를 강타했다. 덕분에 이극이 들고 있던 붓에서 먹물이 사방으로 튀었다.

"쌍! 왜 이래?"

"썩을 놈아. 사람이 물어보면 대답을 해야지. 이게 다 뭐하는 짓이냐고 내가 물었냐, 안 물었냐? 귓구멍이 처막혔냐? 앙? 내가 뚫어주랴?"

이극은 아픔에 얼굴을 찡그리며 추 부인을 노려봤다. 하지만 추 부인은 '네가 째려보면 어쩔 건데?' 하는 표정으로 가슴을 펴고 당당히 서 있었다.

"앓느니 죽지……."

붓을 내려놓고 이극은 몸을 돌려 추 부인에게로 다가갔다.

"이게 그렇게 궁금해? 별것도 아닌데?"

"별것도 아닌데 말하지 못할 건 또 뭐냐."

"나 참……."

이극은 피식 웃고 말았다.

"진짜 별거 아니야. 벽서(壁書)를 살짝 변용해서 좀 더 적극적으로 알리는 정도랄까?"

정치나 민생 등, 세상 돌아가는 물정에 대하여 이야기하고 싶은 바가 있거나 억울함을 호소하고 싶을 때, 언로(言路)가 막힌 자들이 종종 자신을 감추고 할 말을 종이에 써 사람이 자주 오가는 곳에 붙이는 일이 있었는데, 이를 벽서라 일컬었다.

"그 아이를 벽으로 삼을 셈이냐?"

추 부인이 황당해하며 묻자 이극이 고개를 끄덕였다.

"일종의 움직이는 벽이지. 하지만 자신을 드러내지 못하고 숨어서 목소리만 내는 기존의 벽서와는 파급력이 비교도 할 수 없을 걸?"

추 부인은 깊은 한숨을 내쉬었다.

어릴 때부터 엉뚱한 구석이 많았던 이극이다. 남들 같으면 서당에 나가는 자식 뒷바라지하느라 정신이 없을 나이건만, 어떻게 된 것이 아직도 이 모양인지!

물론 이극이 남들과 같이 평범한 삶을 영위할 수 있는 상황이 아니라는 건 누구보다 추 부인이 잘 알고 있다. 그래서 더 안타까운 것이다.

"그래, 그럼 그게 효과가 있겠느냐? 내 보기에는 신문고를 두드리는 백성들과 다를 게 없어 보이는데 말이다."

추 부인이 재차 묻자 이극이 씩 웃으며 대답했다.

"아무렴 이것만 한다고 효과가 있겠어? 효과가 있도록 만들어야지. 아까 얘기했잖아. 적극적으로 한다고. 적극적으로."

추 부인이 마주 웃으며 말했다.

"적극적으로 해서 되겠느냐? 악의적으로 해야지."

"내가 아줌마랑 몇 년을 같이 살았는데, 아무렴 여부가 있겠습니까. 서당 개도 삼 년이면 풍월을 읊는다잖소."

짝!

추 부인의 손이 이극의 등짝을 때렸다. 고통에 몸부림치는 이극에게 추 부인이 웃으며 말했다.

"큰일 날 소리 하기는. 누가 누구랑 같이 살았다고?"

"아윽… 그럼 이게 같이 산 게 아니고 뭐야? 내가 나가겠다고 그럴 때마다 붙잡아둔 게 누군데… 악!"

추 부인은 다시 한 번 등짝을 때려 이극의 입을 막았다. 그리고 괴로워하는 이극에게 말했다.

"내가 언제 너 좋으라고 붙잡디? 집세 떼어먹고 내빼려는 놈 잡아둔 걸 착각하면 이 아줌마가 참 곤란하지 않겠니."

"알았으니까 그만합시다."

이극은 얼른 벽에 붙어 등을 보호하며 말했다. 추 부인은 웃음을 거두고 정색을 하며 말했다.

"효과가 있어야 할 게다."

칼만 들지 않았을 뿐이지 협박이 따로 없었다. 차라리 칼을 들이대는 편이 훨씬 나을 것이다.

"…어지간히 마음에 들었나 봐?"

이극이 조심스럽게 말했다. 추 부인의 얼굴이 금세 펴졌다.

"좋은 아이더구나. 성정이 아주 맑고 올곧아. 생각에 유연함이 좀 부족해 보이긴 하지만 그 정도면 딱 좋지 않느냐."

"누구와는 많이 다르게 말이야."

"호호호호! 당연한 소리를! 나는 악녀(惡女)이지 않느냐. 사내를 내 마음대로 부리는 악녀."

추 부인은 애잔한 눈으로 허공을 응시했다. 작은 키에 펑퍼짐한 몸매를 가진 추 부인에게 그렇게 화려한 과거가 있으리라고는 상상할 수 없었지만, 이극은 입을 다물고 있었다.

"속은 달라도 겉은 내 어릴 때를 보는 것 같지 뭐냐. 그만하면 용모도 천하절색이요 살결도 곱디 곱더라. 몸매도 아주 사내들이 환장을 하겠더라고. 넌 못 봤겠지만……."

"애한테 못 하는 소리가 없어?"

"애는 무슨? 열일고여덟이면 다 큰 처녀지! 내가 그 나이 때는……!"

이극은 두 귀를 막고 고개를 마구 흔들었다. 추 부인은 그런 이극을 보며 혀를 찼다.

"쯧쯧쯧… 참 못났다, 참 못났어!"

"예! 못나서 미안합니다. 그러니 용건 없으면 이만 나가주시죠? 할 일 많습니다요."

이극은 추 부인의 어깨를 잡고 몸을 돌려 문밖으로 내보냈다. 추 부인을 내보내자 한바탕 폭풍이 지나간 듯 피곤이 엄습했다. 이극은 문에 기대어 한숨을 쉬었는데, 추 부인의 목소리가 문을 뚫고 귓속에 들어왔다.

"오늘 참 보기 좋더라."

"…뭐가?"

"네가 눈을 빛내고 달려드는 걸 본 게 얼마 만인지 모르겠다는 말이야. 참 좋았어. 박가가 이걸 보면 얼마나 좋아할까?"

박가.

이극의 사부는 중원에서 희귀한 박씨 성을 가진 자였다. 이름을 말하는 법이 없어, 주변 사람들은 사부를 그저 박가라고 불렀었다. 누군가 이름을 물으면 그저 빙그레 웃고 마는, 사부는 그런 사람이었다.

"그런데 말이다."

추 부인은 이극을 추억 속에 있도록 내버려 두지 않았다. 추 부인의 차가운 목소리가 이극의 귀를 파고들었다.

"의욕을 보이는 게 자신의 일이 아니라고 여기기 때문이 아니냐? 적어도 내 눈에는 그렇게 보이는데, 너는 어떠냐?"

"……"

이극은 침묵으로 대답했다.

추 부인의 말은 이극이 차마 똑바로 볼 수 없었던 진실이었다. 비겁하기 짝이 없는 자신을 인정할 수 없어 덮어놓아야 했던 진실.

이극만큼 무림맹을 증오하고, 어떻게든 피해를 입히고 싶어하는 자도 없을 것이다. 그러나 이극은 그 생각을 실행에 옮기지 못했다. 개인이 어찌하기에 무림맹은 너무나 거대한 조직이기 때문이었다.

수많은 이들의 들끓는 욕망의 집합체가 만들어내는 힘이란 얼마나 크고 무서운 것인가? 이는 무(武)라는 한 글자로 표현되는 개인의 용력과 전혀 다른 영역이다.

실체가 없으면서도 분명히 존재하는, 마치 심연과도 같은 무림맹의 힘. 그 앞에 개인이 얼마나 무력한지 이극은 뼛속 깊이 알고 있었던 것이다.

하지만 유서현은 이극과 다르다.

소녀는 무림맹을 직시할 뿐, 일의 성패에 눈 돌리지 않는다. 그저 앞으로 나아가는 데 주저함이 없는 것이다. 그것이야말로 유서현을 빛나게 하는 근원이리라.

"못난 놈."

대답이 없자 추 부인은 한마디 툭 던지고 사라졌다.

"…맞아."

추 부인의 말은 한 치도 틀리지 않았다. 이극은 스스로 못났음을 인정했다.

자신을 드러내지 못하고 벽서를 붙이는 자들은, 어쩌면 그럴 수밖에 없는 사정이 있기 때문일 것이다. 민초의 삶이란 언제나 고달픈 법이니까.

하지만 이극은 다르다. 적어도 자신을 지킬 수 있는 힘은 가지고 있다. 그럼에도 불구하고 이극은 자신을 숨기고 유서현이라는 살아 있는 벽서를 내세워 무림맹을 향해 증오를 발산하려는 것이다.

 못나고, 또 못난 일이다.

 밤은 그렇게 깊어가고 있었다.

     *   *   *

 그 가운데 넓은 시야와 예리한 감각을 동시에 갖춘 자가 있었으니, 바로 당대 제일의 두뇌라 일컬어지는 무림맹의 군사 무유곤(武喩坤)이었다.

 무유곤은 눈살을 찌푸린 채 자신의 집무용 탁자 위에 올려져 있는 네 통의 서한을 바라보고 있었다.

 서한은 모두 이삼일 휴가를 내겠다는 청원서였는데, 그 자체로 문제될 것은 없었다. 그러나 휴가를 낸 자들의 명성이 무유곤으로 하여금 쉽게 생각하지 못하도록 만들고 있었다.

 "현기진인, 종리권사, 노도운, 왕반산······."

 무유곤은 청원서의 주인들을 소리 내어 읽어보았다.

 네 사람 모두 무림맹 본영이 자랑하는 일류 고수다. 또한 쌍검량사 두 사람을 제외하면 어떻게 이어도 개인적 친분이 없다. 다들 제 무공에 자부심이 하늘을 찌르는 자들이기 때문이다. 무학을 논하며 친분을 쌓을 수도 있건만, 묘하게도 서로를 견제할 뿐 쉽게 다가서지 못하는 자들이다.

그런 자들이 한날한시에 약속이라도 한 듯이 휴가를 청했다. 이상하지 않을 리가 없다.

'남몰래 비무라도 하려는 건가?'

무림맹은 맹원들간의 싸움을 전면 금지하고 있다. 싸움이 아닌 비무(比武)라면 허락하지만, 그 대신 상부에 보고하여 허가를 받아야 하고 지정한 입회인이 동석해야 비로소 가능하니 웬만해서는 하기 힘든 일이다.

물론 자존심 강한 무인들의 모임이니 사소한 다툼이 없을 리 없다. 맹에 보고하지 아니하고 싸움을 벌이다 사단이 나는 경우가 적지 않았다.

'하지만 이자들이 설마 그럴라고.'

무유곤은 곧 생각을 바꾸었다. 혈기를 주체하지 못하고 금기를 범하는 일은 젊고 미숙한 하급 맹원들이나 저지를 법한 일이다. 휴가를 청한 이들은 무림맹 본영에서도 손꼽히는 고수들이다. 결코 경거망동할 자들이 아닌 것이다.

그저 우연으로 치부하는 것이 무유곤으로서도 편할 일이다. 무유곤은 곧 마음을 바꾸고 네 통의 청원서를 한데 모아

서랍에 넣었다.

의혹이 사라지진 않았지만 어찌할 방도가 없다. 다들 나름의 위치를 가진 자들이니, 이유를 꼬치꼬치 캐물을 수 없는 노릇이다.

물론 무유곤은 무림맹을 총괄하는 군사로서 직급과 직책 모두 휴가를 청한 네 사람보다 높다. 마음만 먹는다면 찾아가 청원의 사유를 캐물을 권리가 있었다.

하지만 조직 내 관계란 그림처럼 명확히 돌아가지 않는다. 직급과 직책 이전에 인간과 인간인 것이다. 조직도상의 상하를 내세워 원하는 것을 얻어낸다면 필수적으로 그 대가를 치르게 됨을, 무유곤은 잘 알고 있었다.

과연 이 일이 후폭풍을 감수하고서라도 원인을 규명할 가치가 있는가?

"설마. 별일 아니겠지."

무유곤은 예감으로 움직이는 사람이 아니다. 또한 그의 머리를 아프게 만드는 일은 그 외에도 얼마든지 있었다. 네 사람이 동시에 낸 청원서와 달리 실체가 명확한 것들이 말이다.

"휴우……."

무유곤은 한숨을 쉬며 탁자 한쪽에 놓아둔 서류를 집어 들었다. 실체가 명확하면서도 무유곤을 괴롭히는 가장 대표적인, 맹주의 지시 사항이라는 놈이었다.

맹주의 지시 사항은 모두 다섯 장의 서류로 이루어져 있었다. 요구 사항은 맨 첫줄에 간단명료하게 쓰여 있었고, 그 외 나머지 분량은 배경과 원인, 성패에 따른 예상 결과들이었다.

빠르게 읽고 난 뒤 무유곤은 손안의 서류를 이대로 구기고 찢어 없애 버리고 싶다는 충동을 간신히 이겨냈다.

"애들을 어디서 또 구하라고……!"

머리가 지끈거리자 무유곤은 눈을 감고 두 손으로 머리를 감쌌다. 네 장의 휴가 청원서에서 발견한 좋지 않은 예감은 저 멀리 사라진 지 오래였다.

3

중원 제일의 모사요, 책사로 명성이 높은 무유곤도 미처 예상치 못한 일이 있었다. 바로 자신이 포기한 일을 실행에 옮기고 있는 누군가가 존재한다는 것이었다.

늦은 오후.

현기진인의 처소를 찾아온 자가 있었다. 휴가를 청한 뒤 두문불출 중이었지만 현기진인은 순순히 문을 열고 손님을 안으로 들였다. 손님은 번천검랑 원가량이었다.

원래 마른 편인 현기진인이었지만 그 사이 살이 더 빠졌는지 광대가 툭 튀어나와 있었다. 더구나 미간에 어두운 기색이 역력하니, 가볍지 않은 내상을 입은 게 분명했다.

"내상을 입으셨군요?"

꿈에도 생각지 못했다는 듯, 원가량은 깜짝 놀란 표정을 지었다.

"콜록, 콜록! 빈도가… 콜록! 좌호법의 기대를, 져버렸구려. 송구스럽소이다."

현기진인은 마른기침을 토하며 힘겹게 말했다. 원가량은 제자리에서 펄쩍 뛰며 현기진인의 말을 극구 부인했다.

"천부당만부당하신 말씀입니다! 저는 진인께서 새로 익힌 무공을 시험해 보고자 한다는 이야기를 들은 터라, 마침 이극이라는 자의 소문이 들리기에 말씀드려 본 것일 뿐입니다. 저는 그저 진인께서 몸이나 푸시라는 뜻이었거늘……."

원가량의 말을 듣자 현기진인은 수치스러워 쥐구멍에라도 숨고 싶었다. 감히 원가량을 볼 수 없어 고개를 푹 숙인 현기진인에게 원가량이 은근히 물어왔다.

"그런데 그 이극이라는 자가… 어떤 무공을 사용하더이까?"

원가량의 질문에 현기진인이 고개를 들었다.

현기진인 역시 일생을 무학일로(武學一路)에 바친, 밥보다 무공을 좋아하는 무공광이다. 무공을 논하고자 하니 머릿속에서 수치심이 까맣게 사라진 것이다.

"좌호법은 그자의 무공을 견식한 적이 있소?"

"안타깝게도 저는 기회가 닿질 않았습니다. 하여 진인을 찾아온 것입니다."

"크흠……."

현기진인은 마른기침을 두어 번 한 뒤, 입을 열었다.

"솔직히 말하겠소. 빈도는 그자와 수십 합을 겨루었으나 그자의 사문은 물론 무공의 특징도 알아내지 못하였소. 처소로 돌아와 지금까지 몇 날 며칠을 궁구했으나, 여전히 제자리 걸음이외다."

"맨손이었습니까?"

취로각에 나타난 이극은 별다른 무기가 없었다. 원가량이 그를 기억하고 묻자 현기진인이 대답했다.

"그렇소."

"주로 쓰는 수법은 뭐였습니까? 권이었습니까, 장이었습니까? 금나수법을 썼습니까? 아니면 퇴법이었습니까?"

"모두 다였소."

"…예?"

현기진인의 입에서 나온 말은 뜻밖의 것이었다. 모두 다라니? 놀라 반문하는 원가량에게 현기진인이 믿을 수 없다는 투로 대답했다.

"그는 맨몸으로 할 수 있는 모든 수법으로 나와 겨루었소. 가까이에서는 금나수법과 몸통을, 멀리서는 손발을 자유자재로 운용하더군."

현기진인의 말이 사실이라면 놀라운 일이다. 제아무리 절정 고수라도 전문으로 익힌 분야가 따로 있게 마련이다. 모든 분야에 정통했다 한들 실전에서는 가장 몸에 익은 수법이 절로 튀어나오게 마련이다.

원가량 자신만 하더라도 검법 외에 지법, 퇴법에도 일가견이 있다. 그러나 역시 실전에서는 검을 쓸 수밖에 없다. 현기진인 같이 한 수 아래의 상대라 해도 말이다.

그러나 정말로 놀라운 이야기는 아직 차례를 기다리고 있었다. 현기진인의 입에서 믿을 수 없는 말이 나왔다.

"그의 무공은 초식이나 투로가 없는 듯했소."

"무슨… 말씀이십니까?"

"말 그대로요. 단순히 앞으로 뻗는 주먹이나 휘두르는 손바닥, 찌르는 손가락 하나까지. 사지를 아무렇게나 휘젓는데도 매동작이 무리에 부합할 뿐 아니라 하나의 절초였단 말이외다."

"……!"

현기진인은 낮은 목소리로 부르짖다가 마른기침을 토해냈다. 원가량은 현기진인의 입에서 나온 말이 무엇을 뜻하는지 바로 알아차리고 커다란 충격에 빠졌다.

 현기진인의 말대로라면, 이극은 이미 무공이라는 틀을 깨뜨린 자다. 마음가는 대로 아무렇게나 휘젓는 사지가 모두 무리에 부합하다니, 이는 모든 무림인들이 꿈에서나 그릴 법한 경지가 아닌가?

 논어 위정편을 보면 다음과 같은 대목이 있다.

 쉰에는 천명을 깨달아 알게 되었고, 예순에는 어떤 말을 들어도 이치를 깨달아 저절로 이해할 수 있었으며, 일흔에는 마음대로 행동하여도 법도에 어긋나는 일이 없었다[五十而知天命, 六十而耳順, 七十而從心所欲不踰矩].

 이는 공자께서 말년에 이르러 깨달은 바를 묘사한 대목인데, 만류귀종(萬流歸宗)이라 하였으니 그 이치에 문무(文武)의 구별이 있을쏜가? 무인들 역시 뜻하는 바대로 행하여도 모두 법도에 어긋남없이 일치한다는 종심소욕불유구의 경지를 꿈꾸기는 마찬가지인 것이다.

 그러나 꿈이란 닿을 수 없기에 꿈이라 부르는 것이다. 원가량도 그러한 경지를 꿈꾸기는 하나, 도달할 자신은 없었다. 원가량은 종심소욕불유구의 경지에 오른 몇 명을 알고 있었는데, 그들은 원가량으로 하여금 자신도 할 수 있다는 의욕이 아니라 오히려 절망만을 안겨주던 존재였다.

가장 대표적인 예가 바로 당금 무림맹주 곽추운이었다.

원가량은 곽추운이 사람으로 '잘못' 태어난 자라고 생각하고 있었다.

물론 곽추운이 탈속한 신선이라든지 악의로 똘똘 뭉친 마귀는 아니다. 체면을 중시하면서도 욕망에 솔직한, 지극히 속세의 인간이 맞다. 다만 인간의 그릇에 과연 온전히 담겨질 것인가 의심이 절로 날 만큼 무재를 타고났을 뿐이다.

원가량이 얌전히 곽추운의 호법 노릇을 하는 것도 그러한 연유에서였다.

원가량은 곽추운을 비롯해 자신이 직접 목격한, 어떤 초월적인 경지의 무인들—이라 해도 세 사람에 불과하지만—을 떠올렸다.

가진 바 무공의 연원은 모두 제각각이었지만 그들에게서는 같은 경지를 공유한다는, 명확히 정의내릴 수 없는 공통적인 무언가를 발견할 수 있었다.

만약 이극이 그들과 같다면 모르고 지나쳤을 리 없다. 원가량은 그것만큼은 확신할 수 있었다.

'그럴 리 없다.'

무엇보다 현기진인을 제압하는 데 수십 초가 필요했다는 것이 증거이지 않은가? 곽추운이 현기진인을 상대한다면 채 반 초도 필요치 않을 것이다.

현기진인의 처소를 나온 원가량은 쌍검량사와 종리권사의 처소를 차례로 방문했다. 그러나 세 사람의 증언 모두 현기진인과 크게 다를 바 없었다. 이극이 어떤 무공을 쓰며 어느 정도의 무위를 가졌는지 파악하기에는 정보가 부족했다.

종리권사의 처소를 나오자 어느새 하늘에 별이 박혀 있었다. 원가량은 별을 올려다보며 중얼거렸다.

"이제 어찌해야 하나……?"

넓은 밤하늘을 눈에 담아도 머릿속은 안개에 싸인 듯 답답하기만 하다. 손을 섞은 자들을 만나봤지만 이극이라는 자의 실체가 도무지 손에 잡히지 않는 것이다.

원가량의 머릿속에 이름 세 글자가 떠올랐다. 오늘 만나고 온 자들 외에도 이극과 싸워본 자가 있는 것이다. 무려 두 번이나!

"풍 대주나 만나볼까?"

허튼 소리다. 원가량은 고개를 저었다.

풍선교와 원가량은 물과 기름 같아 서로 섞일 수 없는 존재다. 풍선교에게 고개를 숙이고 들어가 이극의 정보를 캐내다니, 그런 자신을 스스로가 용납할 리 없는 것이다.

"허참, 내가 어쩌다 이런 지경이 됐지?"

이것저것 생각하던 원가량은 문득 만사가 우스워졌다.

'눈앞을 가로막는 모든 것을 베어넘기던 나다. 무엇이 두려워 알지도 못하는 상대를 놓고 이리저리 재기에 바쁘단 말인가? 무엇이 두려워서?'

원가량은 새삼 불혹을 바라보는 자신의 나이를 떠올렸다. 평화로운 시대, 번천검랑이라는 허울 좋은 이름에 만족한 채 살아온 세월이 자신을 녹슨 검처럼 축 늘어진 존재로 바꾸어놓은 것이다.

"나도 많이 변했군……."

변했다고 생각하니 떠오르는 얼굴이 있었다.

아니, 떠오른다는 말은 거짓이다. 그 얼굴은 매순간 원가량의 의식을 지배하고 있었으니까.

"그녀는 무엇을 하고 있으려나……. 아아! 보고 싶구나!"

애검, 벽린(碧鱗)을 움켜쥐며 원가량은 탄식했다. 계집의 살이 아니라 존재 자체를 그리워한다는, 원가량으로서는 신비롭기 짝이 없는 체험이 그를 더욱 우울하게 만드는 것이었다.

* * *

원가량을 신비체험에 빠뜨린 소녀는 달까지 올라갈 기세로 제자리에서 방방 뛰고 있었다. 그러면서도 힘든 기색 하나

없이 만면에 커다란 웃음을 지으며 말이다.

"어때요? 봤죠? 나 해낸 거 맞죠?"

"맞으니까 그만 좀 뛰어. 정신 사납잖아."

이극은 질색을 하며 말했다. 그러나 유서현은 그 말을 무시하고 환호성을 질렀다.

"꺄악! 오공아! 나 해낸 거 맞대! 해냈어! 해냈다고!"

"끽! 끽끽! 끽!"

유서현은 좋다고 달려드는 오공을 잡고, 빨랫줄 위를 계속 뛰어다녔다. 빨랫줄의 탄력을 이용해 뛰어오르는 높이가 얼마나 높은지 원숭이인 오공이 기겁을 할 정도였다.

"끽! 끼익!"

"왜 그래? 넌 원숭이가 뭐가 무섭다고 그러니? 신나지 않아? 내가 이렇게 높이 뛸 수 있을 줄 누가 알았겠니? 꺄아아아악! 깔깔깔깔깔!"

유서현은 오공을 붙잡고 하늘 높이 올랐다.

이극은 두 귀를 막고 방방 뛰는 유서현에게서 떨어져 나왔다. 흐뭇한 미소를 지으며 유서현을 바라보고 있던 추 부인이 이극에게 말했다.

"칭찬 좀 해주지, 그게 뭐냐."

"칭찬이 무슨 필요가 있어? 혼자 저렇게 좋아하는데."

퉁명스럽지만 뿌듯함이 묻어나는 말투였다. 추 부인은 혀를 차며 말했다.

"좋다면 좋다고 해라."

"뭐… 나쁘지 않네."

이극은 이 자리, 공동주택의 옥상에서 놀라운 경공술을 피로한 바 있었다. 그리고 자신의 경공술을 따라해 보라고 종용하였는데, 당연한 이야기지만 유서현이 할 수 있을 리 없었다. 이극도 별 기대 없이 한 말이었기 때문에 대수롭지 않게 넘겼던 것이 불과 나흘 전 일이었다.

그런데 놀랍게도 유서현은 나흘 만에 이극의 경공술을 따라하는 데 성공(완벽하지는 않았으나)한 것이다. 물론 유서현이 연습하는 것을 이극도 알고 있었고, 물어보는 것마다 충실히 가르쳐 주기는 했다. 하지만 정말 해낼 줄 어찌 꿈이라도 꾸었겠는가?

"내 눈이 틀렸나 보다."

깔깔거리며 하늘 높이 뛰어오르는 유서현을 보며 추 부인이 중얼거렸다. 이극은 추 부인과 나란히 서서 함께 유서현을 보며 물었다.

"뭐가?"

"처음 봤을 때도 제법 무재가 있다고 여겼는데… 그 정도가 아닐지도 모르겠다는 말이다. 참으로 보기 드문 자질을 타고난 아이가 아니더냐."

추 부인의 눈이 반짝반짝 빛나고 있었다. 이극은 고개를 끄덕이며 대답했다.

"그럴지도… 모르지."

까르르르르—

청량한 웃음소리를 흩뿌리며 유서현은 별의 바다를 헤엄쳤다. 말없이 그 모습을 올려다보던 이극은 문득 내일이 오지 않기를 바라는 자신을 발견했다.

그저 순수한 기쁨으로 가득 찬 웃음소리를 언제 다시 들을 수 있을까? 소녀가 잊고 있는 모든 근심과 걱정들은 사라진 게 아니다. 밤이 지나고 해가 떠오르면 현실은 유서현을 그들 앞에 다시 데려다 놓을 것이다.

'내가 어찌하면 좋을까……?'

이극은 밤하늘을 올려다보며 중얼거렸다. 그런 이극을 바라보는 추 부인의 얼굴에 웃을 듯 말 듯 묘한 표정이 떠올랐다.

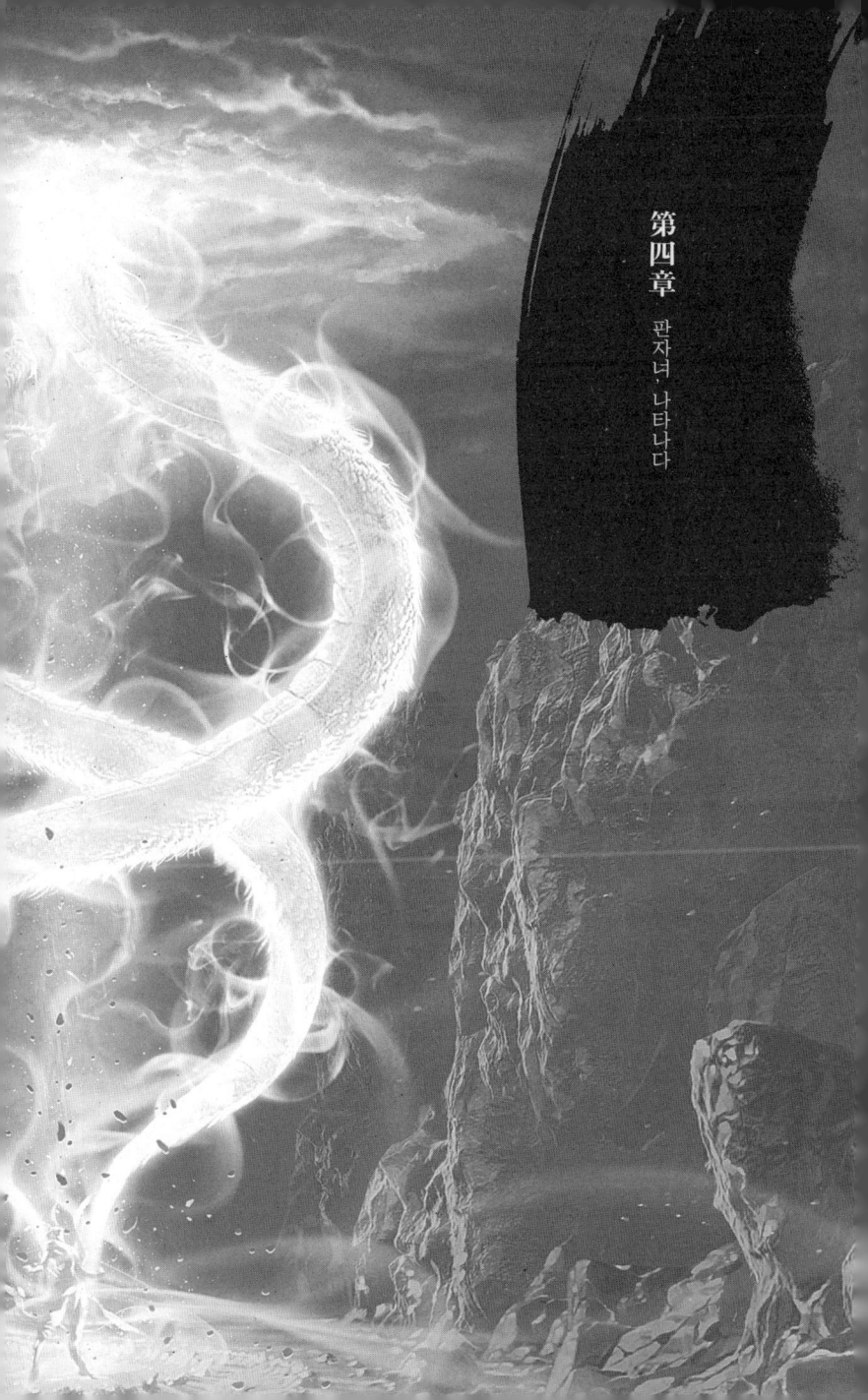

第四章 판자녀, 나타나다

蒼龍魂 창룡혼

1

 검영대(檢影隊)는 항주 성내의 치안을 담당하는 조직이다. 치안은 본래 관부가 돌봐야 할 사안이지만, 항주에서만큼은 무림맹이 그 일을 대신 맡아 하고 있었다.

 이는 무림맹주 곽추운의 강력한 의사가 반영된 일이었으니, 자연 검영대는 무림맹 본영 내에서도 그 힘이 큰 조직이었다. 그래서인지 검영대는 맹원들이 가장 선호하는 조직이기도 했다. 한 번 신입 대원을 뽑을 때마다 몰려드는 지원서의 산 속에서 옥석을 가리는 일이 가장 힘들다며 간부들이 고충을 토로하는 것도 자주 볼 수 있는 광경이었다.

물론 힘들다고 하여 대충 뽑는 일은 있을 수 없었다. 검영대는 무공뿐 아니라 출신 지역과 가문, 인성 등을 종합적으로 고려하는 엄격한 선발 기준을 가지고 있었다. 하여 그 심사를 통과하고 특유의 푸른 옷을 입을 수 있는 자는 매년 십여 명에 불과해, 경쟁률은 가히 오십 대 일에 육박할 정도였다.

 어형로(魚炯路)는 섬서(陝西) 지방 유력 가문 중 하나인 어씨세가(魚氏世家)의 차남으로, 올해의 선발 심사를 당당히 통과하고 푸른 옷을 입은 검영대 신입 대원 중 하나였다. 어형로는 무림맹에 가입할 때부터 본영을 지원했고, 본영에서도 가장 세가 크다는 검영대에 소속되기를 간절히 바라온 젊은이였다. 자연히 시험을 통과하고 합격 통보를 받았을 때에는 세상을 다 가진 기분이라, 하늘이라도 날 수 있을 것 같았다.
 그러나 합격의 기쁨은 오래가지 않았다.
 일 년 선배와 조를 이루어 맡은 구역을 하루 이교대로 순찰, 감시하는 일상이 지루해 견딜 수가 없었던 것이다. 이는 비단 어형로뿐 아니라 모든 합격자들이 매년 겪은 난관이었다.
 항주 성내 주민들의 생명과 재산, 안전을 책임진다는 검영대가 나설 일은 사실 그리 많지 않았다. 작년만 해도 수해로 인해 범죄가 늘어나 검영대가 눈코뜰 새 없이 바빴다지만 어디까지나 특수한 경우다.

무림맹과 맹주 곽추운으로 인해 세상은 바야흐로 태평성대. 외세의 침입도, 내부의 갈등도 없는 시대다. 더군다나 무림맹주의 근거지, 무림맹 본영이 위치한 항주 성내에서 말썽을 부릴 만큼 간이 큰 자가 존재할 리 없다.

하여 어형로는 쳇바퀴처럼 돌아가는 일상에 지쳐 있었다. 오늘도 언제나처럼 같은 시간, 같은 구역을 생기없는 눈으로 순찰하는 것이었다.

일 년 먼저 검영대의 푸른 옷을 입은 어형로의 사수, 육대종(陸大綜)은 나란히 걸으며 후배를 교육시키는 데 여념이 없었다. 교육이라고 해봐야 작년에 겪었던 자신의 경험담을 늘어놓는 것에 불과했지만.

"넌 인마, 운이 좋은 줄 알아야 한다고. 정말 고달프다는 게 뭔지 아냐? 너 같은 도련님은 상상도 못할 거다. 그땐 정말 하루하루가 지옥이었지. 얼마나 피곤하면 눈을 감는 순간 잠들었다가 언제 잔 줄도 모르고 눈을 떠야 했다니깐."

이런 '나는 해봐서 알고 너는 안 해봐서 모르니까 내 말을 따르라'는 식의 교육이 통할 리 없다. 그러나 어형로도 굳이 선배의 심기를 거스르고 싶지는 않아, 육대종의 말을 건성으로 들으며 적당한 때를 맞춰 대답하는 식으로 넘어가는 것이었다.

"그래서 말이야, 그때 그 절체절명의 순간! 잘못하다간 멀쩡한 성내에서 수백 명이 익사할지도 모르는 그 순간에 내가 어떻게 했는지 알아?"

벌써 수십 번을 들은 이야기다. 본래 잘 질리지 않는 성격인 걸까? 아니면 대가리가 나빠서 말하고 돌아서면 잊어버리는 걸까? 그런 말을 입 밖으로 내고 싶은 욕구를 간신히 참고, 어형로는 육대종의 얘기에 관심을 보이며 길을 걸었다.

"으음?"

반복되는 일상의 지루함과 선배의 무용담에 앞뒤를 포위당한 채 걷고 있던 어형로가 갑자기 걸음을 멈췄다. 눈에 보이는 거리는 어제와 같은 그 모습이었는데, 뭐랄까 거리를 감싸고 있는 공기가 낯설게 느껴지는 것이었다.

"왜 그래?"

갑자기 멈춰 선 어형로에게 육대종이 물었다. 어형로는 대답하지 않고 사방을 둘러봤다.

"육 사형! 뭔가 이상하지 않습니까?"

"뭐? 이상하긴 뭐가 이상하다고 그래? 개미 새끼 하나도 없구만."

육대종의 말대로 거리는 한산했다. 사람이 없으면 소요가 일어날 일도 없으니, 순찰하는 입장에서는 기분 좋은 일이다. 그러나 어형로는 이 상황을 제 사수처럼 단순히 받아들일 수가 없었다.

"그러니까, 이렇게 아무도 없는 게 이상하단 말입니다. 지금 한창 떠들썩해야 할 시간이잖습니까."

어형로와 육대종의 순찰로는 항주 성내의 남서(南西) 지구의 저잣거리에 걸쳐 있었다. 남서 지구는 항주에서도 특히 상권이 발달하여 수많은 가게와 상인들이 형성한 저잣거리를 보유하고 있었는데, 두 사람의 순찰로가 마침 그 중 일부를 지나치는 것이었다.

막 점심때를 지나 거래가 한창일 시간. 시장을 관통하는 거리로부터 파생된 길이라 두 사람의 순찰로에도 오가는 인파로 가득해야 할 터인데, 어째서인지 사람이 드물었다.

"그러네?"

이제야 이상하다는 점을 깨달았는지 육대종도 눈을 끔뻑였다. 어형로는 주변을 한 바퀴 돌아보더니, 방향을 잡고 뛰어갔다.

"어, 어어? 이봐! 어디 가!"

합당하다고 여겨지는 사유가 없을 경우, 임의로 순찰로를 이탈했을 때 치러야 할 대가는 결코 가볍지 않다. 하지만 같은 조원의 돌발 행동을 막지 못하거나 방관한 것은 처벌감이니 그 경중이 확연하다. 육대종도 어형로의 뒤를 쫓아 뛰었다.

과연 오가는 사람이 눈에 띠게 적은 이유가 있었다. 시장 한가운데, 입추의 여지도 없이 많은 사람들이 집결해 있는 것이었다.

어형로는 안으로 들어가지 못하고 바깥쪽에서 서성이는 사람을 붙잡고 물어봤다.

"검영대 소속 어형로라 하오. 지금 저 안에서 무얼 하고 있길래 사람들이 이렇게 많이 모인 것이오?"

검영대의 푸른 옷은 일반 주민들 사이에서도 유명하다. 어형로에게 붙잡힌 삼십대의 사내는 순순히 대답했다.

"뭐 재밌는 게 있나 본데, 저도 잘은 모릅니다요. 도통 안으로 들어갈 수 있어야 말이죠."

그러는 도중에 웬 사내가 어형로에게 종이를 안기고 지나갔다. 사내는 옆구리에 수백 장의 종이를 말아 끼우고, 사람들에게 한 장씩 뿌리고 있었다.

종이에는 굵은 붓으로 몇 자의 글자가 적혀 있었다.

"이건……?"

어형로의 낯빛이 어두워졌다. 뒤늦게 당도한 육대종이 어형로에게 물었다.

"그게 뭐냐?"

"보십시오."

어형로가 내민 종이에는 다음과 같이 쓰여 있었다.

무림맹원 유순흠은 어디로 갔는가?
무림맹주 곽추운은 진실을 밝혀라!

육대종의 안색도 급격히 어두워졌다. 육대종은 종이를 구겨 버리고 어형로를 다그쳤다.
"이게 대체 무엇이냐!"
"저도 모릅니다. 대체 왜 이런 글이……!"
와하하하하하!
커다란 웃음소리가 군중의 한가운데에서 들려왔다. 육대종과 어형로는 동시에 고개를 돌렸다.
저 안에서 무엇인가 일이 벌어지고 있다.
"비켜라! 비켜! 검영대다!"
"검영대다! 비켜라!"
두 사람은 검영대를 소리 높여 외치며 사람들 틈을 비집고 들어갔다. 평소대로라면 검영대의 검 자만 나와도 길을 열어주었을 사람들이 버티고 서 있어서 여간 힘든 게 아니었다.
"헉!"
어떻게 파고들어 왔는지, 정신을 차려보니 어형로는 군중의 한가운데에 형성된 공동으로 빠져나와 있었다. 아직도 사람들 사이에서 빠져나오지 못했는지 육대종의 모습은 보이지 않았다.

그때, 낭랑한 목소리가 어형로의 귀를 사로잡았다.

"…그리하여 저는 다시 한 번, 이렇게 여러분 앞에 서서 호소하는 바입니다. 지난여름 항주를 수마로부터 구했다는 무림맹주께서, 어찌하여 이 제 오라비는 죽도록 내버려 두는 것입니까? 어찌하여 멀쩡히 살아 있는 오라비를 없는 사람 취급하는 것입니까? 왜 저의 간절한 청을 일부러 외면하고 묵살하는 것입니까? 돈도, 권력도 없기 때문입니까?"

돌아본 어형로의 눈에 참으로 해괴한 광경이 보였다.

커다란 판자를 앞뒤로 뒤집어쓰고 머리와 팔다리만 내민 소녀가 사람들을 상대로 이야기하고 있는 것이 아닌가?

소녀의 모습은 해괴할 뿐만 아니라 우습기까지 했다. 머리에는 꽃가지를 꽂았고, 손과 발등에 각각 연분홍 꽃을 붙여 흡사 미친년처럼 보이는 것이었다.

또한 소녀가 뒤집어쓴 판자는 형형색색 온갖 색을 칠해 놓았는데, 희한하게도 어지럽기는커녕 그 안에 쓰인 글자가 눈에 확 띄도록 만드는 것이었다.

판자에는 다음과 같은 글이 앞뒤로 쓰여 있었다.

필요할 때는 개처럼 부리더니, 버릴 때도 개처럼 버리시렵니까? 키우는 개도 집을 나가면 찾는 법이거늘, 개가 아닌 사람이 사라졌는데 어찌 보고만 있단 말입니까? 그것이 맹주께서 입버릇처럼 말씀하시는 정의입니까?

사라진 무림맹원 유순흠에 대하여 마음에 거리끼는 바가 없다면 본영이 아니라 여기 광장으로 나와 저, 유순흠의 여동생 유서현과 대화하십시오. 수많은 사람들이 진실을 알아봐 줄 것입니다.

소녀의 말과 글이 하나같이 무림맹주 곽추운을 음해하고 있었다. 게다가 그를 보는 사람들은 저마다 웃는 얼굴이니, 이것이 얼마나 부당한 상황인지 아무도 인지하지 못하는 듯했다.

어형로는 있을 수 없는 일이라며 소녀에게로 한 발 다가섰다. 그때, 군중 속에서 걸쭉한 목소리가 튀어나왔다.

"그래 봤자 맹주님께서 네깟 년을 만나줄 것 같으냐?"

적군에 포위당한 가운데 아군을 만난 기분이다. 어형로는 반가운 얼굴로 목소리가 나온 방향을 돌아봤다. 그 순간, 걸쭉한 목소리가 다음 말을 이었다.

"무림맹주께서는 고관대작들 꽁무니를 쫓느라 몸이 열 개라도 부족하단 말이다! 여기 항주에만 서씨(徐氏) 성을 가진 양반이 열 명도 넘는단 말이다!"

 당금 황제의 성이 서씨이니, 여기서 말하는 서씨란 황족을 일컬음이다. 지역 경제와 물류의 중심지답게, 항주에는 많은 황족들이 터를 잡고 있었다. 걸쭉한 목소리는 그것을 꼬집어 무림맹주 곽추운이 황족들에게 잘 보이려 애쓴다는 소리를 하고 있는 것이었다.

 와하하하하하하!

 걸쭉한 목소리에 반응하여 사람들은 큰 웃음을 터뜨렸다. 누구는 배를 잡고 누구는 박수를 치는 등 모양은 달랐지만 즐겁게 웃는 모습만큼은 하나였다.

 '이게 대체 어떻게 된 일이지?'

 일각에서는 '성군'이라고 불릴 정도로 무림맹주 곽추운을 향한 칭송은 말로 다하기 힘들 정도다. 당연히 백성들은 그게 누구든 무림맹주를 음해하는 자가 있다면 돌을 던지고 욕을 해야 한다는 게 어형로의 생각이었다.

 그런데 중원 무림을 구한 영웅이라느니, 성군이라느니 좋은 말은 다 갖다 붙이며 칭송하던 백성들이 이처럼 낯빛을 싹 바꾸어 맹주를 조롱하고 웃는 모습은 어형로에게 적잖은 충격을 선사했다.

 "닥쳐라!"

 결국 분을 참지 못하고 어형로가 고함을 질렀다. 명문 무가의 자제답게 나이에 어울리지 않는 깊은 내공이 사람들의 가슴을 두드렸다.

"……"

삽시간에 고요해진 가운데, 어형로는 검을 빼 들어 소녀를 겨누고 외쳤다.

"이 무슨 해괴한 짓거리인가! 당장 그 우스꽝스러운 것들을 버리고 순순히 투항하라!"

그러자 소녀는 고개를 돌려 어형로와 눈을 마주쳤다. 금방이라도 떨어질 것 같이 커다란 눈망울이 어형로의 눈 속 깊은 곳까지 파고들었다.

"……!"

어형로는 흠칫 놀라며 저도 모르게 한 발 뒤로 물러섰다. 소녀가 입을 열었다.

"내가 왜 그래야 하죠?"

"그건… 맹주를 음해하여 무림맹의 명예에 먹칠을 했기 때문이지, 다른 이유가 어디 있겠느냐!"

"음해라니요? 음해라 하면 없는 일을 사실처럼 꾸며낸 게 아닌가요? 저는 하늘에 우러러 한점 부끄러움도 없답니다. 제가 한 말은 모두 사실이에요."

"다, 닥쳐라! 어디서 입을 함부로 놀리는 게야!"

"제 말이 억울하다고 생각되면 맹주께서 직접 나서서 사람들 앞에서 진실을 주장하시면 될 일이지요. 저처럼 말이에요."

"이……!"

어형로는 지지 않고 반박하려 했지만 곧 사람들의 소리에 묻히고 말았다. 사람들은 저마다 박수를 치며 소녀를 응원하는 것이었다.

"맞다! 맞아!"

"허참! 어린 계집아이가 말 하나 기똥차게 하네, 그려!"

"어린 계집아이라니? 키는 자네보다 커 보이는데?"

"그런가? 크하하하하핫!"

"하하하하하핫!"

사방에서 웃음소리가 터져 나왔다.

수많은 사람들 속에서 홀로 된다는 것이 이토록 무서울 줄이야! 어형로는 자기도 모르게 소녀를 향해 달려들었다. 고독이라는 이름의 공포가 그의 등을 떠민 것이다.

"이 요망한 년!"

어형로가 검을 머리 위로 치켜세운 순간, 소녀의 신형이 하늘 높이 솟구쳐 올랐다.

"우오오오오오!"

사람들은 일제히 목을 뒤로 젖히고 소녀를 올려다봤다. 하늘 높이 올랐던 소녀는, 그대로 떨어지는 것이 아니라 새처럼 활강하듯이 허공을 미끄러지는 것이었다. 그와 동시에 소녀가 들고 있던 깃발이 펼쳐졌다.

무림맹주는 더 이상 진실을 감추지 말라.

이와 같은 글귀가 바람에 펄럭였다.

소녀는 가까운 건물 지붕 위로 모습을 감추었다. 사람들은 좋은 구경을 했다며 삼삼오오 짝을 이루어 사방으로 흩어졌다. 어형로는 멍하니 서서 소녀가 사라진 곳을 바라보고 있었다.

"어떻게 된 거냐? 대체 이게 무슨 일이야?"

뒤늦게 나타난 육대종이 어형로를 다그쳤다. 어형로는 뭔가에 홀린 듯 멍하니 있다가, 퍼뜩 정신을 차리고 말했다.

"선배 빨리, 빨리 보고! 보고를!"

휘잉—

어디선가 불어온 바람이 두 사람을 중심으로 소용돌이쳤다. 아까 웬 사내가 뿌리고 다니던, 진실을 밝히라며 맹주를 다그치던 종이들이 바람에 실려 날아다니고 있었다.

기와지붕 몇 개를 건너뛰었을까? 저 멀리 이극의 모습이 보이자 유서현은 보폭을 넓혀 단숨에 다가갔다.

"헉, 헉……."

이극의 곁에 선 유서현은 가쁜 숨을 몰아쉬었다. 얼굴은 홍시마냥 빨갛게 달아올랐고 가는 다리는 사시나무처럼 떨리고 있었다.

수십, 수백 개의 시선을 한 몸에 받는다는 것이 이토록 두려운 일인 줄은 미처 몰랐던 것이다. 새삼 얼마 전 곽추운의 앞에 나섰을 때가 떠올랐다.

'그땐 내가 정말 막무가내였구나. 이렇게 무서운 일인 줄 알았으면 절대 하지 못했을 거야.'

"하아……."

숨이 진정되자 목이 탔다. 어떻게 알았는지, 이극이 죽통을 내밀었다.

"감사합니다… 카약!"

죽통을 들어 단숨에 들이키던 유서현이 괴상한 소리를 내며 마시던 것을 뿜었다. 죽통 안에 들어 있던 것은 물이 아니라 술이었던 것이다.

이극은 죽통을 빼앗고 혀를 차며 말했다.

"쯧쯧, 이 귀한 술을 다 버리다니."

유서현은 소매로 입을 닦으며 외쳤다.

"뭐예요! 물인 줄 알았잖아요!"

"강호에서는 물 한 모금도 함부로 마셔선 아니 된다네. 아까 말할 때도 그렇고, 아직도 떨고 있길래 진정 좀 하라고 준 거야. 어때, 좀 괜찮아진 것 같지 않아?"

"……."

이극의 말대로 온몸의 떨림이 어느새 진정되어 있었다. 대부분 목으로 넘기지도 않고 뱉었건만, 알싸한 대나무 향이 코끝을 간질이고 있었다.

그 향을 맡고 있노라니 이상하게도 마음이 한결 편안해지는 것 같았다.

"내 말이 맞지?"

"뭐… 효과가 없지는 않네요."

이극은 빙긋 웃었다. 그리고 손뼉을 치며 말했다.

"자, 자. 아까는 처음치고는 괜찮았어. 그런데 어디까지나 '처음치고'라는 걸 명심하라고. 말하는 사람이 스스로를 못 믿는데 듣는 사람이 어떻게 믿어줄까? 자신을 가지고, 좀 더 확신을 가지고 똑똑히 말하란 말이야!"

"예."

유서현은 고개를 끄덕이고, 몸을 돌렸다.

"다음 장소 알지?"

"알아요!"

칭찬에 의욕이 솟은 것인지, 술기운이 도는 것인지 유서현은 반음을 높여 대답했다. 그리고 경공을 전개, 하늘 높이 뛰어올랐다.

 이극은 멀어져 가는 유서현을 보며 제 머리를 헝클어뜨렸다. 말이야 처음치고 잘 했다지만 강호에 처음치고란 말이 어디 있단 말인가?

 말이 아니라 무공의 승부였다면 처음치고는 잘 했지만 결국 죽었다… 로 결말이 났을 것이다. 이극이 미리 사람을 풀어 분위기를 몰아갔기에 망정이지, 아니었다면 씨알도 안 먹히고 웃음거리나 됐을 것이다.

 "뭐, 차차 나아지겠지."

 나흘 만에 이극의 경공술을 따라 한 전력이 있으니 충분히 근거있는 믿음이다. 이극은 죽통을 들어 남은 술을 비우고 유서현이 사라진 방향으로 뛰어갔다.

2

 검영대의 이대 대주인 철사자(鐵獅子) 장굉(張宏)이 신입 대원 어형로의 보고를 받은 것은 그로부터 약 두 시진이 흐른 뒤였다. 보고를 받는 자리에는 세 명의 대원이 동석하였는데, 알고 보니 모두 어형로와 같은 보고를 올리려는 자들이었다.

 어형로를 포함한 네 명의 검영대원들은 모두 삼 년차 아래의 신입으로, 지금처럼 가까운 거리에서 대주를 보는 것은 처음 검영대에 배치될 때 이후 처음이었다. 자연히 보고를 올리는 목소리에는 힘이 잔뜩 들어가 있었다.

네 사람의 보고는 대동소이했다.

무림맹원 유순흠의 여동생을 자처하는 유서현이라는 소녀가 해괴한 차림으로 나타나 자리를 잡고 이목을 모은 뒤, 역시 해괴한 소리로 사람들을 미혹시키고 하늘 높이 사라졌다는 것이다.

어찌 된 일인지 맹주를 음해하는 허튼 소리를 사람들은 순순히 받아들였으며, 주변에서는 소녀의 말에 동조하는 전단지를 뿌리는 자들이 있었다는 것까지 일치하였다.

각 보고 간에 차이점이 있다면 목격한 시간과 장소가 다르다는 점뿐이었다.

"……"

호남(湖南) 장사(長沙) 출신인 장굉은 백광심장(魄光沈掌)이라는 패도적인 장법을 구사하는 것으로 유명한 고수였다. 철사자라는 별호답게 평소에는 진중하고 말수가 없다시피 하나, 한 번 출수하면 흔들리지 않고 나아가는 뚝심과 어떻게든 끝장을 보고야 마는 독한 성정의 소유자이기도 했다.

장굉이 검영대의 대주 자리에 앉게 된 것도 그러한 면모를 곽추운이 높이 산 덕분이었다.

지금도 장굉은 어형로들이 보고를 마치고 나서까지 말을

아끼고 있었다. 그러나 증거물로 압수한 전단지를 받아 든 순간, 장굉의 굳은 입술이 열렸다.

"모두 회수한 것이냐?"

어형로는 머뭇거리다 솔직히 대답했다.

"하지 못했습니다. 전단지를 뿌리는 자들은 다수요, 저희는 두 사람에 불과했습니다. 더구나 전단지가 손 쓸 새도 없이 사방에 날리는 바람에 어찌할 도리가 없었습니다."

"음."

장굉은 고개를 끄덕이고 보고를 마쳤다. 보고자들과 교대하듯이 검영대의 부대주가 들어왔다.

"이게 무슨 일일까요?"

부대주는 장굉에 앞서 이미 보고를 받은 터였다. 장굉의 입술이 열렸다.

"무슨 일인지 알아내는 것은 첩사대(諜事隊)의 몫. 우리는 항주 성내의 치안을 담당하는 부서가 아닌가. 우리의 임무는 그 계집을 잡는 것이다."

"예."

"지금 당장 모든 대원들을 소집해라. 계집뿐 아니라 주변에 불온한 움직임을 보이는 놈들은 모조리 잡아넣어야 한다. 특히 이 전단지."

장굉은 전단지를 내밀며 말했다.

"이 전단지는 한 장도 남기지 말고 전부 회수해 소각해야 한다. 그 전에는 휴식도, 퇴각도 없다. 무슨 말인지 알겠나? 만에 하나, 이 일이 맹주님의 귀에 들어가는 일은 없어야 한다는 뜻이다."

장굉은 탁상을 손바닥으로 세게 치며 일어섰다. 그리고 다짐하듯이 중얼거렸다.

"고작 이런 일로 맹주님의 심기를 어지럽혀서야 되겠는가 말이다. 고작 이런 일로."

부대주는 '고작 이런 일'을 반복하는 상관의 마음을 헤아렸다. 어떻게든 곽추운에게까지 보고가 올라가는 사태는 있어선 안 된다는 뜻을 완곡히 표출한 것이다.

부대주는 고개를 끄덕이며 말했다.

"여부가 있겠습니까. 제가 잘 처리하겠습니다."

*   *   *

"세상에……."

지붕 위에서 아래를 내려다보는 유서현은 놀라움을 감추지 못했다. 생각보다 많은 사람이 자신을 주목하고, 또 이야기를 들어주어서 놀랐던 게 바로 어제였다.

하루가 지났을 뿐인데, 항주 남서 지구의 저잣거리는 어제의 몇 배나 많은 인파가 몰려 북적이고 있었다.

 항상 사람이 많은 곳이니 이상할 것은 없다. 하지만 그 많은 사람들이 움직이지 않고 마치 무언가를 기다리듯이 제자리를 지키고 서 있다는 것은 충분히 이상한 일이다.

 "저 많은 사람들 앞에 서야 한단 말이에요?"

 유서현의 목소리가 떨리고 있었다. 소녀의 뒤에서 아래를 내려다보던 이극이 태연히 대답했다.

 "사람 좀 늘어난 거 외에 다를 게 있나? 술 마실래?"

 "…됐네요."

 애써 태연한 척하고 있지만 놀라기는 이극도 마찬가지였다. 유서현을 인간 벽서로 만들어 사람들 앞에 내세우기 시작한 게 바로 어제다.

 고작 하루 만에 사람들이 다시 유서현을 보기 위해 어제 그 자리로 몰려든 것이다. 규모를 보아하니 어제 들렀던 세 곳에서 보았던 자들이 모두 한자리에 모인 게 아닌가 싶을 정도였다.

 '어쨌든 사람들이 많이 모였다는 건 아저씨의 방법이 효과가 있다는 얘기겠지? 좋았어. 해보는 거야!'

 유서현은 마음을 다잡았다. 그리고 이극을 향해 주먹을 불끈 쥐어 보였다.

 "다녀올게요."

빈말로라도 보기 좋다고 할 수 없는 꼴이었지만, 그 와중에도 유서현의 얼굴만큼은 빛나고 있었다. 기기괴괴한 차림이 오히려 유서현의 미모를 배가시켜 주는지도 모를 일이었다.

이극은 고개를 끄덕이며 말했다.

"잘해. 보고 있을 테니까 떨지 말고."

"옙!"

유서현은 요상한 대답을 남기고 지붕 아래로 몸을 날렸다. 이극에게 배웠던 경공술, 허공을 미끄러지듯 내려오는 수법은 어제보다 한층 자연스러웠다. 그새 한 단계 벽을 돌파한 모양이었다.

이극은 그 모습을 내려다보며 중얼거렸다.

"내가 만들었지만 정말 괴상한 꼴이구나."

만약 저 상태에서 옷만 제대로 된 것을 걸쳤다면, 긴 소매를 나풀거리며 하늘에서 내려오는 선녀가 따로 없었을 것이다.

그렇게 시답지 않은 생각을 하며 보고 있던 이극을 깜짝 놀라게 하는 일이 벌어졌다. 유서현이 모습을 드러내자 아래로부터 묵직한 함성이 터져 나온 것이다.

우와아아아아아—!

몽땅 사내들의 것인지 중저음의 함성은 사오 층 누각 위의 기왓장도 들썩이게 만들었다. 이극은 흔들리는 지붕 위에서

판자녀, 나타나다

중심을 잡으며 미간을 찌푸렸다.

"뭐야, 저것들은?"

자세히 보니 함성이 나오는 곳이 따로 있었다. 유서현을 가장 가까이에서 볼 수 있는 자리를 점령한 자들이었는데 이삼십대 젊은 사내들만 한가득이었다.

유서현이 담벼락 위에 내려서자 함성은 더 커졌다. 자세히 들어보니 단순한 함성이 아니라 무언가 특정 단어를 연호하고 있는 듯했다.

처음에는 연호하는 이들 사이에서도 소리가 갈려 잘 들리지 않았다. 그러나 통일안이 정해졌는지, 묵직한 목소리들이 하나로 뭉치기 시작했다. 목소리들이 유서현을 향해 연호하는 단어는 바로……

"판, 자, 녀! 판, 자, 녀! 판, 자, 녀! 판, 자, 녀!"

'판자녀'라는 세 글자였다.

이극은 애초에 유서현을 할 수 있는 최대한 이상한 모습으로 만들어 사람들의 주목을 끌고자 했다. 그러나 그것도 한두 번이지, 계속될 경우 사람들이 곧 관심을 거둘 것임을 이극은 잘 알고 있었다. 군중이란 아무리 센 자극도 곧 익숙해져 버리기 때문이었다.

하여 이극은 한 번 끈 관심을 지속시키며 동시에 무림맹,

정확히는 곽추운에게 한 방을 먹일 수 있도록 여러 가지 대책을 강구해 놓았다. 전단지를 만들어 돌린다든지, 걸쭉한 목소리처럼 사람을 써서 분위기를 몰아간다든지 하는 것들 모두가 대책의 일환이었다.

하지만 이극은 물론 유서현 본인도 미처 예상치 못했던 사실이 있었다. 단 하루 만에, 유서현이라는 개인이 관심의 대상이 되었다는 점이었다.

눈이 번쩍 뜨일 만큼 아름다운 절세의 미소녀가 판자를 걸치고 사람들 앞에 나섰다는 소식이 항주는 물론 성밖 일대까지 퍼지는 데에는 미처 하루도 걸리지 않았던 것이다.

더구나 첫날 목격한 자들 중, 특히 젊은 사내들 중에서는 상사병에 끙끙 앓는 환자가 속출하였다. 그렇게 유서현을 그리워하는 마음을 주체하지 못한 자들은 뭐에 홀린 듯 어제 그곳에 다시 모였다.

아침부터 한자리에 모인 그들은 우연찮게 서로의 경험을 공유하며 의기투합했고, 개중에는 의형제를 맺는 자들까지 있었다. 그렇게 수백 명이 같은 마음이라는 걸 확인했고, 급기야 유서현을 사모하는 모임을 조직하는 웃지 못할 상황이 벌어지고 만 것이다.

"판, 자, 녀! 판, 자, 녀!"

판자녀는 바로 그들 조직이 유서현을 일컫는 말이었다. 판자를 뒤집어 쓴? 혹은 걸친? 무엇이 됐든 판자만 보고 만든, 무척 일차원적인 작명이었다.

 판자녀 세 글자를 연호하는 사내들의 눈에는 불길이 가득했다. 아니나 다를까, 사내들은 유서현의 이야기를 들을 생각도 하지 않고 달려들었다.

 우워어어어어어—!

 괴성을 지르며 사내들이 달려들었다. 마침 유서현이 올라서 있던 담벼락은 제법 높이가 있어 다행이었다. 손을 뻗어 닿을 높이였다면 사내들은 주저없이 유서현의 발목을 잡아 끌어내렸을 것이다.

 "이거… 위험한 거 아냐?"

 사내들은 마치 개미떼처럼 유서현에게 달려들고 있었다. 그 가운데 소녀의 모습이 어찌나 위태로운지, 이극이 참다 못해 내려가려는 순간!

 소녀가 입을 열었다.

 "여러분."

 유서현의 입에서 말이 나온 순간, 기적이 일어났다.

 굶주린 메뚜기들처럼 유서현에게 달려들던 사내들이, 돌연 입을 다물고 제자리에 멈춰 선 것이다.

 유서현은 마른 침을 삼키고 조심스럽게 사내들을 둘러봤

다. 사내들은 주인의 명령을 기다리는 개처럼 유서현을 올려다보고 있었다.

'정말 술이라도 마실 걸 그랬나?'

어제 모인 사람들은 모두 지나가던 행인들로 이루어져 단순히 호기심 어린 눈으로 유서현의 말을 들었었다.

반면 지금 눈앞에 있는 사내들은 모두 하나의 목적, 유서현을 보기 위해 모인 자들인 것이다. 사내들의 시선은 대부분 유서현을 탐하는 것이었으니, 어제보다 견뎌내기가 훨씬 힘들었다.

"……."

시선이야 어쨌든 사내들은 입을 다물고 유서현의 다음 말을 기다리고 있었다. 유서현이 머뭇거리자 이극이 전음을 보냈다.

[뭐해? 어서 말하지 않고!]

이극의 전음을 들은 유서현은 저도 모르게 이극을 올려다봤다. 그 시선을 따라 수백의 눈이 이극을 향했다.

"……!"

이극은 반사적으로 몸을 숨겼다. 저 아래 사내들이 유서현의 시선 끝에서 자신을 발견했을 때, 과연 어떤 사태가 벌어질지 상상하니 식은땀이 절로 났다.

[여기 보지 마! 얼른 말해! 뭐라도 해! 어서!]

이극은 감히 처마 밖으로 얼굴을 내밀 엄두도 내지 못하고 전음을 보냈다.

이극도 이극이지만 가장 곤란한 것은 유서현이었다. 이 사내들에게 무슨 말을 해야 좋단 말인가? 전음으로 자꾸 재촉하는 이극이 얄미울 뿐이다. 받기만 할 게 아니라 전음을 보낼 수도 있으면 좋으련만.

'가르쳐 달라고 해야겠어. 잊지 말고 꼭!'

나쁘지 않은 다짐이지만 꼭 지금 해야 할 필요는 없다. 현 상황을 타개하는 데에는 눈곱만치도 도움이 안 되는, 말 그대로 도피에 불과한 짓이다.

"……"

그 와중에도 사내들은 눈 하나 깜빡이는 사람 없이 유서현을 바라보고 있었다. 유서현은 잠시 망설이다가 허리를 꾸벅 숙이며 인사부터 했다.

"여러분, 안녕하세요? 저는 유서현이라고 해요."

"……"

이상한 일이다. 악을 써가며 유서현을 갈구하던 사내들이, 어찌된 일인지 아무 반응도 내보이지 않는 것이다. 유서현 자신도 당황한 나머지 도로 입이 막히고 말았다.

[……]

당황해하는 유서현의 귀에 이극의 전음이 들려왔다.

"……!"

무슨 전음이었는지 유서현의 얼굴이 확 달아올랐다. 유서현은 사나운 눈으로 이극을 올려다봤지만, 아까부터 처마 너머로 몸을 숨기고 있던 터라 찾을 수 없었다.

[…….]

이극이 또다시 같은 내용의 전음을 보냈다. 유서현은 두 주먹을 뼈가 으스러지도록 세게 쥐었다.

정말 이렇게까지 해야 하나?

이극에게 묻고 싶었지만 전음을 보낼 수 없다는 현실이 원망스럽기만 했다. 유서현은 입술을 깨물었다.

'내가 치사해서라도 전음, 이거 꼭 배우고 만다.'

배우더라도 일단 이 상황은 어떻게 하고 나서의 이야기다. 유서현은 한참을 머뭇거리다가 끝내 결심을 굳히고 입을 열었다.

"안녕하세요? 파, 파… 판자녀… 예요… 오."

우와아아아아아아아아아아아아―!

함성 소리가 항주를 뒤흔들었다.

3

검영대원들은 유서현의 출몰 정보를 입수하고 즉시 현장

으로 달려갔다. 그러나 그들을 기다리는 것은 전혀 뜻밖의 광경이었다.

"그렇게 실종된 오라버니를, 무림맹은 오히려 없는 사람 취급을 하며 저를 사기꾼으로 모는 일도 서슴지 않았습니다. 그 모든 일들이 저를 아프고 슬프게 만든 범인이었습니다……."

"으흑흑… 흑흑……!"

"어허허헝……. 으허허허헝!"

담벼락 위에 선 유서현을 중심으로 반원을 그리고 있는 수백 명의 사내가 모두 펑펑 울어 눈물바다를 만들고 있었다.

다 큰 사내가 우는 모습을 보기도 쉽지 않은데, 수백 명 대인원이 눈물콧물 있는 대로 짜내면서 우는 모습을 어디 가서 또 볼 수 있겠는가?

희귀하기는 하되 보기 좋은 장면은 아니라는 점이 아쉽긴 하지만 말이다.

그렇게 눈물바다를 이루는 덩치 큰 사내들 중심에는 유서현이 있었다. 검영대원들의 눈에는 그 모습이 마치 여왕벌을 중심으로 벌집 가득 벌이 들어 있는 것 같아 보였다.

"울지 마세요. 전 괜찮아요. 울지 마세요."

유서현이 당황해 울지 말라고 이야기했지만 곧이 듣는 사람이 없었다. 눈물이 줄어들 기미가 보이지 않자 유서현은 담벼락 아래로 뛰어내렸다.

[아가씨! 뭐하는 거야? 미쳤어?]

이극이 당황해 전음을 보냈다. 하지만 엎질러진 물은 주워 담을 수 없는 법. 유서현은 벌써 바닥에 내려선 터였다.

유서현은 안타까운 눈으로 사내들을 둘러봤다. 놀랍게도 사내들은 손을 뻗으면 닿을 곳에 있는 유서현에게 누구도 내밀지 않았다.

오히려 손을 내민 쪽은 유서현이었다.

"괜찮아요. 괜찮으니까. 뚝."

사내들 대부분은 유서현이 겪어야 했던 고초와 멸시, 조롱을 마치 자기 것인 양 받아들이고 있었다. 그리고 또 일부는 유순흠에 감정을 이입해서 유서현을 친 동생처럼 여기는 자들도 있었다.

이러쿵저러쿵 해도 사내들은 다들 꺼이꺼이 목 놓아 울고 있었다. 유서현은 그런 사내들을 한 사람 한 사람, 가까이 다가가 눈을 맞추고 웃으며 말을 건넸다. 그리고 따뜻한 손으로 눈물을 닦아주었다.

유서현을 보고 싶어서 오긴 왔는데 사내들과 섞이기는 싫어 멀찍이 떨어져 있던 사람들도 그 모습을 보고 저마다 크고 작은 감동을 받았다. 그리고 유서현이 이제껏 했던 말을 고스란히 믿게 되었다.

이극이 만약을 위해 준비해 놓은 여러 장치들은, 이렇게 유서현의 미모 앞에서 존재 가치를 잃고 말았다. 군중들 틈에 끼어서 여론을 몰고 가려던 바람잡이들도, 어느새 소녀를 향해 마음속 깊은 곳으로부터 우러나오는 신뢰를 보내고 있었다.

얼이 빠진 채 이 광경을 보고 있던 검영대의 부대주는, 어느 순간 정신을 차렸다.

'위험하다! 내가 이런데 다른 대원들 중에 저 여자에게 넘어갈 녀석이 왜 없겠는가? 시간을 줘서는 안 되겠다!'

부대주는 얼른 생각을 정리하고 소리쳤다.

"다들 비키시오! 사실을 날조하여 민심을 어지럽히는 자를 잡으러 검영대가 왔소!"

내공을 가득 실은 고함 소리가 사방 가득 퍼졌다. 좌중에 모인 이들의 시선이 모두 부대주를 향했다.

"너 이 요망한 것! 감히 천하의 무림맹주를 능멸하려 들다니! 죗값을 톡톡히 치러야 할 것이다!"

부대주는 호기롭게 소리치고, 부하들을 향해 고개를 돌렸다.

"쳐라!"

명령이 떨어지자 검영대원들이 무서운 기세로 유서현을 향해 달려들었다. 그런데 이게 웬걸, 대원들은 몇 발짝 가지 못하고 주춤거리거나 아예 멈춰 서는 것이 아닌가?

대원들을 가로막은 것은 바로 유서현을 판자녀라고 부르던 사내들이었다. 수백 명의 사내가 유서현을 보호하기 위해 원을 그리고 옆 사람과 팔짱을 낀 채 나란히 서서 거대한 벽을 이루는 것이었다.

계획되거나 준비한 일이 아니다. 그저 즉석에서, 의기투합한 이들이 오직 유서현을 보호하기 위해 하나가 된 것이다.

"으윽……!"

한편 무기까지 꺼내 들고 유서현을 잡으려 했던 검영대원들은 처지가 우스워졌다.

사내들은 모두 무공이라고는 이름밖에 들어보지 못한 일반 백성들이었다. 그런 자들이 목숨을 돌보지 않고 검영대원들을 맨몸으로 막아선 것이다.

게다가 검영대의 긍지는 관부를 대신하여 항주 백성들의 치안을 책임진다는 사실에서 비롯되는 것이다. 잘못해서 이들에게 상처를 입힌다면, 그 자체로 검영대의 긍지가 훼손당하는 꼴이 되는 것이다.

그렇다고 포위망을 풀어줄 수도 없다. 참으로 앞뒤가 꽉 막힌 형국이었다.

"이러지들 마세요! 다들 물러나세요!"

유서현도 놀라 외쳤다. 사내들이 걱정되기도 하거니와, 이렇게 되면 이극이 짜놓은 대로 일이 진행될 수가 없었다.

본래 이극의 계획은 무림맹 측이 반드시 유서현을 잡으러 올 것이라는 전제하에 세워진 것이었다.

이극의 계획대로라면 어떤 조직을 동원하든 무림맹은 유서현이 계속 인간 벽서 노릇을 하지 못하도록 방해할 텐데, 십중팔구 무력을 그 수단으로 삼을 것이었다.

그때 유서현은 절대 맞서 싸우지 말고, 경공 수법을 이용해 도주하여야 한다. 단, 즉시 도망쳐 사라지는 것이 아니라 잘 하면 따라잡을 수 있겠구나 하는 생각이 들게끔 간격을 조절하여야 한다. 그렇게 방해하려는 무림맹원들을 꼬리처럼 달고 항주 성내를 누비며 더 많은 관심을 불러일으키는 것이 이극이 세운 계획이었다.

그런데 저 사내들이 인간 벽을 세우고 무림맹 검영대에 맞서서 유서현을 지키려 들고 있으니, 이렇게 되면 이극의 계획도 백지장으로 돌아가고 말 위기에 처한 것이다.

'뭐 이런 일이 다 있냐. 아으윽!'

이극은 머리를 감싸며 괴로워했다. 수백 명이나 되는 멀쩡한 사내들이 동시에 미칠 수도 있다는 사실을 미처 몰랐던 게 잘못이었을까? 그렇다면 정말 큰 잘못을 저지른 것이다.

'그럴 리가 없잖아! 이렇게 될 줄 누가 알았겠냐고! …응?'

방금까지 없었던 절정고수의 기운이 돌연 나타났다. 이극이 머리를 슬며시 내밀어 아래를 보니, 회색 기운이 감도는 머리를 산발한 중년 사내가 보였다.

딱 벌어진 체구에 강인한 이목구비. 무림맹주의 총애를 받는 검영대주, 철사자 장굉의 행차였다.

"얼씨구? 천하의 검영대주가 직접 나서겠다고?"

철사자 장굉이 대주로 취임한 이래, 일반 백성들 앞에 직접 나선 일은 손에 꼽을 정도로 드물었다. 작년 항주를 덮친 수해 당시 난민을 구출하고 피해 복구를 진두지휘했던 일을 제외하면 없다 해도 무방할 정도였다.

"대주!"

누구보다 놀란 것은 전권을 위임받아 대원들을 이끌던 부대주였다. 마음먹은 대로 일이 잘 되어가는 도중이라면 또 몰라도, 지금처럼 이러지도 저러지도 못할 곤란한 상황에서 대주와 마주하기란 죽기보다 싫은 일이다.

자신을 부르는 말에 장굉은 차갑게 대꾸했다.

"이게 무슨 상황인가."

"그것이 저……."

부대주는 간략히 현재 상황을 설명했다. 그러자 장굉은 눈살을 찌푸리며 말했다.

"뭐? 그게 말이 된다고 생각하나?"

"예? 아니, 그것이……."

장굉은 부대주를 밀치고 성큼성큼 걸어가 인간 장벽 앞에 섰다. 남들보다 머리 하나가 큰 장굉 앞에 서니 인간 장벽이라는 이름이 무색할 지경이었다.

장굉은 장벽을 이루는 사내들을 무시하고, 자신의 대원들을 향해 소리쳤다.

"본 대주가 항상 강조하는 말이 무엇이더냐?"

이백 명의 대원이 입을 모아 외쳤다.

"'생각은 깊게, 행동은 빨리, 마음은 독하게' 입니다!"

장굉은 고개를 끄덕이고, 다시 시선을 인간 장벽으로 돌렸다. 아까까지만 해도 서로를 의지하며 두려울 게 없던 사내들도 장굉이 앞에 서자 시선을 돌리는 등 딴청을 피웠다.

장굉은 그런 사내들을 보며 대원들 모두가 들리도록 말했다.

"생각을 깊이 하면 어떤 상황에서도 올바른 답을 찾을 수 있다. 제군들, 우리가 누구냐?"

"무림맹 검영대입니다!"

"우리가 충성을 바칠 대상이 누구냐?"

"맹주님이십니다!"

천지를 울리는 대답 소리와 함께 뻑! 소리가 났다. 장굉의 앞을 가로막던 사내들 중 하나가 이마에 피를 흘리며 고꾸라졌다.

"으아아아악!"

사내는 상처를 부여잡고 흙바닥을 뒹굴었다.

장굉은 몸부림치는 사내를 보며 말했다.

"우리가 충성을 바칠 대상은 오직 하나, 천하제일인 무림맹주뿐이시다. 이런 자들을 백성이라고 어쩌지 못하는 것은, 우리의 자긍심과 하등 상관이 없다는 걸 왜 모르냐? 우리의 명예는 주군이신 맹주께 받았다는 것을 명심했다면 네놈들이 이리 바보스럽게 굴었겠느냐?"

뻑!

장굉이 칼집을 휘두를 때마다 두셋이 피 흘리며 쓰러졌다. 자신도 언제든지 저 꼴이 될 수 있다는 것을 목도하자, 더할 나위 없이 강해 보이던 인간 장벽의 결속력이 금세 허물어지고 말았다.

"으으… 으아아……!"

하지만 그 와중에서도 유서현을 끝까지 지키겠다는 자들이 있었다. 유서현은 그러지 말고 도망치라고 했지만 애초에 말이 통할 상대가 아니었다.

"그만! 그만해!"

장굉의 칼집이 또 한 번 피를 뿌리고 지나가자 유서현이 외쳤다. 장굉이 말했다.

"그럼 순순히 잡히겠느냐?"

"…웃기지 마!"

유서현도 장쾡의 기운이 엄청나 절정고수로 손색이 없음을 느낄 수 있었다. 하지만 무공도 익히지 않은 일반인을 상대로 폭력을 휘두르는 자에게 예를 갖추고 싶지도 않았다.

휙—

유서현의 몸이 허공을 갈랐다.

소녀는 단숨에 사내들의 장벽을 넘었다. 그리고 발끝으로 바닥을 치며 다시금 날아올라 검영대의 포위망을 뛰어넘었다.

검영대원들의 머리 위로 무림맹주는 더 이상 진실을 감추지 말라는 깃발이 펄럭였다.

포위망을 뛰어넘어 착지한 유서현이 몸을 돌렸다. 유서현은 두 눈을 부릅뜨고 장쾡을 향해 소리쳤다.

"무공도 모르는 사람들 그만 괴롭히고 나나 좀 잡아보시지?"

장쾡은 조용히 손을 뻗으며 말했다.

"잡아라."

대주의 명이 떨어지기 무섭게, 이백 명의 대원이 유서현을 향해 달려들었다. 유서현은 달려드는 검영대원들을 보다가 몸을 돌려 도망치기 시작했다.

* * *

"크하하하하핫! 잘했네, 잘했어!"

곽추운은 파안대소를 터뜨리며 군사 무유곤의 어깨를 두드렸다. 무유곤은 겸양을 떨었다.

"맹주의 지시를 이행했을 뿐입니다."

"아닐세! 자네가 아니면 그 누가 그… 일을 이토록 빠른 시간 내에 해낼 수 있었겠는가? 암, 아무도 없지. 아무도 없고말고! 푸하하하하핫! 하하하핫!"

광소를 멈추지 않는 곽추운의 등 뒤에서 원가량이 하후강에게 전음을 보냈다.

[오늘 기분 진짜 좋은가 보네?]

하후강은 턱을 살짝 내리는 것으로 대답을 대신했다. 곽추운은 환하게 웃는 얼굴로 좌우호법을 돌아보며 말했다.

"자네들도 내 항상 잊지 않고 있다네. 참으로 고마운지고."

"아닙니다."

하후강이 나직이 말했다. 원가량은 속으로 그런 하후강을 비웃으면서도 겉으로는 뜻을 함께했다.

"아직 모자람이 많습니다. 부디 주군을 곁에서 모시며 제가 더 성장할 수 있는 기회를 주십시오."

아부도 때가 있다. 기분 좋을 때 슬쩍 찔러주는 한마디가 평소의 인상을 완전히 뒤바꾸기도 하니까 말이다.

"허허, 이 사람! 내가 뭐 그리 훌륭한 사람이라고!"

곽추운은 한껏 들뜬 표정으로 손사래를 쳤다. 원가량은 마주보고 웃으며 생각했다.

'내가 언제 그런 말을!'

곽추운은 원가량의 어깨를 두드렸다.

"조금만 참게. 혼공이 말하길 이번 고비만 잘 넘긴다면 문제없이 성공한다 하였으니, 곧 자네가 원하는 세상이 도래할 걸세."

곽추운의 말이 원가량의 가슴에 불을 지폈다.

원가량이 원하는 세상이 과연 어떤 세상인가? 검수는 검으로, 권사는 주먹으로 생각을 나누는 세상이 아닌가. 말을 내뱉은 혀 따위는 필요없는 곳이 바로 원가량이 원하는 세상이었다.

곽추운은 원가량을 지나쳐 크게 난 창문 앞에 섰다.

밝은 햇빛을 맞는 곽추운은 그의 가슴에 살아 숨 쉬는 원대한 포부를 느꼈다. 그래, 다시 한 번 세상을 바꾸는 것이다. 이번에는 온전히 내 뜻대로.

곽추운은 만면에 미소를 머금으며 창밖을 바라봤다. 그런 맹주를 보는 삼인의 최측근도 절로 웃음꽃을 피웠다. 소심하고 변덕스러우며 그런 주제에 또 체면을 중시하여 대범하고

통 큰 사람으로 비치기를 원하는 자가 바로 곽추운이었다.
 말하자면 아주 소인배의 전형인데, 그럼에도 불구하고 감히 범접할 수 없는 무재의 소유자라는 점이 주변인들을 불행하게 만드는 원인이었다.
 무유곤은 가끔, 곽추운의 그러한 불균형이 정신적으로도 문제를 불러일으키는 게 아닐까 생각할 정도였다.
 어쨌든 그렇게 까다로운 주군의 기분이 좋다는 것은, 적어도 오늘 하루만큼은 모두 다 평온하게 보낼 수 있다는 뜻이기도 했다. 자연히 누구나 쌍수를 들어 환영할 일이다.
 '그래. 오늘도 무사히……!'
 거기까지 속으로 중얼거리던 원가량이 깜짝 놀라며 비틀거렸다. 하후강도 벽을 붙잡고 버텼으며, 무유곤은 숫제 눈을 감고 운기행공으로 몸을 보호하고자 했다.
 넓은 맹주의 방이 소용돌이치는 분노로 가득 채워진 순간이었다. 하늘도 무릎 꿇릴 수 있을 것 같은 압도적인 기운이 세 사람을 짓누르고 있었다.
 "크윽… 주, 주군! 갑자기 무슨 일이옵니까? 고정… 고정하십시오……!"
 곽추운이 갑자기 화를 내는 바람에 내상마저 입은 무유곤이 간신히 입을 뗐다. 원가량과 하후강은 힘겹게 걸음을 옮겨 곽추운에게 다가갔다.

판자녀, 나타나다

"주군! 대체 왜……?"

곽추운은 대답 대신 손가락을 들어 창밖을 가리켰다.

손가락이 가리키는 방향을 돌아본 하후강의 얼굴이 삽시간에 검은색으로 바뀌고 말았다.

도대체 창밖에 뭐가 있길래 그러는 것인지, 원가량도 하후강과 같은 방향을 바라봤다.

그곳에는 '무림맹주는 더 이상 진실을 감추지 말라'는 깃발을 펄럭이며 무림맹 본영의 담장 위를 뛰어다니는 유서현이 있었다.

꿀꺽—

원가량은 반사적으로 마른 침을 삼키며 반가움을 억눌렀다. 곽추운의 입에서 원가량을 잔뜩 긴장시킬 말이 새어 나오고 있었다.

"대체… 나의 무림맹에 무슨 일이 벌어지고 있는 것이냐?"

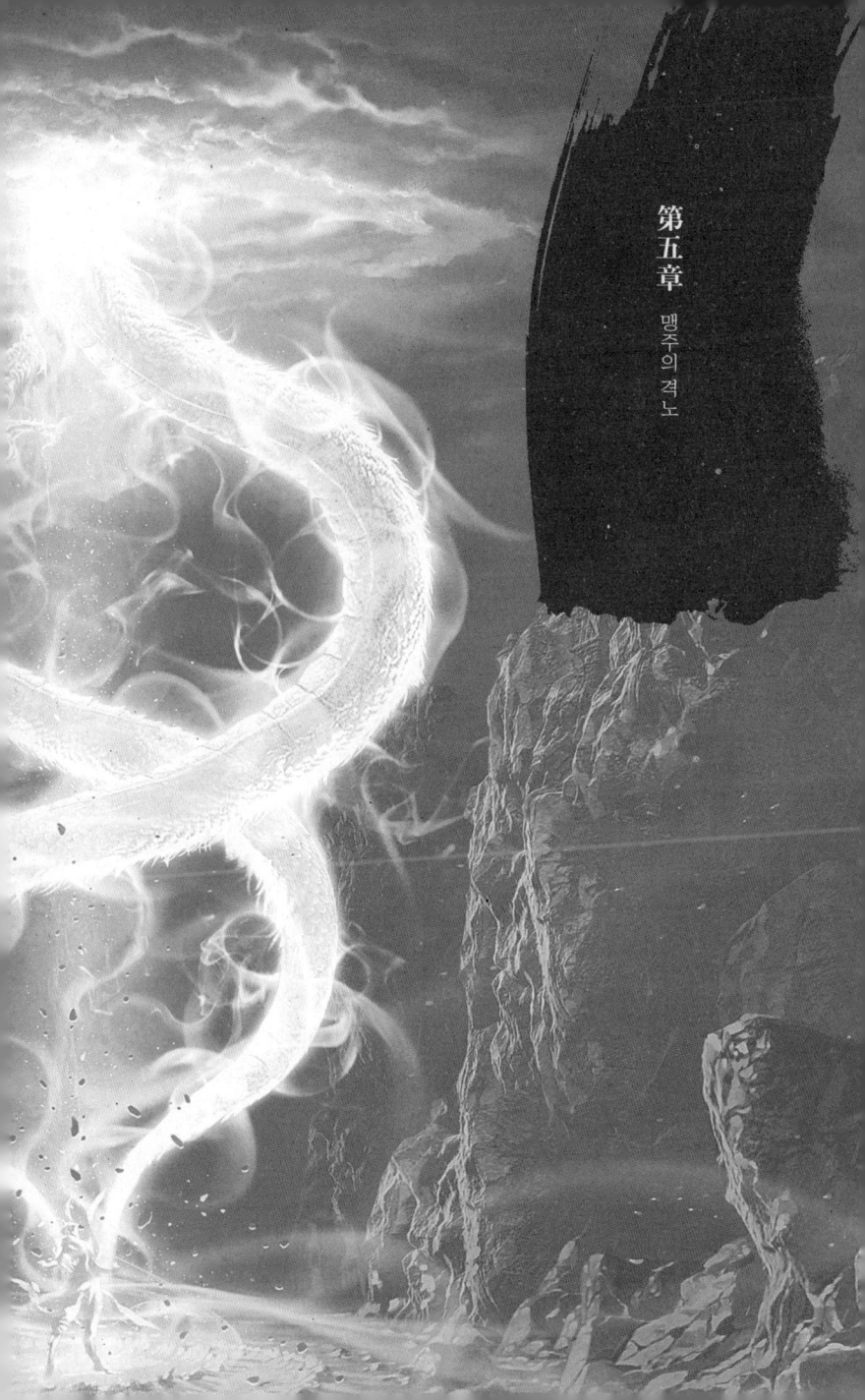

蒼龍魂 창룡혼

1

"잡아라! 잡아!"

"저쪽이다! 병조(丙組)는 뒤로 돌아가고, 을조(乙組)는 따라 올라가라! 어서!"

"비켜! 비키라고!"

대낮의 저잣거리가 소란스러웠다. 인파로 가득하던 거리에 검영대원 수십 명이 들이닥친 것이다.

검영대원들은 좁은 골목임에도 불구하고 경공술을 최대한 발휘하였고, 그 속도를 살려 가로막는 장애물들을 피하는 게 아니라 몸으로 부딪쳐 제거하며 나아갔다.

"어이쿠!"

"으악!"

덕분에 흥정을 하던 상인과 손님이 한데 뒤엉켜 쓰러지고, 가판이 엎어지며 사과 등 진열해 놓은 각종 과일과 채소들이 바닥에 굴러 떨어졌다. 흙먼지까지 자욱하게 피어올랐으니 구걸을 하던 거지들이 이때다 싶어 달려들고, 그걸 저지한다고 상인들도 함께 달려드니 말 그대로 아수라장이 따로 없었다.

한편 큰길도 골목 안쪽의 아수라장을 구경하러 몰려든 사람들로 인해 한바탕 소란이 일었다. 골목 입구에 진을 치고 선 사람들만 얼추 수십이어서, 뒤늦게 온 자들은 뜀박질을 해도 안쪽 상황을 볼 수가 없었다.

"뭐야? 무슨 일이야?"

"그러게 말이야. 왜 이렇게 시끄러워?"

저마다 한마디씩만 내놓아도 삽시간에 시끄러워지니 말 그대로 시장통이다. 그 시장통 가운데 누군가의 말이 귓속에 박혔다.

"또 나타난 거 아니야?"

"나타나? 누가?"

"해를 봐. 지금 시간이 그 시간이잖어."

"그 시간이 뭣이여? 난 도통 알 수가 없다야."

"으이그, 이 답답아. 판자녀가 나타난 거 아니냐고!"

말이 떨어지기 무섭게 사람들의 머리 위로 바람이 불었다.

휘익

골목 안에서 날아온 소녀가 그 바람을 타고 사람들을 뛰어넘었다. 하늘거리는 비단옷과 무림맹주와의 만남을 청하는 깃발. 근자에 항주에서 벌어지는 일 중 가장 화제가 된 소녀, 판자녀라는 이름이 더 유명한 유서현이었다.

"판자녀다! 판자녀다!"

앞뒤로 달고 다니던 판자는 이제 없지만 사람들은 여전히 유서현을 판자녀라고 불렀다. 또한 신기하게도 유서현에게 판자녀라는 이름을 붙여주었던 집단은, 유서현이 판자를 벗고 다닌 순간부터 와해되어 사라졌다. 아무래도 사람들은 유서현과 판자를 따로 생각할 수 없는 모양이었다.

어쨌든 골목 입구를 막고 있던 사람들을 뛰어넘은 유서현은 우아한 동작으로 공중제비를 돌며 바닥에 착지했다. 넋을 잃고 그 모습을 보고 있던 사람들이 갑자기 비명을 질렀다.

"밀지 마! 밀지 마!"

"사람 살려!"

"꺄악!"

유서현의 뒤를 쫓던 검영대원들이 억지로 사람들을 뚫고 나오느라 벌어진 소동이었다. 시장을 터전으로 살아가는 백성들과 푸른 옷의 검영대원들이 한데 뒤엉켜 난리가 났다.

유서현은 잠시 멈춰 서서 그 모습을 바라봤다. 검영대원들이 낭패를 본 것은 어쩔 수 없다 해도 괜히 휘말린 사람들이 걱정스러워서였다.

"판자녀다!"

"하이고, 곱기도 하지!"

잠시 멈춰 섰을 뿐인데 유서현의 주위로 인파가 몰려들었다. 나이든 부인들은 허락도 맡지 않고 유서현의 얼굴을 쓰다듬거나 손을 잡는 등 무례한 행동을 했다. 사내들은 감히 다가가지 못하고 한발 물러나 유서현을 바라보았는데, 개중에는 침을 흘리는 자도 있었다.

"예, 예. 죄송합니다. 죄송합니다."

뭐가 죄송한지는 모르겠지만 하여튼 사과를 하며 유서현은 부인들 틈에서 몸을 뺐다.

간신히 인파를 헤치고 빠져나오니, 대로의 양 옆에서 푸른 옷을 입은 자들이 유서현을 발견하고 달려들었다. 골목으로 쫓아 들어온 자들은 일부였고, 크게 돌아 예상 경로를 차단하려던 나머지 대원들이 나타난 것이다.

"저기 있다!"

"잡아라!"

골목을 빠져나오려다 뒤엉켰던 검영대원들도 전열을 재정

비했다. 바야흐로 사면, 아니, 삼면초가에 빠진 것이다.

"아이고, 저를 어째!"

사람들은 검영대원들이 나타나자 재빨리 길 바깥으로 도망가며 유서현을 걱정했다.

"......!"

검영대원들은 빠르게 거리를 좁혀 순식간에 포위망을 완성했다. 유서현을 둘러싼 자들 중 가장 간부로 보이는 대원이 한발 앞으로 나섰다.

"네 이년! 네 죄를 안다면 순순히 우리를 따라올 것이요, 모른다면 응분의 대가를 치러야 할 것이다!"

수십 명의 포위망에 갇혔으면서도 유서현은 얼굴색 하나 변하지 않고 침착하게 말했다.

"내 죄가 무엇인가요?"

"참으로 맹랑하구나! 네가 거짓으로 맹주를 음해하고 본맹의 명예를 실추시킨 것을 부정할 셈이냐?"

"내가 한 말 중에 뭐가 거짓이고, 뭐가 음해라는 건지 모르겠네요. 말로만 몰아세우지 말고 증거를 가져와 보세요! 아니면 맹주께서 직접 나와 시시비비를 가리든지요!"

"뭐, 뭐야?"

호기롭게 일갈했던 검영대 간부는 순간 말문이 막혔다. 건장한 사내 수십 명에게 포위당하고도 유서현이 당당히 할 말을 하는 모습에, 사람들이 박수갈채를 보냈다.

"잘한다!"

"그래! 억울하다면 본인이 나와서 뭐가 억울한지 얘기해야지! 무조건 잡아들이려고만 하면 어떻게 하냐!"

열화와 같은 반응에 검영대원들은 당황할 수밖에 없었다. 그들의 맹주는 무공뿐 아니라 인품도 훌륭하기 짝이 없어, 귀족이나 관리가 아님에도 불구하고 백성을 위해 헌신하는 그야말로 타의 귀감이 되는 위인이었다.

간혹 맹주가 민생 시찰을 나설 때면 그를 따라다니며 연호하는 사람들로 인해 곤란한 상황이 조성되기도 했다. 항주의 민심은 이미 서씨(황제의 성)를 떠났다는 소문마저 공공연히 도는 등, 최근까지도 맹주의 인기는 하늘을 찌를 정도였다.

그것이 검영대원들이 아는 맹주에 대한 백성들의 평가였다. 그런데 얼마 지나지도 않았건만 백성들은 벌써 맹주에 대한 고마움을 망각한 듯 보였다.

"이익……! 시끄럽다! 잡아라! 저년을 잡아!"

검영대의 간부는 유서현의 말을 무시하고 고래고래 소리를 질렀다. 검영대원들이 형성한 포위망이 유기적으로 진형을 바꿔가며 유서현을 조여 왔다.

획!

유서현은 한 발로 땅을 찍으며 하늘 높이 뛰어올랐다.

그러나 이런 식으로 놓친 게 한두 번이 아니다. 유서현이 뛰어오르리라고 예상했는지 십여 가닥의 유성추가 쏟아졌다.

 "……!"

 유성추들이 유서현의 발목을 감았다. 십여 명의 검영대원이 힘을 모아 소녀를 하늘에서 지상으로 끌어내렸다.

 핑—!

 후두두둑!

 순간 작은 파공음이 일더니, 소녀의 두 발목을 감고 있던 유성추의 끈들이 모두 잘려 나갔다. 유서현을 끌어내리려던 검영대원들은 제 힘을 이기지 못하고 앞으로 고꾸라졌다.

 그러나 유서현이 땅으로 추락하는 속도는 줄어들지 않았다.

 "저, 저거저거!"

 "꺄아악!"

 사람들은 저마다 손가락질을 하거나 비명을 질렀다. 유서현이 그렇게 땅바닥과 마주하던 순간, 빛이 번쩍! 하더니 한 자루 검이 유서현의 손에 들렸다.

 유서현은 검극이 흙에 박히지 않도록 비스듬히 땅에 댔다.

 위잉—

 검은 마치 연검인 듯 검신 전체가 활 모양으로 구부러졌다.

유서현은 그 검이 직선이라는 본 모습으로 돌아오는 탄력을 이용해 다시 하늘 높이 솟구쳤다.

"이익! 쫓아라! 놓치지 마라!"

다 잡은 고기를 놓친 검영대원들의 발걸음이 다시 분주해졌다. 검영대원들은 일사분란하게 유서현의 뒤를 쫓았다.

한 상인이 그 뒷모습을 보며 혀를 찼다.

"쯧쯧… 어깨에 힘주고 다닐 줄만 알았지, 계집 하나를 못 잡네그려! 검영대? 하이고… 가소롭다, 가소로워!"

그러자 또 다른 상인이 다가와 반론을 펼쳤다.

"저 판자녀인지 뭔지 하는 계집이 먼저 문제를 일으키고 다녀서 이런 거 아니야? 맹주님이 우리네 민초들을 위해 얼마나 많은 일을 해주셨는데 그렇게 훌륭한 분을 비방하는 건 난 아니라고 봐."

"그건 그렇지만……!"

두 사람의 대화가 물꼬를 트자 알고 지내던 상인들뿐 아니라 지나가던 행인들까지 합세해 저마다 말을 뱉어냈다.

시간이 흘러 대화가 시들해지자 웬 청년이 끼어들었다.

"여러분, 그건 들으셨소?"

키가 훌쩍 큰 청년은 아주 비밀스러운 얘기라도 하려는 듯, 주변 눈치를 살피는 행동으로 자연스럽게 이목을 끌어왔다.

"검영대 놈들, 우리네 백성들을 지켜주겠다고 하던 자들

아니오? 그런데 글쎄, 며칠 전에는 저 판자녀를 지키려던 청년들을 마구 폭행했지 뭐요."

"뭐라고? 그게 정말인가?"

"이 두 눈으로 똑똑히 봤소이다. 청년들은 일반 백성이라 무공을 익히지도 않았고 무기도 들지 않았는데, 그저 판자녀를 잡는 데 방해가 된다고 개처럼 두들기는 게 아니겠소? 잘은 모르지만 아마 사람 여럿 골로 갔을 거요."

청년의 말을 들은 이들은 저마다 사색이 되었다. 맹주를 두둔하던 상인이 조심스레 말했다.

"아니, 그놈들이 왜 그런 짓을 했지?"

청년은 말도 말라는 듯이 손을 휘저으며 말했다.

"그놈들이 뭐 이유가 있어서 하고 안 하고 그런 놈들인가? 다 위에서 시키니까 어쩔 수 없이 했겠지?"

"위? 위가 누구여?"

"누구긴 누구여. 느이 잘난 맹주님밖에 더 있것어?"

"그게 왜 내 맹준데?"

죽어가던 논쟁의 불씨가 다시 살아나는 것을 확인하고, 청년―이극은 슬그머니 무리에서 빠져나왔다.

이극은 장소를 옮겨가며 사람들을 규합해 비슷한 논쟁을 유발하고, 진실과 거짓을 적당히 섞어 곽추운의 평판을 떨어뜨린 뒤 빠져나오기를 반복했다.

* * *

"이런 빌어먹을! 이럴 수가 있나!"

서릿발 같은 호통이 좌중의 머리 위로 내려앉았다.

무림맹 본영, 대주급 이상의 인사들이 모두 모였으니 엄연히 공적인 자리다. 그럼에도 불구하고 곽추운은 좌중을 마치 하인 다루듯 하며 제 울분을 고스란히 쏟아냈다.

"엉망이야! 죄다 엉망이야! 도대체 네놈들 하는 일이 뭐가 있느냔 말이다!"

화가 얼마나 났는지 곽추운은 발을 굴렀다. 그때마다 대리석 바닥이 과자처럼 부서졌다.

사실 곽추운이 부하를 불러놓고 감정적으로 다그치는 일은 종종 있는 일이었다. 무림맹 내부에서는 이를 두고 '맹주의 격노'라 불렀는데, 당해본 이들은 격노의 '격' 자만 들어도 몸서리를 칠 만큼 무섭다고 알려져 있었다.

업무상 과실에 대한 질책으로 시작해 인격적인 모독은 물론 세간에 떠도는 악의적 비방을 여과없이 토해내는 곽추운의 입은 악몽이나 다름없었다.

어쨌든 그 무섭다던 '맹주의 격노'가 오늘따라 대주급 이상의 모든 인사들의 머리 위로 떨어진 것이다.

무림맹 본영에서 대주급 이상의 인사라면 모두가 일류 고수요, 무림의 명숙이다. 그런 자들이 초주검이 되어 얼빠진 얼굴로 나란히 앉아 있는 모습은, 여기 대회의실에서만 볼 수 있는 진풍경일 것이다.

"장굉!"

맹주의 격노가 마지막 피해자를 지목했다.

이름을 불리자 장굉은 자리에서 벌떡 일어났다. 흔들림없는 눈과 여느 때와 같이 무표정한 얼굴. 과연 철사자라는 별호가 어울리는 자였다.

상석에 앉아 있던 곽추운은 어느새 회탁 위에서 장굉을 내려다보고 있었다.

"너는 뭐냐?"

"검영대주입니다."

곽추운은 회탁 위에 있던 화병의 주둥이를 잡고 휘둘렀다.

퍽!

화병은 주둥이만 남긴 채 산산조각이 났다.

주르륵—

장굉의 이마에서 붉은 피가 흘렀다.

곧이어 곽추운이 장굉의 가슴을 발로 찼다. 의자와 함께 뒤로 넘어간 장굉은 몇 바퀴 굴러 벽에 부딪쳤다.

"……."

장굉의 모습을 보며 사람들은 마른 침을 삼켰다.

화병으로 머리를 깨거나 발로 차는 동작들은 무공과는 영 거리가 멀어, 뒷골목 왈패들 사이에서나 이루어지는 구타에 가까웠다. 장굉도 모든 내공을 일시적으로 폐하고 곽추운의 구타를 받아들였다.

강호에 명성 높은 절정 고수, 철사자 장굉으로선 이보다 치욕스러운 일이 없었다. 본인보다 오히려 보는 이들이 더 민망해 차마 눈을 뜨기 힘든 지경이었다.

퍽! 퍼버벅!

곽추운은 벽에 박힌 장굉을 십여 차례 짓밟았다. 그리고도 분이 안 풀렸는지 장굉의 머리채를 잡고 고개를 젖혔다.

"네놈이 뭘 잘못했는지는 알고 있느냐?"

"계집을 신속히 잡아서 세간의 소문을 가라앉혀야 했는데, 제 능력이 부족해 그러지 못했습니다."

"이런 병신 새끼!"

마음에 드는 대답이 아니었는지 곽추운은 장굉의 머리를 벽에 찧었다.

쿵! 쿵! 쿵!

장굉의 머리에서 솟구친 피가 곽추운의 소매를 붉게 물들이고 손과 팔을 적셨다. 곽추운은 아랑곳하지 않고 장굉의 머리를 계속 벽에 찧었다.

머리는 특별히 그 부위를 사용하는 외공을 익히지 않는 한, 무림인과 일반인 사이에 큰 차이가 없다. 장굉도 마찬가지일 것이다. 바닥을 홍건히 적신 피의 양만 봐도 치사량에 가까울 텐데, 장굉의 입에서는 한마디 신음 소리도 나오지 않았다.

 절대로 호신강기를 발동치 아니하고 맹주의 격노를 달게 받겠노라는 충정의 의지였다.

 그 뜻이 곽추운을 감복시킨 것일까? 언제까지나 이어질 것 같던 둔탁한 소리가 드디어 그쳤다. 곽추운은 장굉을 바닥에 내던지고 차갑게 말했다.

 "멍청한 놈!"

 곽추운은 장굉을 버려두고 남은 자들을 향해 소리쳤다.

 "모두 귓구멍 똑바로 열고 들어라! 내가 검영대주를 책망한 것은 그가 임무에 실패해서가 아니야! 검영대주가 저지른 잘못은 임무에 실패해서가 아니라, 어떤 사안이 발생했을 때 즉각 보고하지 않았다는 것이다!"

 곽추운의 노성이 남은 자들의 머리마다 벼락처럼 꽂혔다.

 "내 말은 단순히 나에게 보고를 잘 하라는 게 아니야! 문제는 보고가 아니라 소통이란 말이다! 밑으로는 하급 맹원부터 위로는 나까지, 정보를 공유하고 생각을 나눠야 그게 진짜 조직이란 말이다!"

 곽추운은 고개를 돌려 첩사대주 신우룡(申雨龍)을 바라봤다.

"신우룡!"

"예!"

"그 유서현이라는 계집에 대해 조사한 보고서, 나에게 올리고 난 뒤 어떻게 했느냐?"

"예? 그, 그것이······."

뜻밖의 질문에 신우룡은 당황했다.

유서현을 조사하여 보고서를 작성, 올린 것까지는 한 치의 실수도 없었다고 장담할 수 있었다. 그러나 그 다음에 무엇을 했느냐고 물으니 할 말이 없는 것이다.

신우룡이 바로 대답하지 못하자 곽추운은 신경질적으로 회탁을 내리쳤다.

파사삭—

회의용 탁자가 순식간에 입자 고운 가루가 되어 모래처럼 바닥에 쌓였다. 가루는 사람들의 무릎 위에도 쌓였는데, 다들 손가락 하나도 움직이지 못할 상황이라 털어낼 엄두조차 내지 못하고 있었다.

"네놈은 그 계집을 왜 조사한 것이냐? 내가 지시해서? 나에게 보고하기 위해서?"

"······."

한 번의 발길질이 하늘을 가른다는 천하의 통비각(通飛脚) 신우룡의 안색이 공포로 물들었다. 곽추운의 호통이 어떤 의

도인지 알아차린 까닭이다.

"계집을 잡기 위한 조사가 아니냐! 그럼 네놈의 조사 자료가 가장 필요한 게 누구인지 대가리가 안 돌아가냐?"

"…검영대입니다."

"그래!"

곽추운의 입에서 거센 바람을 타고 '그래' 라는 말이 나왔다. 그 여파로 바닥에 쌓인 가루가 사방으로 날아 사람들의 눈과 귀, 콧속으로 들어갔다. 그러나 누구도 고개를 돌릴 엄두조차 내지 못하고 고스란히 가루를 맞아야 했다.

"네놈들끼리 꽉 막혀 있는데 내가 어떻게 믿고 일을 진행하겠느냐! 쓸모라고는 개똥만큼도 없는 놈들! 천하에 쓰레기들아!"

맹주의 격노는 반 시진 가까이 더 이어졌다. 본래 화를 낸다는 일 자체가 많은 정력을 소모하기 때문에 지쳐서라도 끝낼 법한데, 곽추운은 과연 천하제일인답게 자신의 모든 감정을 폭발시키고도 생생하여 지친 기색조차 보이지 않았다.

격노가 끝나자 정신 교육이 이어졌다.

곽추운은 적나라한 말들로 정신의 재무장을 요구했고, 앞으로 무림맹이 나아갈 방향과 목표를 사람들의 머릿속에 각인시켰다. 어떤 면으로 보자면 격노보다 더 악랄하게 사람들을 괴롭히는 방법이었다.

"…이상이다. 다시 한 번 말하지만, 더 이상 나를 괴롭히지 마라. 내가 이렇게 나서야 하는 상황을 만들지 말란 말이다."

곽추운은 한결 누그러진 어조로 말을 마쳤다. 그리고 무유곤을 돌아보며 말했다.

"송 장로의 소식은 들어온 게 있나?"

"출발이 열흘 전이라 하니, 곧 항주에 당도할 듯합니다."

곽추운은 다시 좌중을 돌아봤다.

"모두 들었나? 송 장로는 나에게 꼭 필요한 사람이다. 중요한 손님이 방문하기 전에 주인이 뭘 해야 하는지는 알고들 있겠지?"

"존명!"

곽추운의 말이 떨어지기 무섭게 일동 무릎을 꿇고 포권의 예를 취했다. 그러나 곽추운은 불신 가득한 눈으로 그들을 보다가 입을 열었다.

"반곡(盤梏)! 구현당(丘賢堂)!"

"예!"

"계집은 너희들에게 맡긴다."

반곡과 구현당은 전투부대, 흑백 쌍아대(雙牙隊)의 대주이다. 겨우 계집 하나를 잡기 위해 쌍아대를 움직이겠다니, 견문발검(見蚊拔劍)의 우가 따로 없는 일이다.

182 창룡혼

그러나 맹주의 격노 앞에서 어찌 체면을 돌볼 것인가? 두 대주의 입에서 즉각 대답이 나왔다.

"존명!"

두 대주의 대답을 확인하고 곽추운은 몸을 돌렸다. 대회의실을 빠져나가려던 곽추운을 누군가 잡았다.

"맹주!"

붉은 피딱지가 그득한 몰골. 장굉이었다.

장굉은 비틀거리며 곽추운에게 다가가 무릎을 꿇었다.

"검영대에 기회를… 한 번만 더 기회를 주십시오."

장굉은 깨진 머리를 바닥에 붙이며 말했다. 곽추운은 장굉을 내려다보다 말했다.

"그래. 너에게도 할 일이 있지."

"무엇이든 하명하십시오. 반드시 해내겠습니다."

곽추운이 냉정히 말했다.

"내가 쌍아대를 움직이는 것은 계집을 죽이겠다는 뜻이다. 그 정도는 알고 있겠지?"

"알고 있습니다. 검영대도 할 수 있습니다!"

"쯧쯧… 아니지, 그게 아니야."

곽추운은 한쪽 무릎을 꿇어 엎드린 장굉과 시선을 맞추며 말했다.

"쌍아대가 계집을 죽일 수 있도록, 너희 검영대가 준비를 해야 할 게다. 무슨 뜻인지 알겠느냐?"

"......!"

장굉의 눈이 커졌다. 곽추운의 '준비'가 무엇을 뜻하는지 알아차렸기 때문이었다. 철사자라는 장굉의 얼굴에 당혹감이 떠올랐다.

"할 수 없다면 지금 물러나라."

"…할 수 있습니다. 맡겨 주십시오."

"그래. 그래야 내가 아는 철사자지."

곽추운은 고개를 끄덕이고 대회의실을 빠져나갔다.

곽추운의 뒤는 '격노'에서 자유로웠던 두 사람, 원가량과 하후강이 따르고 있었다. 원가량이 문득 입을 열었다.

"대주."

"말하게."

곽추운은 걸음을 멈추지 않고 말했다.

"정말 계집을 죽이실 겁니까?"

"아까 뭘 들었나?"

곽추운은 퉁명스레 대꾸했다. 원가량은 뭐라 말을 하려다 입을 다물고 전음을 보냈다.

[계집을 생포해야 유순흠을 잡을 수 있지 않겠습니까? 우리가 제 여동생을 죽였다는 소식을 들으면 놈은 더 깊이 숨어버릴 겁니다.]

[상관없네.]

[예?]

유순흠은 반드시 잡아야 하는 자다. 예상 밖의 대답에 원가량이 놀라 반문하자 곽추운의 전음이 되돌아왔다.

[첩사대주의 보고서에 따르면 고향에 노모가 있더군. 하나쯤 제거하는 게 놈에게 더 경고가 되지 않겠나?]

[……]

곽추운의 성정이라면 능히 할 수 있는 일이다. 예상하지 못한 게 잘못이라 원가량은 아차 싶었다.

[암천대주를 시키게. 아무리 쓸모없는 놈이라도 노인네 잡아오는 일쯤은 할 수 있겠지.]

항주를 소란스럽게 만든 근본적인 원인을, 곽추운은 유서현을 제때 확보하지 못한 풍선교의 탓으로 돌리고 있었다. 수련 중 주화입마에 빠져 요양 중이라는 보고가 결정적으로 곽추운의 마음을 그로부터 멀어지게 만든 것이다.

[지금 당장 하명하겠습니다.]

원가량은 즉시 몸을 돌려 복도를 빠져나갔다. 그러나 그의 발길은 풍선교가 아닌 다른 곳을 향하고 있었다.

2

이극이 사는 공동주택을 눈앞에 두고, 원가량은 몸을 숨겼다. 그보다 한 발 앞서 들이닥친 검영대원들이 공동주택 안으로 들어가고 있었다.

"맹주가 화낼 만하군."

원가량은 골목 안에서 바깥의 동정을 살피며 중얼거렸다. 첩사대는 진즉에 유서현의 관련 인물로 이극을 지목했을 것이다. 항주에 연고가 없는 만큼 유서현의 현재 행보를 파악하기 위해서는 이극을 조사하는 게 순서가 맞기는 하다.

하지만 그 기본적인 일을 이제 와서 한다는 것은, 곽추운의 말대로 부서간에 정보의 공유가 전혀 이루어지지 않고 있다는 뜻이다.

'하지만 그렇게 만든 게 누군데?'

원가량은 곽추운의 분노가 불합리하다고 생각했다.

애초에 사람과 사람, 부서와 부서간의 경쟁을 유도해 능률을 높이겠다는 게 곽추운의 방침이 아니었던가. 조직 운용의 전체적인 기조가 그런 식이다 보니 자연히 부서간에 벽이 쌓이고 소통이 줄어드는 것이다.

오늘의 결과는 사실 곽추운 본인이 초래한 것이라 해도 과언이 아니리라.

어쨌든 숨어서 공동주택의 정황을 살피던 원가량의 뒤에서 누군가 접근해 왔다.

"뭐가 그렇게 재밌습니까?"

화들짝 놀란 원가량이 몸을 돌렸다. 동시에 검집에서 튀어나온 검이 푸른 이빨을 드러냈다.

"어허, 위험하게시리……."

원가량의 애검, 벽린은 머리카락을 올려놓아도 잘린다는 보검이다. 그 예리한 날에 목을 맡기고도 느긋하게 중얼거리는 자는 이극이었다.

원가량은 곧 검을 회수했다. 이극은 목을 만지며 말했다.

"좋은 검이군요. 덕분에 견식을 넓혔습니다."

이죽거리는 이극에게 원가량이 말했다.

"얘기 좀 하지."

"하시죠?"

"자네……!"

원가량이 갑자기 몸을 담벼락에 붙였다. 무슨 일인가 싶어 의아해하는 이극의 눈에 검영대원들 한 무리가 두 사람이 있던 골목 밖으로 지나가는 모습이 보였다.

'이 인간, 뭐 켕기는 구석이 있구만?'

검영대원들이 지나간 것을 확인하고 다시 의관을 정제하는 원가량을 보자 이극은 확신이 들었다. 그 정체가 뭔지는 몰랐지만, 어쨌든 심리적으로 유리한 고지를 선점했으니 좋은 일이다. 이극은 웃으며 말했다.

"자리를 옮기는 게 좋겠군요."

두 사람은 골목 더 깊숙한 곳으로 자리를 옮겼다. 적당한 장소를 찾아 자리를 잡자 원가량은 다짜고짜 말했다.

"유 소저는 어디 있나?"

"저도 모르는뎁쇼. 선배님의 고언을 들었으니 고향으로 돌아가지 않았겠습니까?"

"이 자식!"

원가량은 이극의 멱살을 잡고 다그쳤.

"네놈이 시킨 그 미친 짓거리 때문에 유 소저가 어떤 위험에 빠졌는지 알아? 지금 사태가 어떻게 돌아가고 있는지 알기나 하냐고!"

"왜 이러십니까? 제가 뭘 시켰다고요."

"딴소리 하지 마. 설마 나더러 유 소저가 스스로 그런 짓을 생각해 냈다고 믿으라는 건 아니겠지? 네놈이 헛바람을 불어넣었을 거란 것쯤은 안 봐도 알겠다!"

"이거 좀 놓고 말씀하시죠."

이극은 원가량의 손을 잡아 풀었다. 흥분이 가시지 않았는지 원가량의 잘생긴 얼굴이 붉게 달아올라 있었다.

이극은 옷매무새를 바로 하며 말했다.

"그 아가씨가 지금 누구 때문에 이러고 있는데, 어디서 큰 소리를 치는 겁니까? 나 참! 고양이 쥐 생각한다더니 딱 그짝이구만."

"뭐?"

"아니, 그래서, 만나서 뭘 어쩔 건데? 직접 잡아가려고?"

이극이 다그치자 원가량은 말문이 막혔다가 간신히 입을 열었다.

"유 소저에게 꼭 할 말이 있다. 급한 일이니 안내해라."

"못하겠다면?"

챙!

보검, 벽린이 튀어나와 날카로운 이를 내밀었다. 이번에는 단순 위협용이 아닌 듯 검극을 겨누는 원가량의 눈에 살기가 충천했다.

"입을 열게 해주마."

본래 원가량은 이극이라는 적의 출현을 반기며 언제든지 그와 싸우기를 갈망했었다. 그러나 유서현에게 마음을 빼앗긴 후로는 매사에 의욕이 없고 싸우고 싶다는 생각도 도통 들지 않았다. 평소 그를 괴롭히던, 평화에 매몰되어 녹슬어 버리겠다던 위기감도 수면 아래로 가라앉았던 것이다.

하지만 밉살스러운 이극의 얼굴이 잠들었던 전의를 일깨운 듯, 원가량은 전신의 피가 세차게 흐르는 것을 느꼈다.

서걱!

벽린의 날이 이극의 앞섶을 베고 지나갔다. 잘려 나간 틈으로 맨살이 드러났다.

"이렇게 나오셔야 피차 편하지."

한발 물러난 이극도 웃음을 거뒀다. 원가량의 검이 생각보다 빠르고 예리했던 것이다.

획!

원가량의 검이 이번에는 이극의 머리 위로 떨어졌다. 푸른 검광이 번쩍이더니 이극이 두 쪽으로 갈라졌다. 그러나 베었다는 감각이 없다. 잔상은 허공으로 흩어졌다.

"......!"

원가량은 즉시 손목을 비틀어 벽린의 검로를 바꾸었다. 이극을 가른 검광이 중에서 횡으로 날아 원가량의 뒤까지 길게 호를 그렸다.

텅!

둔탁한 소리를 내며 벽린이 몸을 떨었다. 적지 않은 충격이 검신을 통해 원가량의 호구로 전해졌다. 원가량은 벽린의 진동을 빠르게 가라앉히고 재차 검을 내밀었다. 그 끝에 이극의 손바닥이 있었다.

쾅!

손바닥과 검이 충돌하며 굉음을 냈다. 원가량의 몸이 휘청거리며 열 걸음이나 뒤로 밀려났다.

간신히 바로 선 원가량의 눈에 이극이 들어왔다.

역시 서너 걸음 뒤로 물러난 이극은 얼굴을 찡그리며 손바닥을 들여다보고 있었다. 원가량의 일검이 이극의 손바닥에 긴 자상을 남긴 것이다.

 '겨우 자상이라고?'

 망치로 머리를 맞은 듯 골이 띵! 하고 울렸다. 그러나 동시에 원가량은 가슴속 응어리져 있던 무언가가 풀리는 것을 느꼈다. 눈앞을 가로막던 벽이 무너지고 시야가 탁 트이는 기분이었다.

 절로 웃음이 터져 나왔다.

 "크하하하핫! 그래! 바로 이거야! 이거라고! 하하하하핫!"

 아직도 남아 있는 이극의 장력에 온몸이 저려온다. 이 일합의 격돌만으로 가늠할 수 있는 상대의 무위는 공포로 다가온다. 그러나 이 고통과 공포야말로 살아 있다는 증거가 아니고 무엇이겠는가?

 원가량은 떨리는 손으로 애검 벽린을 다시 쥐었다.

 이극 또한 한 손으로 이마를 가리고 다른 한 손을 단전 높이에서 앞으로 내민 자세를 취했다. 원가량이 아는 한 어떤 문파에서도 저러한 자세는 없다. 하지만 그속에서 살아 숨 쉬는 무리(武理)는 원가량이 절정의 경지에 오른 고수이기 때문에 알아볼 수 있는 것이다.

 한편 이극 입장에서 원가량은 곤란한 상대였다.

쉽게 상대할 수 없는 실력을 가졌으며 바짝 날이 선 보검을 들고 있다. 게다가 무공이라는 분야에 광적인 집착을 보이는, 이극으로선 생리적으로 받아들이기 힘든 부류였다.

'대체 뭐가 좋아서 저렇게 웃는 거야? 하… 정말 싫다, 싫어!'

원가량을 보며 이극은 이제 어디에도 없는 사람을 떠올렸다. 한때는 이극이 아는 세상의 전부였던 사람.

'사부님……'

일인전승(一人轉承)을 원칙으로 하는, 사부와 이극 두 사람뿐인 사문. 고아였던 이극은 사부의 밑에서 자라며 무공을 배웠다.

사부처럼 사문도, 무공도 이름이 없었다. 그래도 이극은 사부가 가르쳐 주는 것들을 열심히 익혔다. 이극 역시 무공에 심취하여 수련을 거듭하고, 강해지고 싶다는 열망으로 가슴이 뛰던 시절이 있었던 것이다.

하지만 사부가 가르친 것은 무공만이 아니었다. 사부는 이극에게 무공을 가르치고, 무공이란 것이 아무런 쓸모가 없다는 것도 가르쳤다. 그래서 종종 사부가 원망스러울 때가 있었다. 이럴 거라면 애초에 무공을 왜 가르쳐 주었을까, 하고 말이다.

'이런 인간들은 정말 질색이야.'

이극의 취향은 아랑곳하지 않고 원가량이 달려들었다. 푸른 검광은 구천을 떠도는 혼귀(魂鬼)와 같으니, 바로 원가량을 젊은 나이에 사파의 거두 중 하나로 만들어 준 벽마구유검(碧魔九遊劍)이다.

"흐읍!"

 검기보다 검압이 먼저, 그 검압보다 먼저 흉험하기 짝이 없는 음기(陰氣)가 폐 속으로 밀려들어 온다. 이극은 숨을 참아 음기를 차단하며 신법을 펼쳤다.

 쉬쉬쉭!

 검광이 종횡하며 허공에 촘촘한 그물코를 그렸다. 동시에 아홉 가닥의 검기가 푸른빛을 발하며 이극의 요처를 노렸다. 벽마구유검 가운데 절초, 구혼지망(九魂之網)이었다.

 이극은 허리를 살짝 굽히고 두 팔을 몸통과 평행하게 세웠다. 그리고 자신을 향해 쏘아지는 아홉 가닥의 검기를 정면으로 돌파했다.

 쉬쉬쉭! 쉬익!

 검기는 이극의 팔다리를 스쳐 지나갔다. 살들이 깊이 파이고 사방으로 피가 튀었다. 그러나 원가량이 원한 것은 이극의 목숨이지, 기껏 몇 방울의 피가 아니다. 아홉 가닥 검기가 모두 빗나가자 원가량의 낯빛이 삽시간에 어두워졌다.

 순식간에 거리를 좁힌 이극의 앞에는 검광으로 이루어진

맹주의 격노

그물이 기다리고 있었다. 이극의 우장이 그물을 때렸다.

챙!

이극의 손바닥이 닿자 검광의 그물은 유리창처럼 깨져 사방으로 흩어졌다. 무방비로 드러난 원가량의 가슴을 향해 이극이 좌장을 뻗었다.

"……!"

왼팔을 뻗던 이극의 얼굴이 굳어졌다. 사방으로 흩어진 줄 알았던 그물의 조각들이 본래의 모습을 회복하며 제자리로 돌아오는 것이었다. 검광의 그물이 이극의 왼팔을 휘감았다.

"쳇!"

이극은 혀를 차며 왼팔을 크게 휘둘렀다. 휘감기던 검광의 그물이 다시 흩어졌다.

그 사이 원가량은 수장을 물러나 검을 든 자신에게 유리한 거리를 확보할 수 있었다. 그러나 찰나의 순간에 목숨을 건진 원가량은 가쁜 숨을 몰아쉬며 이 거리가 과연 자신에게 유리한 것이 맞는지 의심을 품고 있었다.

이극의 왼팔은 누가 찢어발겼는지 옷이 팔꿈치 위까지 뜯겨져 나가 있었다. 드러난 근육은 생각보다 발달해 있었고, 살갗에는 자상이 가득했다.

과거 혈천검랑을 상대했던 고수들은 검광의 그물에 휘감겨 팔이 아니라 온몸이 짓이겨지는 잔혹한 장면의 희생자가 되었었다. 그런데 허초를 섞으면서까지 거둔 성과가 겨우 자상이라니?

"크크크… 역시 대단하군. 아니, 생각했던 것보다 더!"

원가량은 다시금 피가 뜨거워지는 것을 느끼며 소리쳤다. 이극은 얼굴을 찡그렸다.

'보검도 보검이고, 명성도 헛것이 아니었군. 뭐 이렇게 세?'

예상했던 것보다 원가량의 검이 몇 배나 더 예리했다. 이극은 하후강을 떠올리며 생각했다.

'이거 한 놈이 아니지. 비슷한 게 한 놈 더 있잖아'

그뿐만이 아니다. 쌍검량사, 현기진인, 종리권사들도 모두 이극에게 패했을 뿐, 일류로 강호에 명성이 드높은 자들이다. 그 외에 대주급 이상의 인사들도 크게 뒤지지 않는다. 얼추 떠오르는 이름들만 꼽아도 두 손 두 발이 모자를 지경이다.

게다가 이건 항주에 위치한 무림맹 본영만 따졌을 때가 아닌가? 이극은 새삼 무림맹이라는 단체의 힘을 느끼고 몸서리쳤다. 단순히 머릿수가 아니라, 수많은 의지가 하나의 목표를 향해 움직일 때 발생하는 힘의 문제다.

인간은 관계를 맺고서야 비로소 살아갈 수 있는 존재다. 개인의 용력이 어디까지 커지든, 다수가 뭉친 집단에 맞서서 할 수 있는 일은 그리 많지 않은 것이다.

바로 그 지점에서 곽추운은 천하제일인이 되었다.

천부의 자질을 타고난 곽추운은, 그럼에도 불구하고 무공이라는 개인의 용력을 목적이 아닌 수단으로 사용한 것이다.

대저 성공했다는 자들의 공통점이 그런 것이다. 자신에게 주어진 것을 목적이 아니라 수단으로 볼 줄 아는 성정 말이다.

대부분은 할 수 없는 일이다.

사부가 그랬다.

그에게 무공은 목적이었지, 수단이 될 수 없었다. 그래서 사부는 약초를 캐는 일로 생계를 유지했고, 무림의 일에 관여하는 법이 없었다. 몇 사람인가 무림인 친구도 있었지만 그들을 대하는 태도는 고개 너머에 사는 나무꾼이나 매한가지였다.

그렇게 살면 안 된다. 수단으로 삼는 이들에게 휘둘려 결코 그 끝이 좋을 수가 없는 것이다.

이극은 문득 원가량이 안타까웠다. 그 또한 무공을 목적으로 삼은 자라는 걸 충분히 알 수 있었다. 생각이 소리가 되어 입에서 튀어나왔다.

"원 선배도 참~ 갑갑하시겠습니다, 그려."

원가량은 혓바닥으로 마른 입술을 축이며 대답했다.

"그래서 싸우는 거지."

"유 소저에게 할 말이 있다고 시작한 싸움이었잖습니까? 본인이 한 말을 그새 잊어버렸습니까?"

"······!"

어이가 없어 던진 말이 효과가 있었다. 원가량이 분통을 터뜨렸다.

"젠장! 한시가 급한 마당에 네놈이 고집을 부려서 시간을 지체한 게 아니냐!"

원가량은 분통을 터뜨렸다. 잠깐 머리가 돌았는지 피가 끓어서인지, 본래 목적을 망각한 것이다.

좀 더! 좀 더! 원가량은 애검의 절규를 외면하고 검집에 넣었다. 뜻밖의 일이라 이극이 놀라 말했다.

"왜 그러십니까? 그만두시려고요?"

원가량은 거침없이 이극에게 다가가 멱살을 잡았다. 원가량은 눈에 핏대를 세우며 다그쳤다.

"어서 말해! 유 소저를 만나야 한단 말이다!"

"하아······?"

순순히 멱살을 잡힌 이극은 헛바람을 토해냈다. 유서현의 소재를 요구하는 원가량의 모습 어디에도 방금 전 무공 하나에 모든 것을 바쳤던 무인을 찾아볼 수 없었다.

지금 원가량을 지배하는 것은 광기 어린 집착이 아니라 속 타는 간절함이었다. 그것을 알아보았기에 이극은 난감함을 감출 수 없었다.

결국 이극이 항복을 선언했다.

"지금 한창 뛰어다닐 시간이니, 조금만 기다리시죠."

"거기가 어디냐! 어디냐고!"

"글쎄요… 북서(北西) 지구의 장터였던가? 대체 무슨 할 얘기가 있다고 이렇게까지 나오시… 선배? 선배!"

원가량은 갑자기 멱살을 놓더니 이극을 밀치고 달렸다.

"아씨… 뭐야, 진짜!"

이극은 덥수룩한 머리를 마구 헤집으며 신경질을 냈다. 원가량의 모습은 어느새 점이 되어 보이지 않았다.

3

여름의 초입에 선 태양이 유난히 뜨거웠다.

그러나 유서현이 서 있는 곳은 오륙 장은 족히 될, 지상으로부터 까마득히 높은 누각의 지붕 위다. 지열로부터 다소 자유로운 이곳의 바람은 가을인 양 차가웠다.

휘이잉―

마침 불어온 바람이 유서현의 머리카락을 날렸다. 유서현은 눈을 가린 머리카락을 떼어 귀 뒤로 넘겼다. 항주 성내의 전경이 한눈에 들어왔다.

"휴우……."

손톱만 하게 보이는 인파 속, 드문드문 푸른 옷을 입은 사내들이 보인다. 매일 쫓고 쫓기다 보니 이제는 친근하게까지 느껴진다. 개중에는 얼굴을 익힌 자들도 있어 가끔 눈인사를 교환할 때도 있다.

"풉!"

교환이라니? 스스로 생각해 봐도 우스운 말이라 유서현은 웃음을 터뜨렸다. 며칠째 자기 때문에 고생하고 있는 자들이다. 유서현을 보는 검영대원들의 눈빛은 정말이지, 잡히면 뼈 채로 씹어먹겠다는 다짐으로 반짝반짝 빛나고 있다.

그런 자들이 유서현과 잘도 눈인사를 나누겠다, 싶으니 절로 웃음이 나는 것이다.

낙엽만 굴러도 까르르 웃음이 나오는 시기다. 한번 웃음이 터지니 그칠 수가 없어, 유서현은 마음 놓고 웃었다.

등 뒤에서 누군가 말을 걸어오기 전까지는.

"뭐가 그리 재밌누?"

"…힉!"

낯선 목소리에 놀란 유서현이 웃다 말고 이상한 소리를 냈다. 황급히 돌아보니 머리가 하얗게 샌 노인이 초롱초롱한 눈으로 유서현을 보고 있었다.

얼마나 놀랐는지 유서현은 자기도 모르게 뒷걸음질을 쳤

다. 한 발 뒤로 내디뎌 밟은 기왓장이 쑥 하고 밑으로 꺼지면서 유서현의 몸도 균형을 잃었다.

"……!"

십여 장 아래로 추락하려던 유서현의 몸이 처마 끝에서 어정쩡하게 멈췄다. 백발노인이 유서현의 손을 잡은 것이다.

"웃차!"

노인은 기합 소리를 내며 유서현을 끌어올렸다. 간신히 추락사를 면한 유서현은 놀란 가슴을 진정시키고 감사의 뜻을 표했다.

"구해주셔서 감사합니다."

그러나 노인은 대답 대신 유서현을 뚫어져라 쳐다봤다. 눈을 맞추고 얘기하는 것은 유서현의 특기인데, 노인의 시선은 고정되어 있지 않고 소녀의 몸 구석구석을 훑어보는 것이었다.

노인의 시선을 느낀 유서현의 얼굴이 붉게 달아올랐다. 노인은 뒷짐을 지고, 아이 같이 맑은 눈으로 물었다.

"유서현이, 맞지?"

"예. 제가 유서현입니다만……?"

"사람들이 널더러 판자녀라고 부르던데, 판자는 보이질 않는구나. 내가 제대로 찾아온 게 맞느냐?"

노인은 처음부터 유서현을 알고 찾아온 것이다. 유서현은 슬슬 검영대 외에 무림맹의 다른 자들이 움직일 거라던 이극의 경고가 떠올랐다.

유서현의 눈에 경계의 빛이 떠오르자 노인은 너털웃음을 지었다.

"아이야, 뭘 그렇게 두려워하느냐? 난 맹주와 관계없는 사람이란다. 항주에 온 지도 며칠 안 됐고 말이다. 그저 네 얘기를 따로 듣고 싶어서 이 높은 곳까지 올라오지 않았겠느냐? 저 아래에는 사람도 많고 시끄럽기도 하고, 무엇보다 진득이 이야기를 나눌 상황도 아니고 말이다."

백발노인은 얼굴에 주름도 적고 피부가 고운 게 소년과도 같았다. 유서현과 마주친 두 눈은 또 어찌나 맑은지, 도저히 악의를 품고 접근했다고 생각할 수가 없었다.

무엇보다 노인은 유서현이 감히 어찌할 수 없는 고수다. 유서현은 순순히 입을 열었다.

"판자는 처음 며칠만 쓰고 다녔습니다. 도저히 계속 쓰고 다닐 수가 없어서……."

판자녀를 추종하는 무리는 그 수가 수백을 헤아리는데, 유서현이 출현했다는 소식의 전파와 집결이 놀랄 만큼 신속했다. 나타나기만 하면 벌떼같이 몰려들어 주변을 점거하니, 그 무리에 속하지 않은 사람들은 유서현이 무슨 이야기를 하는지 듣고 싶어도 들을 길이 없는 것이다.

더구나 이 무리들은 유서현의 이야기를 자기들끼리만 주고받을 뿐, 외부인에게 퍼뜨릴 생각이 없어 보였다. 게다가 이들이 한 번 지나간 장소에는 쓰레기와 오물이 가득하였으니 사람들의 원성이 자자했다.

원망의 목소리는 당연하게도 이들을 조종하는(것 처럼 보이는) 유서현에게로 향했다. 며칠 추이를 지켜본 결과 이극은 판자녀를 추종하는 무리의 존재가 실이면 실이지, 득 될 게 하나도 없음을 깨닫고 이유는 알 수 없지만 그들이 좋아하는 판자를 버리는 결단을 내렸다.

효과는 즉시 나타났다. 깃발만 든 채 판자를 버리고 나오자 무리지어 따르던 사내들이 순식간에 흩어진 것이다.

이극은 그 이유를 다음과 같이 설명했다.

"그자들이 좋아했던 건 판자를 뒤집어쓴 미소녀지, 무림맹주에 홀로 맞서거나 오빠를 찾거나 하는 이야기에는 아무런 관심도 없었던 거야. 그리고 솔직히 아가씨가 무슨 천하절색이거나 경국지색, 그 정도는 아니잖아?"

"…그래서요?"

반 박자 늦은 유서현의 대답이 불편한 심기를 대변하고 있었다. 이극은 태연한 얼굴로 말을 이었다.

"그래도 그 사람들은 아가씨를 뭐, 눈이 번쩍 뜨이는 절정 미소녀? 그렇게 부르고 다녔잖아."

"그런데요? 그게 뭐 이상해요? 기분 나빴어요?"

유서현의 목소리에 묘하게 가시가 돋쳐 있었다. 이극은 능글맞은 웃음으로 유서현의 따가운 시선을 받아쳤다.

"아니, 그런 얘기가 아니잖아. 내 말은, 그 사람들이 틀린 말을 한 건 아니란 거야. 아가씨는 천하제일의 미소녀야. 맞아. 단, 어디까지나 앞뒤로 판자를 뒤집어썼을 때의 이야기지."

"뭐라고요?"

"판자를 뒤집어쓴 여인들 중에선 아가씨가 가장 아름다웠을 거란 말이야. 그래서 그 젊은 사내들이 만사를 제쳐 두고 쫓아다닌 거 아니겠어? 그런데 판자를 벗으니까 비교 기준이 확 올라간 거고, 보통 남들 입는 옷을 입고 다니는 여인들 중에선 좀 예쁘네 싶을 정도로 돌아온 거지."

물론 이극의 말은 과장이 섞인 거라, 유서현의 외모가 절대 '좀 예쁘네' 하고 말 정도는 아니다. 하지만 수백 명의 사내가 눈이 뒤집혀서 쫓아다닐 만큼도 분명 아니라는 게 안타깝지만 현실이었다.

"흠, 흠."

백발의 노인은 맑은 눈을 반짝이며 유서현의 말을 경청했다. 유서현은 이극의 말을 전하고 분통을 터뜨렸다.

"어르신께서는 그게 말이 된다고 보세요? 저 좋다고 몰려들던 사람들이 그깟 판자 하나 벗었다고 외면하는 게?"

"음… 글쎄다. 허허, 난 잘 모르겠구나."

분명 무언가 할 말이 있는 얼굴인데, 노인은 웃음으로 얼버무렸다. 유서현은 분이 안 풀렸는지 눈을 표독스럽게 뜨며 힘주어 말했다.

"저도 제가 그렇게 막 예쁘고 그렇지 않다는 건 알아요. 하지만 그래도 대놓고 말하면 듣는 저는 뭐가 되냐구요. 안 그래요?"

"허헛! 그것 참, 듣고 보니 네 얘기가 맞는 것 같구나."

"하여간 보면 배려심이라는 게 없다니까요."

투덜대던 유서현은 문득 눈앞의 노인을 방금 처음 만났다는 것을 깨닫고 놀라 고개를 숙였다.

"어머, 내 정신 좀 봐. 무슨 말을……. 정말 죄송합니다. 초면에 얘기를 너무 함부로 해서……."

노인은 눈처럼 흰 수염을 쓰다듬으며 웃었다.

"아니다, 아니야. 네 이야기를 듣고 싶어서 찾아왔다고 하지 않았느냐? 이것도 다 네 얘기가 아니더냐. 난 좋기만 하구나."

유서현은 화끈거리는 얼굴을 손등으로 식히며 물었다.

"존명이 어찌 되시는지 여쭈어도 될까요?"

노인은 흔쾌히 대답했다.

"안 될 게 있겠느냐? 나는 삼정(三丁)이라고 한다. 항주는 살면서 두 번째 와보는데, 뭐 크게 바뀌진 않은 것 같구나."

삼정이라고 이름을 밝힌 노인은, 웃음을 거두고 유서현에게 말했다.

"내 얼핏 네 이야기를 들었다만, 역시 본인에게 직접 듣는 것과는 다를 거라 생각한다. 그래서 널 찾아온 것이니 너는 가감없이 있는 그대로 고해야 할 게다."

유서현은 흔쾌히 그러마고 고개를 끄덕였다. 비록 듣는 이는 노인뿐이었지만 한 사람이든 여러 사람이든, 유서현에게 있어 청자의 수는 그리 중요하지 않았다. 그거야 이극이나 중요하게 생각할 일이다.

유서현은 지금까지 해왔던 대로 이야기를 시작했다. 노인은 눈을 크게 뜨고 집중하더니, 어쩔 때는 고개를 끄덕이고 또 어느 때는 주먹을 불끈 쥐는 등 일일이 반응을 보여 유서현을 신나게 만들었다.

유서현의 말이 끝나자 노인은 팔짱을 끼고 심각한 표정으로 고개를 끄덕였다.

"네 말대로라면 확실히 보통 일은 아니구나."

"예. 저는 곽 맹주님이 분명 오라버니에 대해 숨기는 바가

맹주의 격노 205

있다고 생각하고 있어요. 그리고 그 생각이 틀렸다면 곽 맹주님이 직접 나와서 해명해 주시기를 바라고요."

"그럼 언제까지 할 작정이냐? 네가 아무리 곽 맹주의 평판을 떨어뜨린다고 해도 그가 직접 너와 대면할 일은 없을 텐데 말이다."

"계속할 거예요. 아저씨를 믿으니까."

"믿는다?"

삼정이라는 노인이 미간을 찡그렸다. 유서현은 개의치 않고 말을 이었다.

"저를 희롱했던 무림맹에 한 방을 먹이자고, 아저씨가 얘기했으니까요. 좀 의심스럽긴 하지만 믿어야지 어쩌겠어요. 뭘 꾸미고 있는지 모르겠지만 따로 생각하는 게 있을 거예요."

"말은 그렇게 해도 아주 철석같이 믿는 눈치구나."

"아니에요. 어르신도 아저씨를 보면 아실 걸요? 얼굴만 좀 반반하지, 사람도 잘 속이고 이상한 것도 많이 알고 사기꾼이 따로 없다니까요."

"네 말을 들으니 나도 보고 싶구나."

백발노인은 활짝 웃으며 말했다. 친한 동네 할아버지쯤으로 대하는 유서현의 말투에 웃음이 절로 나왔다. 유서현은 고개를 들어 태양의 위치를 확인하고 말했다.

"저 슬슬 가봐야 하는데, 더 듣고 싶으신 얘기 있으세요?"

"아니다. 내가 너무 오래 붙잡고 있던 게 아닌지 모르겠구나. 가보거라."

유서현은 허리를 굽혀 인사하고 처마 아래로 몸을 날렸다. 유서현은 각기 다른 높이의 건물 지붕을 계단처럼 밟으며 지상으로 내려갔다.

그 모습을 내려다보는 백발노인의 입에서 절로 감탄사가 터져 나왔다.

"허어… 저 어린 아이가 어찌 저런 경공술을 익혔을꼬?"

거리에 사람들이 많아지자 원가량은 아예 담벼락 위로 올라 뛰었다. 이극은 보폭을 넓혀 그런 원가량을 따라붙었다.

"지금 어딘지 알고나 가는 겁니까?"

원가량은 이극을 힐끗 보더니 고개를 돌렸다. 이극은 담벼락 아래에서 원가량을 따르며 계속 말했다.

"거 진짜 답답하네. 무슨 말인지 몰라도 내가 전해주겠다니까요? 왜 꼭 얼굴을 봐야 한다는 겁니까? 나를 믿지 못하겠습니까?"

"네놈에겐 할 얘기가 아니야."

"직접 만나봤자 좋은 꼴 못 보실 텐데……."

"시끄럽다."

원가량은 이극의 말을 일축하고 속도를 더 높였다.

획!

담벼락 위를 뛰던 원가량의 신형이 높이 올랐다. 원가량은 팔을 뻗어 이층 난간을 잡고, 그 지점을 축으로 몸을 돌려 지붕 위에 올랐다.

몇 번의 동작만으로 이층 건물의 지붕 위에 오른 경공술과 신법이 놀라웠다. 그러나 이극은 벌써 올라와 원가량을 기다리고 있었다.

애써 외면하려는 원가량을 이극이 불러 세웠다.

"맹주님께서 친히 명이라도 내리셨습니까? 잡지 말고 죽이라고?"

의문형이기는 하나 그 속에 확신이 담겨 있었다. 원가량은 이극을 돌아보며 말했다.

"네놈… 정말 정체가 무엇이냐?"

"뒷골목 전전하는 해결사 놈에게 정체라고 할 만한 게 뭐 있겠습니까? 이상한 말씀 마십시오."

"넘어갈 생각 마라! 그래… 너 같은 고수가 항주에서 몸을 낮추고 있다는 것부터가 수상했어."

원가량의 시선이 날을 세우고 이극의 속으로 파고들었다. 이극은 머리를 긁으며 말했다.

"글쎄요? 마종의 잔당이라고 하면 믿으시려나?"

"닥쳐! 감히 나를 풍가 놈과 같이 취급하려 하다니!"

화를 내는 원가량에게 웃어 보이고는 있으나 이극의 속도 편하지 않았다. 차라리 풍선교처럼 마종의 잔당이라고 생각해 주는 편이 백 배 나을 것이다.

이극은 짐짓 너스레를 떨었다.

"솔직히 곽 맹주는 생각하는 게 너무 뻔해서 삼척동자라도 예측할 수 있는데, 제가 그거 좀 때려 맞췄다고 정체 운운하는 건 너무 앞서나간 거 아닙니까?"

"헛소리 마라……!"

원가량은 눈을 부릅뜨고 이극을 노려봤다. 이극은 정말 오해라는 듯이 실실 웃으며 속으로 다른 생각을 했다.

'여러 모로 귀찮게 구네. 이거 확 죽여 버려?'

하지만 죽인다 해도 문제가 해결되는 것은 아니다. 원가량은 마종과의 항쟁부터 곽추운과 함께해 온 자로, 총애를 한 몸에 받는 최측근이다.

원가량이 죽는다면 곽추운은 납득할 수 있는 이유를 알 때까지 집요하게 진상을 파헤칠 것이다. 그러기 위해 무림맹이 가진 모든 힘을 기울일 텐데, 제 아무리 이극이라고 그로부터 벗어날 순 없을 것이다.

그리고 설령 죽이려고 한들 그것도 문제다. 이극이 무슨 관운장도 아니고, 주머니에서 물건 꺼내듯 사람을 쉽게 죽일 수는 없는 노릇이다. 더구나 원가량은 그 명성에 한 점 부족함도 없는 절정고수. 순순히 목을 내놓을 리도 없었다.

'이래저래… 아오! 내가 왜 이런 고민을 하고 있냐고!'

속으로 열불이 나는 것을 가라앉히며 이극은 필사적으로 표정을 관리했다. 거듭 원인을 궁구해 보면 결국 유서현과 얽힌 순간부터 이극의 인생이 틀어진 것이다.

"그걸 틀어졌다고 말하니까 네놈이 잡것이라는 거야. 계기라든지, 전환점이라든지, 암튼 좋은 말 다 놔두고 그게 뭐냐?"

추 부인의 질타가 들리는 것 같았다. 추 부인의 입에서 나온 말이 아니니 이극 자신의 마음에서 나오는 소리일 게다. 이극은 고개를 세차게 흔들어 추 부인의 목소리를 지웠다.

"어쨌든! 제발 엄한 사람 잡지 마시오. 그게 당신들 특기인 건 알지만……?"

원가량이 이극을 무시하고 고개를 돌렸다. 원가량의 시선을 따라가니 바쁘게 이동하는 검영대원들이 보였다.

"그쪽인가!"

원래 목적을 상기했는지 원가량은 이극을 버려두고 지붕 위를 뛰기 시작했다.

검영대원들이 뛰는 방향으로 유서현이 어디쯤에 나타났는

지 미루어 짐작할 수가 있었다. 원가량은 건물들의 지붕 위를 넘나들며 검영대원들을 앞질렀다.

유서현과 검영대원들 간에 벌어지는 추격전은 이제 항주 주민들에게 익숙한 광경이었다. 매일 반복되는 추격전의 결말도 매한가지였다. 유서현이 놀라운 경공술을 펼쳐서 건물과 건물 사이를 넘나들고, 검영대원들은 닭 쫓던 개처럼 지붕만 쳐다보는 그런 결말 말이다.

하지만 이번엔 다르다. 검영대주, 철사자 장굉이 직접 대원들을 이끌고 추격전을 지시하고 있었다.

휘익!

유서현의 신형이 허공을 가르고 그 뒤를 장굉이 따랐다. 처음으로 유서현의 경공술을 따르는 자가 나타난 것이다.

"오오!"

사람들은 입을 모아 탄성을 질렀다. 물론 따른다고 하여 장굉의 경공술이 유서현과 어깨를 나란히 하지는 않았다. 유서현이 한 장 높이를 한 걸음에 오른다면, 장굉은 두 걸음에 오르는 정도의 차이가 있었다. 하지만 무공을 모르는 이들의 눈에는 둘 다 하늘을 나는 것처럼 보이는 것이다.

"…흥!"

유서현은 힐끗 장굉을 돌아보고 코웃음을 쳤다. 장굉의 기세가 무시무시하기는 하나 잡히지 않을 자신이 있었다. 본래 자신이 있기도 했거니와, 이극에게 배우고 난 뒤로는 경공술로 누구에게도 질 것 같지가 않았다.

자만의 대가는 빠르게 찾아왔다. 착지해야 할 건물 지붕 위에, 미리 대기하고 있었는지 검영대원들이 유서현을 기다리고 있는 것이다.

'어떻게……?'

한 번도 겪어보지 못한 상황이다. 얼마나 당황했는지 머릿속에 눈이라도 내린 것처럼 하얗게 덮여 아무 생각도 나질 않았다.

매복의 가능성을 처음부터 배재하지는 않았다. 하지만 유서현이 어디서 나타날지, 어디로 도망갈지 모르니 해야 한다면 항주의 모든 복층 건물 위에 인력을 배치해야 하는 것이다.

그러나 장굉은 애초에 유서현과 격이 다른 고수다. 따라잡을 수는 없지만 유서현으로 하여금 어디로 도망칠지, 도주로를 원하는 대로 유도할 수는 있는 것이다. 이를 간과한 것은 이극의 실수였다.

다섯 명의 검영대원은 각기 검을 들고 유서현이 내려앉기만을 기다리고 있었다.

우우웅—

등 뒤로 장굉이 발하는 압박감이 밀려들어 왔다. 거대한 손바닥이 파리 잡듯 유서현을 덮치는 영상이 그려질 만큼 거대한 기운이었다.

 검영대원들의 기세도 심상치가 않았다. 그간의 실패와 울분이 쌓일 대로 쌓였는지 검극마다 살기가 번뜩이고 있었다.

 말 그대로 진퇴양난의 상황. 날개라도 돋지 않는 이상 꼼짝없이 잡힐 상황이었다.

 그때, 하얗게 비어버린 머리를 대신해 유서현의 몸이 멋대로 움직였다.

 "……!"

 검영대원들의 눈이 경악으로 물들었다. 상상도 하지 못할 광경이 눈앞에 펼쳐진 것이다.

 분명 그들의 검 위로 떨어져야 할 유서현이, 허공을 밟고 다시 한 번 도약한 것이다. 정말 날개가 돋친 듯 유서현의 신형이 검영대원들의 머리 위를 넘어갔다.

 "저, 저럴 수가!"

 놀라는 사이 유서현은 기왓장을 밟고 다시 한 번 뛰어 건너편 건물로 넘어갔다. 검영대원들이 감히 쫓을 엄두도 내지 못하는 중, 한 발 늦게 장굉이 내려앉았다.

 "대, 대주님……."

 그들의 잘못도 아니건만 검영대원들은 죄인이 된 심경이

맹주의 격노

었다. 불과 한 시진 전 '맹주의 격노'를 당한 장굉이다. 몸도 제대로 가누기 힘들 지경일 텐데, 깨진 머리를 붕대로 대충 감고 나와 경공술을 펼쳐 삼 층 건물의 지붕에 올라온 것이다.

유서현이 순간적으로 허공답보(虛空踏步)의 수법을 펼치는 것은 장굉도 똑똑히 본 바, 대원들을 책망할 수는 없었다.

성치 않은 몸으로 경공술을 펼쳤기 때문일까? 장굉의 안색이 몹시 어두웠다. 대원 중 하나가 나서서 장굉을 부축했다.

그러나 장굉은 도움의 손길을 물리치고 대원들을 둘러봤다. 그리고 그중 하나를 지목했다.

"이름이 무엇이냐?"

"어형로입니다!"

"어형로… 어씨세가 출신이로군. 너는?"

"육대종입니다!"

장굉은 차례로 대원들의 이름을 물었다. 다섯 명의 이름을 일일이 확인한 장굉이 갑자기 다른 말을 했다.

"너희들은 자랑스러운 검영대다. 모두 처음의 맹세를 기억하겠지?"

엄격한 심사를 통과하고 배치된 신입 대원들은, 무림맹과 검영대를 위해 목숨을 바치겠다는 요지의 맹세를 한다. 모두들 똑똑히 기억하고 있노라 자신있게 대답했다.

장굉이 말했다.

"그 맹세를 지킬 때다."

"…예?"

무슨 뜻인지 몰라 고개를 갸웃거리던 육대종의 눈앞에, 순간 빛이 번쩍였다.

장굉의 검이 육대종을 비롯한 세 명의 검영대원들을 베고 지나갔다. 한마디 비명도 지르지 못하고, 대원들은 허공에 피를 흩뿌리며 지상으로 추락했다.

둔탁한 소리를 내며 바닥에 떨어진 시체들을 중심으로 사람들이 모여들었다. 개미떼처럼 모인 사람들을 확인하고, 장굉은 고개를 돌렸다.

장굉의 검이 지나친 두 명, 어형로와 다른 검영대원의 얼굴이 하얗게 질려 있었다. 그들의 뇌리에 이미 유서현이 펼친 허공답보는 사라진 지 오래였다.

장굉은 검을 회수하며 남은 두 사람에게 말했다.

"입을 함부로 놀리지 마라. 너희들의 역할도 중요하다."

부상의 여파일까? 그리 말하는 장굉의 목소리는 잔뜩 잠겨 있었다.

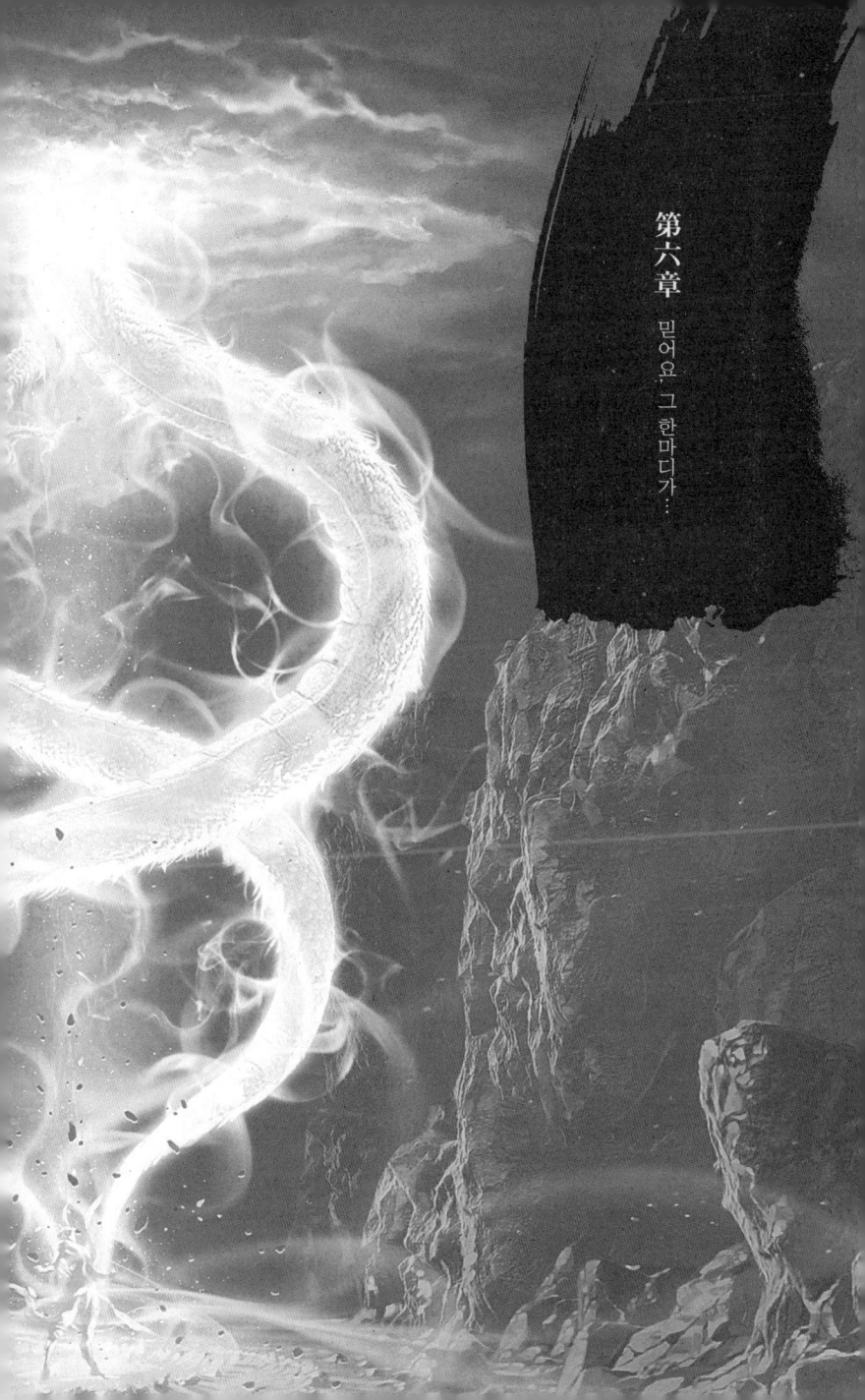

蒼龍魂 창룡혼

1

"봤어요? 내가 한 거 봤어요?"

유서현의 얼굴이 잔뜩 상기되어 있었다. 이야기 속에서나 나오는 거라 생각했던 경공술의 최고 경지. 이름부터 허무맹랑하기 짝이 없는 '허공답보'를 펼쳐 냈으니 어디 흥분을 쉽게 가라앉힐 수 있을까?

유서현이 허공을 밟고 뛰어오르는 모습을 이극도 보긴 봤다. 제 눈으로 보고도 믿을 수 없어 돌아봤더니, 원가량은 파리가 들어가도 모르게 입을 딱 벌리고 있었다. 두 사람이 동시에 미치지 않았다면 유서현이 허공답보를 펼쳐 낸 것도 사실이리라.

"봤어. 놀랍더군."

그런 것치고는 이극의 반응이 뜨뜻미지근했다. 하지만 유서현은 칭찬으로 받아들이고 기쁨을 감추지 못했다.

"아까 정말 놀랐지 뭐예요? 머릿속에서는 아무 생각도 안 나는데, 이상하게 시간이 느리게 흘러가더니 몸이 멋대로 움직이는 거예요. 어떻게 한 건지 전혀 모르겠지만, 어쨌든 제가 한 거예요. …무슨 일 있어요?"

한참 떠들던 유서현은 비로소 이극의 표정이 심상찮음을 깨닫고 물었다.

"그게 말이지, 입질이 오긴 왔는데 내 예상보다 반응이 격해서, 하… 이것 참. 어떻게 말해야 하나."

"뜸 들이지 말고 얘기해 보세요."

유서현의 얼굴에는 성취감과 자부심이 가득했다. 이극의 입에서 무슨 말이 나오든, 그게 어떤 어려움이든 헤쳐 나갈 수 있다는 자신감이 충만한 상태였다.

그 얼굴이 이극으로 하여금 더 말을 꺼내기 어렵게 만들고 있었다. 한순간이나마 모든 불안과 걱정을 잊고 순수하게 기뻐할 수 있는 지금을 지켜주고 싶었던 것이다.

이극은 망설임 끝에 입을 열었다.

"아가씨는 사람을 죽였어."

"…예?"

사실 이극이 망설이는 모습을 보인 순간, 허공답보를 펼쳐 냈다는 기쁨은 사라진 지 오래였다. 이극이 망설이는 만큼 자신에게 알리기 힘든 일이 무엇인지, 그 짧은 사이에 수많은 생각이 머릿속을 가득 메우는 것이다. 개중에는 오빠의 시신이 발견되었다거나 하는 아주 극단에 치달은 가능성도 있었다.

하지만 그 수많은 가능성 가운데 자신이 사람을 죽였다는 소식은 없었다. 유서현은 자신이 잘못 들은 게 아닌지, 눈살을 찌푸리며 재차 확인했다.

"제가 사람을 죽였다고요? 제가?"

"그래."

"누구를요?"

"벌써 저잣거리에 소문이 파다해. 판자녀가 자신을 쫓던 검영대원 셋을 베어 죽였다고 말이지."

"말도 안 돼요!"

유서현의 목소리가 높아졌다.

"베어 죽였다니요? 전 검도 안 가지고 다니잖아요! 오히려 그 사람들이 저한테 검을 들이댔지, 저는 손끝도 건드리지 않았는데 누가 누굴 죽였다는 거예요?"

이극은 머리를 헝클어뜨리며 말했다.

"물론 아니지. 아닌데… 그렇게 됐어."

"아닌데 그렇게 됐다니, 그게 대체 무슨 말이에요. 제가 알아듣게 좀 설명해 주시면 안 돼요?"

"그건… 이분이 해주실 거야."

이극은 슬쩍 몸을 돌리며 제 뒤에 있던 원가량을 앞으로 끌어냈다. 원가량을 본 유서현의 얼굴이 빠르게 굳었다.

사실 유서현이 눈치채지 못했을 뿐이지 원가량은 처음부터 이극의 뒤에 있었다. 허공답보를 펼쳐 냈다는 기쁨이 워낙 컸던 탓이지만, 어디를 가도 이렇게 무시당한 적이 없었던 원가량에게는 낯선 경험이었다.

"오, 오랜만이오. 소저."

애초에 유서현을 만나러 온 것인데, 막상 얼굴을 마주하니 말이 잘 나오지 않았다. 노골적으로 드러내는 적개심이 원가량을 위축시키고 있었다.

유서현은 차갑게 대답했다.

"무슨 일이시죠?"

"소저에게 할 말이 있어서 왔소. 내 경고했거늘 어째서 아직도 항주에 있는 것이오? 맹주의 심기를 어지럽히는 게 얼마나 위험한 일인지 모르겠소?"

"지금 내가 원 선배님 충고를 따르지 않았다고 역정이라도 내려고 오신 건가요?"

"아니, 그게 아니라……."

날 선 목소리가 원가량을 몰아세웠다.

"그럼 두 분 말씀 나누시고 전……."

"가지 마세요."

슬쩍 발을 빼려던 이극을 유서현이 잡았다. 유서현은 원가량을 보며 말했다.

"원 선배와 저만 놔두시려는 건가요? 그럴 수 있다고요?"

"멀리 가진 않을 건데……."

"계세요."

유서현은 단호하게 이극을 붙잡아놓고, 다시 원가량에게 말했다.

"그럼 어디, 설명해 주세요. 제가 사람을 죽였다는 게 대체 무슨 이야기죠?"

"말 그대로요. 소저를 생포하려던 검영대원 중 일부가 소저에게 살해당했다는 거요."

"전 죽이지 않았어요!"

"그건 나도 알고 있소. 하지만 그건 그리 중요한 게 못 되오. 어차피 사람들은 소저가 죽였다고 알게 될 테니까."

무엇보다 세간의 평가에 귀를 기울이는 곽추운에게 유서현이라는 존재는 실로 골칫거리였다. 사람들은 어차피 유서현이 퍼뜨리고 다니는 말의 진위(眞僞)보다 그에 대응하는 무림맹의 자세에 더 큰 관심을 보일 테니 말이다.

하여 곽추운이 끝까지 검영대만을 움직여 생포하고자 했던 것도 무림맹주의 신분으로 소녀를 핍박하여 입을 막으려 한다는 시선을 의식했던 까닭이다.

하지만 검영대는 매번 허탕만 치기 일쑤였고, 곽추운에게는 더 두고 볼 시간이 없었다. 최대한 빨리 일을 수습하고 항주 성내의 여론을 정상화시키기 위해서는 지금까지와 다른, 특단의 조치가 필요했던 것이다.

특단의 조치란 바로 전투부대인 흑백 쌍아대를 움직여 유서현을 살해하는 것이었다. 하지만 유서현 한 사람을 잡기 위해 쌍아대를 움직이게 되면 사람들의 비난이 쏟아질 게 뻔한 일이다. 곽추운은 쌍아대를 움직일 수 있는 구실이 필요했고, 장굉으로 하여금 그 구실을 만들게 한 것이다.

유서현은 검영대원들을 살해할 만큼 위험한 자이다. 하여 쌍아대를 투입, 생포하기 위해 최선을 다했지만 그 과정에서 유서현의 반발이 극렬하여 결국 살해할 수밖에 없었다… 이것이 곽추운이 그린 그림이었다.

원가량의 설명을 들은 유서현의 눈에 말 그대로 불꽃이 일었다. 유서현은 활활 타오르는 눈으로 원가량을 노려보며 말했다.

"지금 하신 말씀이… 말이 된다고 생각하세요? 저를 죽일 구실을 만들기 위해서 부하를 죽인다는 게? 사람을 죽이기 위해 사람을 죽인다는 게?"

"……"

원가량은 아무 말도 할 수 없었다. 평소라면 코웃음 치며 무시했을 말들이건만, 그게 유서현의 입에서 나오자 날카로운 꼬챙이처럼 자신의 가슴에 꽂히는 것이다.

유서현의 시선이 이극을 향했다.

"아저씨는 이렇게 될 걸 알고 계셨나요?"

딴청을 피우던 이극은 슬금슬금 눈치를 보며 대답했다.

"구실을 만들기 위해 무리한 일을 벌일 거라곤 예상을 했는데 이렇게까지 할 줄은 나도 몰랐지."

말을 바로 하자면 예상이 아니라, 곽추운이 무리수를 두게끔 몰아간 것이다. 하지만 굳이 말을 바로 해서 일의 책임을 곽추운과 나눠 지고 싶진 않다.

이극은 자신의 책임이 없다는 걸 강조하기 위해 바로 말을 덧붙였다.

"정말이야. 무림맹주께서 이렇게까지 무도할 줄 누가 상상이나 했겠어?"

명백한 거짓말이다. 검영대원들을 죽인다는 구체적인 방안은 몰랐을지언정, 곽추운이 충분히 그러고도 남을 위인이라는 걸 이극은 누구보다 잘 알고 있었다.

"그럼 아저씨가 예상한 건 어디까지죠? 말씀해 보세요."

그냥 넘어갈 생각이 없는 듯, 유서현은 눈을 치켜뜨며 추궁했다. 물론 생각한 적이 없으니 바로 나올 말도 없다.

"음… 그러니까……?"

곤경에 처한 이극을 구해준 것은 뜻밖에도 원가량이었다. 원가량은 유서현과 이극 사이에 끼어들었다. 그리고 단호한 얼굴로 말했다.

"소저, 이러고 있을 시간이 없소. 곧 쌍아대가 움직일 텐데, 그리 되면 아무도 막을 수가 없소이다. 게다가 맹주는 소저의 노모마저 노리고 있으니 당장에라도 항주를 떠나야 하오."

"어머니를 노린다고요?"

마음이 급하니 별 소리가 다 나왔다. 그러나 원가량은 머릿속 경고를 무시하고 말했다.

"아니, 그건 아직 지령이 안 내려갔지만… 어쨌든 그게 중요한 게 아니잖소. 어서 항주를 떠나야 하오. 지금 당장!"

원가량의 눈과 목소리가 간절하다 못해 애걸복걸하는 지경까지 이르렀다. 어머니를 노린다는 말에 얼굴이 하얗게 질린 유서현은 그런 원가량을 보고, 잠시 숨을 고른 뒤 말했다.

"그런데 왜… 저한테 왜 이런 말씀을 하시는 거죠? 원 선배는 무림맹의 사람이잖아요. 사람들이 선망하는 맹주의 좌호법이시니 저는 적이나 다름없잖아요. 아니, 지금 당장 저를 잡아서 맹주에게 바쳐야 하는 거잖아요."

그리 묻는 유서현의 눈빛이 복잡했다. 적어도 원가량에게는 그렇게 보였다. 원가량은 유서현에게로 한 발 다가서며 말했다.

"소저를 연모하오."

"예?"

"으엑?"

유서현과 이극이 동시에 헛바람을 토해냈다. 하얗게 질려 있던 유서현의 얼굴이 빨갛게 달아오르고, 이극도 터지는 웃음을 손으로 막느라 얼굴이 붉게 물들었다.

이극의 웃음소리가 새어 나왔지만 원가량은 굴하지 않았다. 아니, 그보다 이극의 존재 자체를 머릿속에서 지워버린 듯했다. 원가량은 결연한 얼굴로 한 발 더 다가서며 말했다.

"이 원 모가 유 소저를 마음 깊이 연모하오. 소저를 위해서라면 무림맹이 대수겠소? 어머님의 신병을 확보하라는 명은 내가 받았으니 아직 실무자들에게 전달된 것은 아니외다. 다시 말해 시간이 있다는 것이니, 당장 나와 함께 떠납시다. 어머님을 모시고 아무도 모르는 곳을 찾아 떠납시다."

원가량이 진지한 만큼 황당한 유서현의 눈에, 두 손으로 입을 막고 괴로워하는 이극의 모습이 들어왔다.

*   *   *

 판자녀가 저를 쫓던 무림맹원을 살해하고 도주했다.

 살해당하는 순간을 목격한 사람은 없었다. 하지만 유서현이 넘어간 건물 지붕에서 떨어진 시체를 본 사람은 수백 명이었다. 그들로부터 시작한 소문은 입에서 입으로 전해져 삽시간에 항주 전역으로 퍼졌다.

 소문을 옮기는 자들에게 중요한 것은 화제거리 그 자체였지, 진실이 어떠했는지는 철저히 관심 밖이었다. 하지만 이는 대중이라는 실체없는 집단의 속성이었고, 애초에 이러한 속성을 먼저 이용한 것은 유서현(을 앞세운 이극)이었으니 억울하기만 한 일은 아닐 것이다.

 어쨌든 사람들이 둘 이상 모이는 곳마다 판자녀와 무림맹의 이야기로 시끌시끌하였는데, 항주 외곽의 작은 객잔도 예외는 아니었다.

 식사를 파는 일 층은 탁자가 대여섯 개에 불과했고 그나마도 자리가 듬성듬성 비어 있었다. 그래도 십여 명의 사내가 세 패로 나뉘어 이야기에 열중하고 있었는데, 역시나 다들 판자녀의 이야기가 주를 이루고 있었다.

 쾅!

큰 소리를 내며 문이 열렸다. 사내들의 눈이 일제히 문으로 향했다. 열린 문으로 한 중년인이 들어오고 있었다.

"뭐여, 시방 나 왔다고 동네방네 떠들겠다는 거여?"

객잔에 모인 사내들은 성내의 주민들 가운데서도 하층민이라 하나같이 거친 성정의 소유자였다. 초라한 행색이 노동으로 단련된 억센 근육을 더욱 돋보이게 하는 자들인 것이다.

위협적인 시선을 한몸에 받고도 중년인은 별 동요가 없었다. 중년인은 내부를 훑어보고 나직이 말했다.

"살려줄 테니 당장 꺼져라."

보이지 않는 칼 수백 자루가 사내들의 몸에 박혔다. 중년인이 내뿜은 살기가 거친 사내들에게 그리 느껴진 것이다. 비교적 본능에 충실한 사내들은 군말없이 음식과 술을 버려두고 객잔을 빠져나갔다. 손님을 맞이하러 나왔던 점소이도 주방으로 줄행랑을 친 지 오래였다.

"……!"

중년인의 시선이 식당 구석으로 꽂혔다. 건장한 체격의 사내들이 뒤도 안 돌아보고 도망친 마당에, 왜소한 노인이 홀로 식사를 계속하고 있었다.

중년인이 지척에 다가갔으나 노인은 젓가락질을 멈추지 않았다. 중년인이 의자를 빼서 맞은편에 앉자 비로소 노인은 고개를 들었다.

믿어요, 그 한마디가 … 229

"풍 대주가 웬일로 날 찾아오셨소?"

중년인은 바로 암천대주 풍선교였다.

풍선교는 이극과 싸우던 도중 폭마경심환을 복용했었다.

폭마경심환은 복용자의 공력을 일시적으로 몇 배나 증폭시켜 주는 대신 이후 극심한 고통을 동반하는 마종의 비술이었다. 더구나 당시 풍선교는 폭마경심환으로 증폭된 파심작혈공의 양기를 제어하지 못하였으니, 두 가지 악재가 겹쳐 지독한 후유증을 앓아야 했다.

풍선교는 그 뒤로 회복에 전념하여 오늘에 이르러서야 몸을 움직일 수 있었다. 그리고 바로 이곳, 외곽의 작은 객잔을 찾아온 것이다.

풍선교는 표정없는 얼굴로 말했다.

"묻고 싶은 게 있어서 왔다. 혼공."

혼공. 바로 지난 날 유서현이 목숨을 걸고 지켜냈던 그 노인이었다.

혼공이라 불린 노인은 젓가락을 내려놓고 말했다.

"호오… 마종이라면 질색을 하는 분께서 묻고 싶은 것이 있다고 나를 직접 찾아오셨다? 크크큭… 재밌군, 재밌어. 그래, 뭐가 그리 궁금하신가?"

"폭마경심환."

풍선교의 입에서 폭마경심환이라는 다섯 글자가 나오자

혼공의 얼굴에 주름이 복잡한 모양을 그렸다.

"과거 내가 상대했던 너희 마종의 마인들은 폭마경심환을 복용하고도 모두 복용 전의 성정을 그대로 유지했던 걸로 기억한다. 특별히 더 잔혹해지는 자도 없었고, 냉정을 잃는 자도 없었지. 맞나?"

"대부분은 그랬소만… 그 얘기는 왜 꺼내시는지?"

풍선교는 잠시 머뭇거리다 말을 이었다.

"그 방법을 알려다오."

"방법?"

혼공은 얼른 풍선교의 말을 이해하지 못하고 눈살을 찌푸렸다. 그러나 풍선교의 드러난 살 곳곳에 아물지 않은 화상 자국이 그로 하여금 전후사정을 대강이나마 파악할 수 있게 해주었다.

"크크… 폭마경심환을 복용해 보셨군?"

"닥치고 묻는 말에만 대답해라."

풍선교의 눈이 흔들렸다. 그가 가장 증오하고 멸시하는 마종의 잔당에게 도움을 구하러 온 것 자체가 그로선 대단한 결심이다. 아니, 그보다는 이극을 향한 증오가 보다 더 강했다고 해야 할 것이다.

혼공은 품에서 작은 상자 하나를 꺼내 탁자 위에 올려놨다. 그리고 의미심장한 미소를 지으며 풍선교에게 밀었다.

"폭마경심환과 함께 복용해 보시오. 여느 때와 마찬가지로 마음을 다스릴 수 있을 테니까."

풍선교는 상자를 열어 안을 확인하고 자리에서 일어났다. 객잔을 빠져나가는 풍선교의 등에 대고 혼공이 외쳤다.

"필요한 게 있으면 언제든지 날 찾으시구려! 크크큭……!"

풍선교는 뒤도 돌아보지 않고 객잔을 빠져나갔다.

텅 빈 객잔을, 혼공의 기분 나쁜 웃음소리만이 가득 채우고 있었다.

2

이극과 유서현은 추 부인의 공동주택으로 돌아왔다.

유서현은 소위 '판자녀'로서 이름을 알릴 때부터 이극이 마련해 둔 비밀 거처에서 기거해 왔다. 하지만 이극은 무림맹이 한차례 들이닥쳐 수색을 하고 가자 기다렸다는 듯, 이제 안심이라며 유서현을 데리고 돌아온 것이다.

이극의 비밀 거처는 말 그대로 몸을 숨기고 잠만 잘 수 있는 공간이었으니 유서현으로서도 무림맹에게 잡힐 염려만 없다면 돌아오는 편이 훨씬 좋았다.

"많이 힘들었지? 잘 왔다."

며칠 만에 다시 만난 추 부인은 유서현을 안아주었다. 머리

하나는 더 크지만 유서현은 어린아이처럼 추 부인에게 안겼다. 추 부인에게서 나는 포근한 향기가 소녀의 지친 심신을 위로해 주는 것이었다.

긴 포옹이 끝나자 추 부인은 뜻밖의 손님을 소개했다.

"동승류(東昇流)라고 합니다. 유 대주님의 명을 받고 찾아왔습니다."

작은 키지만 균형 잡힌 몸매로 단단하다는 인상을 주는 사내였다. 유서현은 동승류의 입에서 무슨 말이 나왔는지 잠시 멍하니 있다가, 이윽고 떨리는 목소리로 물었다.

"저… 제가 잘 들었는지 궁금해서 그러는데요… 혹시 말씀하신 유 대주님이……."

동승류는 빙긋 웃으며 대답했다.

"예, 맞습니다. 아가씨의 형제분 되시는 유순흠 대주님이십니다."

"……."

유서현은 말을 잇지 못하고 동승류를 바라봤다. 이극이 둘 사이에 끼어들어 대신 이야기를 이어나갔다.

"잠깐, 잠깐. 그러니까, 유순흠 씨가 동생하고 연락을 취하기 위해서 당신을 보냈다는 겁니까?"

동승류는 대답 대신 유서현을 바라봤다. 이극의 행색이 초라하고 몹시 불량스러우니 신뢰할 수 있는 사람인지 선뜻 판단이 서지 않았던 것이다. 유서현은 고개를 끄덕이며 말했다.

"믿을 수 있는 분이세요."

비로소 동승류가 입을 열었다.

"그 말씀 그대로입니다. 맹의 눈을 피해서 어렵게 찾아온 겁니다."

"유순흠 씨가 보냈다는 걸 어떻게 증명할 거요?"

이극의 목소리에 불신이 가득했다. 지금 이 고생(본인이 하는 것은 아니지만)을 하는 이유가 무엇 때문인데, 유순흠의 행방에 대한 정보가 너무 쉽게 들어오는 것을 경계하는 게 당연하다.

동승류는 그런 이극의 태도를 이해한다는 듯 시원스럽게 대답했다.

"예상하시겠지만 대주님도 썩 좋은 상황은 아니기 때문에 징표랄까, 그런 것은 준비하지 못했습니다."

'그런 주제에 너무 자신만만한 거 아냐?'

이극이 채 생각을 마치기 전에 동승류의 말이 이어졌다.

"다만 이 말씀을 전하라 하셨습니다. '네가 사라지면 나는 언제나 마을 뒤 절벽에 올랐다. 아직도 고양이처럼 높은 곳을 좋아하는지, 또 내려오지 못해 어쩔 줄 몰라 하는지 궁금하구나' 라고 말이죠."

어려서부터 몸이 날랬던 유서현은 항상 마을 뒤에 있는 절벽에 오르기를 즐겨 했다. 하지만 오르기는 높이 오르되 끝까지 오르거나 내려오질 못하고 중간에서 난감해하기 일쑤였는데, 그럴 때면 항상 유순흠이 동생을 찾아서 함께 내려오고는 했던 것이다.

이는 혼이 날까 두려워 어머니에게도 말하지 않았던 두 남매만의 비밀이었다. 어떤 징표도 동승류가 유순흠이 보낸 사람이라는 것을 이보다 확실하게 증명하지는 못하리라.

"정말… 오라버니가 보낸 사람이 맞군요. 오라버니는 무사한가요?"

"대주님은 무사하십니다. 썩 좋은 상황은 아닙니다만."

"아아……!"

유서현은 가벼운 탄성을 지르며 힘없이 주저앉았다. 이극이 얼른 붙들어서 바닥에 쓰러지지는 않았으나, 두 다리에 힘이 풀려서 서 있을 수가 없었다.

이극은 유서현을 부축해 의자에 앉혔다. 동승류는 그런 이극과 유서현을 유심히 바라봤다. 그리 호의적인 눈빛이 아니라, 이극은 눈살을 찌푸렸다.

'뭐야? 날 왜 저런 눈으로 보고 있어?'

동승류의 눈빛은, 말하자면 딸에게 집적대는 남자를 보는 아버지의 눈빛이었다. 그것도 보통 남자가 아니라 자기 딸과는 어울리지 않는, 오르지 못할 나무를 넘보는… 한마디로 주

믿어요, 그 한마디가… 235

제넘은 놈을 보는 눈빛이 아닌가?

동승류는 얼추 사십대 중반은 되어 보이니 유서현만 한 딸이 있을 나이다. 하지만 그렇다고 갑자기 나타난 주제에 오빠의 지인이라며 부친 행세를 하는데 이극이 기분 좋을 리 없었다.

"그쪽은 확인이 된 것 같은데, 이쪽은 어떻게 확인하려고 그러시오?"

이극이 괜한 심술을 부렸지만 동승류는 쉽게 받아쳤다.

"얼굴을 보니 굳이 확인할 필요가 없겠소이다. 이렇게 닮았는데 친남매가 아니라면 그게 더 이상할 일이지."

그 말이 유서현의 마음을 제대로 때렸다. 유서현은 눈물을 글썽이며 물었다.

"오라버니는 어디 있죠?"

동승류는 이극을 한 번 보고, 곤란하다는 얼굴로 대답했다.

"그건 함부로 말씀드릴 수 없습니다. 사실 지금 대주님은 큰 위험에 처해 계십니다. 때문에 가족 분들을 안전한 곳으로 모시려 했는데, 가보니 마님만 계시고 아가씨는 항주로 가셨다더군요. 그래서 예까지 오게 된 겁니다."

"위험이라니요?"

"자세한 얘기는 나중에 말씀드리겠습니다. 지금은… 상황이 좋지 않군요."

그때 이극이 다시 끼어들었다. 동승류를 향한 이극의 눈빛이 아까보다 더욱 날카로웠다.

"당신… 무림맹이지?"

순간 방 안의 공기가 차갑게 얼어붙었다. 동승류의 얼굴에 망설임이 떠오르자 유서현이 눈으로 대답을 요구했다. 유서현과 눈이 마주친 동승류는 크게 한숨을 쉬었다.

"후……. 정확히 말하자면 전(前) 무림맹이라고 해야겠지. 나는 선열대(線熱隊) 소속이었소."

"선열대라고 하면 맹주 직속인가?"

오랜 시간 무림맹 본영의 뒤를 캐온 이극이지만 선열대라는 이름은 처음 들어보는 것이다. 그렇다면 저 암천대처럼 곽추운이 개인적으로 부리는 자들이리라.

동승류의 눈에 이채가 떠올랐다.

"아는 게 많은 사람이군. 맞소. 우리는 맹주 직속으로 특별한 임무를 수행하기 위해 만들어진 조직이었소. 지금은 모두 대주님을 따라 맹을 탈퇴했지만."

"그 특별한 임무라는 게 뭐요?"

이극이 다그쳤지만 동승류는 고개를 가로저었다.

"함부로 말할 수 없는 내용이오. 나뿐만이 아니라 당신도 위험하게 될 테니까."

동승류의 말이 이극의 마음에 불을 붙였다. 그런 내용이야

말로 이극이 간절히 원하는 것이 아닌가?

하지만 동승류는 이극을 외면하고 유서현을 향해 말했다.

"맹의 눈이 곳곳에 있으니 오래 머무를수록 위험합니다. 당장에라도 저와 함께 항주를 빠져나가야 합니다."

"……"

어찌된 일인지 유서현은 바로 대답하기를 망설였다. 동승류가 어서 대답하고 자신과 함께 갈 것을 재촉하자 이극이 만류했다.

"날이 어두워졌소. 어차피 성문이 닫혔으니 나가려 해도 나갈 수 없소이다. 방을 마련해 줄 테니 오늘은 여기서 묵으시오."

이극의 말대로 해가 지고 창밖이 어두웠다. 전적으로 수긍하는 것 같진 않았으나 동승류는 이극의 제안을 받아들였다.

이극은 동승류에게 자신의 방을 내어주었다. 한바탕 폭풍이 불고 지나간 터라 방 안은 엉망이었지만 동승류는 그보다 무림맹이 다시 들이닥치지 않을지가 더 걱정인 눈치였다.

"그게 걱정이면 다른 데 있다가 아침에 다시 오시오."

이극은 그리 말하고 유서현을 부축해 추 부인의 집으로 내려갔다. 오늘 하루에만 여러 가지 일이 있었고, 그간 누적된 피로도 적지 않았다. 이극은 한사코 괜찮다는 유서현을 억지로 침상에 눕히고 방을 나왔다.

방문을 닫고 나오는 이극을 추 부인이 기다리고 있었다. 추 부인의 둥글둥글한 얼굴을 보니 이극도 절로 긴장이 풀려, 어깨를 축 늘어뜨리고 그녀에게 다가갔다.

 혼자 술을 마시던 추 부인이 잔을 권했다. 이극은 사양하지 않고 술잔을 받아 단숨에 들이켰다. 도수 높은 술이 식도를 뜨겁게 태우며 뱃속으로 넘어갔다.

 "크으~!"

 한때 입에 술을 달고 살던 이극이다. 유서현과 만나고 난 후에는 냄새조차 맡기 힘들었으니, 목을 넘어가는 순간의 짜릿함이 그토록 좋을 수가 없었다.

 "좋네. 웬일이야?"

 "웬일은… 네놈 얼굴이 안 돼 보여서 그런다."

 "안 돼 보여? 내가?"

 "그래."

 "내가 뭐가 어때서 안 돼 보인다고? 나한테 무슨 일 있나?"

 "그걸 내가 어떻게 아냐. 너나 알겠지."

 추 부인의 말을 들은 이극은 새삼 자신의 얼굴을 만져 보았다. 그러나 왜 얼굴이 안 돼 보이는 것인지 짐작조차 할 수가 없었다.

 이극은 술잔을 다시 들이켰다. 워낙 독한 화주(火酒)이다 보니 두 잔만으로 취기가 확 올라왔다. 추 부인은 미소 지으며 이극의 술잔을 채우고, 자신도 거푸 잔을 들이켰다.

한 병이 금세 바닥을 보였다. 이극이 혀를 내밀고 빈 병을 털자, 추 부인이 웃으며 말했다.

"어이구, 추잡하기는. 기다려!"

추 부인은 찬장에서 새 술병을 꺼내왔다. 추 부인도 취기가 올랐는지 걸음이 위태로웠다. 이극은 웃으며 그런 추 부인을 놀렸다.

"아줌마 취했어? 응? 취한 거야?"

"썩을 놈."

평소 같으면 등짝을 때릴 법도 하건만 추 부인은 웃으며 이극의 빈 잔을 채워주었다. 이극은 차오르는 술잔을 보며 실실 웃었다.

"흐흐흐… 아줌마, 그거 알아?"

"이놈이 기분 나쁘게 웃기는. 알긴 뭘 알아?"

"흐흐! 글쎄, 아까 말이야, 무슨 일이 있었냐면… 크크큭!"

"싫어요."

유서현의 입에서 나온 대답은 거절이었다. 원가량은 머리를 망치로 세게 얻어맞기라도 했는지, 큰 충격을 받은 얼굴이었다.

원가량은 간신히 정신을 차리고 말했다.

"지, 지금 뭐라고 했소? 내가 잘못… 들은 거겠지?"

그러나 유서현은 한 치의 망설임도 없이 말했다.

"다시 말씀드릴까요? 싫어요. 싫다고요."

연거푸 강타를 얻어맞은 원가량은 정신이 혼미할 지경이었다. 원가량의 화려한 여성편력 가운데에서는 거절이라는 단어를 찾아볼 수가 없었다. 지금껏 마음대로 다루지 못한 여인이 없었으니, 애초에 원가량은 거절당한다는 가능성을 염두에 두지도 않았던 것이다.

그리고 그보다 더 충격적인 것은 거절의 대답을 내놓기까지 유서현이 한순간도 망설이지 않았다는 사실이었다.

얼마나 충격이 컸는지 반쯤 벌린 입에서 침이 흘러나왔다. 그 감각이 원가량을 일깨웠다. 원가량은 소스라치게 놀라 막 흘러내리려는 침을 닦고 말했다.

"왜… 뭐가 싫다는 것이오? 내가 같이 가준다고 하지 않았소. 내가 무림맹을 버리고, 맹주를 버리고 소저를 택하겠다는데 대체 뭐가 불만이오?"

"선배님, 정말 이상한 분이시네요."

유서현은 눈살을 찌푸렸다.

"제 의사는 묻지도 않고, 멋대로 그렇게 말씀하시면 대체 어쩌자는 거죠? 선배님과 저는 이제 겨우 세 번째 만나는 거잖아요. 저에 대해서 뭘 얼마나 아신다고 저를 연모하신다는

믿어요, 그 한마디가… 241

건지 모르겠네요. 저는 선배님에 대해 아는 게 없는데."

원가량이 다급히 말했다.

"첫눈에 반했소! 소저의 외모뿐 아니라 마음 씀씀이까지 전부 내 마음에 쏙 들었단 말이오!"

그러나 유서현은 냉랭하기만 했다.

"그러세요? 어쩌죠? 전 선배님이 싫습니다. 그래서 거절하겠어요. 어머님에 대해 알려주신 것은 감사해요."

여인의 입에서 반어법이 아닌, 진심으로 싫다는 말을 들은 것도 처음이다. 원가량은 멀어지는 정신을 억지로 다잡으며 반박했다.

"나에 대해 모, 모른다면서… 어찌 싫다고 하는 것이오?"

"저보다 나이가 한참 많으시잖아요. 안 하셔서 그렇지, 혼인을 일찍 하셨다면 저만 한 딸이 있으실 나이 아닌가요?"

"그때 원가 놈 표정을 봤어야 해. 태어나서 처음으로 나이가 많다는 말을 들어봤다는 그 표정! 내가 얼마나 웃었던지, 아이고, 아직도 배가 아프네!"

사실 결정타는 그 다음이었다. 유서현은 곧바로 원가량이 유순흠과 친하다던 그 말의 진위를 캐물었다. 그리고 무림맹이 그랬듯 원가량도 자신을 희롱한 게 아니냐고 추궁한 것이다.

입이 두 개라도 할 말이 없어야 할 일이다. 원가량은 사색이 되어 다급히 자리를 떴다.

이극은 비틀거리며 사라지던 원가량의 뒷모습을 떠올리며 다시 웃었다.

"크크킄! 만신창이가 되어 사라지는 놈의 뒷모습이라니! 무슨 술에 만취한 것처럼 비틀거리더라니까! 아줌마도 그걸 봤어야 하는데! 진짜 그만한 볼거리가 또 있을까 몰라."

가만히 듣고 있던 추 부인이 입을 열었다.

"원가 놈이 올해 몇이냐?"

"서른여덟쯤 됐을걸?"

"뭐? 그게 정말이냐?"

추 부인은 깜짝 놀라며 눈을 크게 떴다. 이극이 고개를 끄덕이자 추 부인은 무릎을 치며 한탄했다.

"그 핏덩이가 마흔이 다 됐다니! 이, 이러니 내가 안 늙고 배겨? 하긴 네놈도 하릴없이 나이만 처먹어서 벌써 서른이니 세월 참 빠르구나! 잠을 수가 없어!"

"하긴 아줌마도 나이 참 많겠다. 근데 정확히 몇 살이야? 처음 봤을 때부터 도통 나이를 가늠 못 하겠더라니까."

빡!

추 부인의 손이 가차없이 이극의 뒤통수를 후려갈겼다. 머리를 감싸고 괴로워하는 이극에게 추 부인이 혀를 차며 말했다.

"네놈이 그러니까 나이만 처먹고 장가를 못 가는 게야. 천하에 어떤 놈이 여자 나이를 묻더냐? 에라이⋯⋯."

추 부인은 한심한 눈으로 이극을 보다가 술잔을 들었다.

"그리고 인마, 네가 원가 놈을 비웃을 자격이 있냐? 사내라면 자고로 마음에 드는 계집이 있으면 용기있게 밀어붙여야 하는 법이야. 원가 놈, 그런 점은 참 마음에 드는구만."

이극은 고개를 들고 말했다.

"그래도 너무하잖아. 둘이 스무 살 차이가 난다고."

"스무 살이 대수냐. 우리 언니는 마흔 살 많은 놈한테 시집갔는데. 마흔 살 차이라고는 해도 언니가 꽃다운 열다섯이었으니 쉰다섯밖에 안됐지만."

"그건 시집이 아니라 첩으로 팔려간 거지."

휙!

추 부인의 손이 허공을 때렸다. 이번엔 피했다며 의기양양해하던 이극의 얼굴이 곧 고통으로 일그러졌다. 정강이를 걷어차인 것이다.

"어쨌든! 내가 하려는 말은 사랑 앞에서는 나이도, 국경도 없다는 거야. 잘 새겨둬, 인석아."

어느새 두 번째 술병도 텅 비었다. 이극은 빈 병의 주둥이를 잡고 바닥을 돌리며 말했다.

"역시… 날이 밝는 대로 보내야겠지?"

"그럼. 언제까지 잡아두려고 했냐?"

아예 술병을 상자채로 가져오며 추 부인이 물었다. 이극은 턱을 괴고 한숨을 쉬며 말했다.

"곽추운, 그놈에게 한 방을 먹일 수 있을 때까지. 내 생각이 맞다면 조만간 그 기회가 올 거야. 아니, 벌써 왔어야 하는데… 혹시 주 대가한테 받은 거 없어?"

"이거 말이냐?"

추 부인은 어디서 났는지 봉투 한 장을 내밀었다. 이극은 자리에서 벌떡 일어나 봉투를 낚아챘다.

"아, 이걸… 이거 언제 받았어? 왜 이제야 주는 거야!"

봉투를 열어 안에 담긴 서찰의 내용을 확인한 이극이 큰 소리를 냈다. 추 부인은 이게 어디서… 라는 표정으로 대답했다.

"받고 한 시진도 못 돼서 느이가 오더라. 손님도 있고, 바로 얘기할 상황이 아니라서 가지고 있다가 잊었다. 불만 있냐?"

"오늘 받았다고?"

이극은 허탈한 얼굴로 중얼거렸다.

어차피 봉투를 받은 게 오늘이라면 소용이 없었다. 안타까움을 금할 길이 없어 이극은 술을 병째로 마시고 중얼거렸다.

믿어요, 그 한마디가… 245

"시간이 하루만 더 있었더라도……."

"하루만 더 있으면요?"

이극은 술병을 내려놓고 고개를 돌렸다. 시선이 간 곳에는 어깨 위에 오공을 태운 유서현이 서 있었다.

유서현은 이극에게로 걸어오며 재차 물었다.

"하루만 더 있으면 뭐가 되는데요?"

이극은 바로 대답할 수 없었다. 유서현의 말 속에 담긴, 대답에 따라서 내일 바로 떠나지 않을 수도 있다는 인상이 그로 하여금 쉽게 말을 꺼내지 못하게 만드는 것이었다.

머리는 내일 날이 밝자마자 소녀가 동승류인지 뭔지를 따라 항주를 떠나게 하라고 주장하고 있었다. 그리고 풍선교와 원가량을 적당히 처리한다면 이극은 이제껏 영위해 온 항주에서의 삶을 이어갈 수 있을 것이다.

그러나 마음은 머리와 달리 소녀를 붙잡으라고 명령하고 있었다. 곽추운에게 제대로 된 한 방을 먹일 수 있는 기회다. 간신히 판을 만들어놨건만, 이제 와 유서현이 빠진다면 모두 물거품이 되고 마는 것이다.

이극이 갈등하는 사이 유서현은 이극의 바로 앞까지 다가왔다. 유서현은 앉아 있는 이극을 내려다보며 말했다.

"하루만 있으면 뭘 할 수 있는 거죠?"

추 부인은 다리를 꼬고 앉아 두 사람을 흥미롭게 바라봤다.

유서현은 그런 추 부인이 보이지 않는 것처럼, 이극의 눈만을 직시한 채 대답을 기다렸다.

결국 이극의 입이 열렸다.

"처음 내가 약속했던 그 일. 곽 맹주에게 제대로 된 한 방을 먹일 수 있지."

유서현은 놀라는 기색 없이 고개를 끄덕였다. 미리 예상했던 대답이었던 것이다.

"그럼 해요."

"뭐?"

"하자구요! 하루 더 있다 간다고 뭐 사단이야 나겠어요?"

이극은 고개를 저었다.

"그럴 순 없어. 아가씨 오라비가 기다리고 있다는데, 한시라도 빨리 가야지. 애초에 아가씨 오라비를 찾으러 여기 온 거잖아. 이 일도 사실 오라비 찾겠다고 하는 짓인데, 더 한들 무슨 의미가 있겠어? 사단이 안 나리란 보장도 없고……."

"그래도 할 거예요."

유서현은 이극의 말을 끊고 딱 잘라 말했다.

"이대로 가면 난 살인자로 남고, 오빠에 대한 일들도 모두 잊힐 거 아니에요. 그럴 순 없어요. 못 참아요! 그런 사람이 맹주랍시고 근엄한 얼굴로 칭송을 받는 꼴이라니, 절대 두고 볼 수 없다구요!"

"아니, 그래도 그게……."

"그런 줄 아세요. 전 피곤하니까 더 잘게요."

유서현은 이극이 반박할 틈도 주지 않고 침실로 돌아갔다. 이극은 황당하여 닫힌 침실 문을 바라보다가 추 부인을 돌아봤다.

"아줌마, 왜 가만히 있어? 아깐 보내야 한다고 했잖아!"

추 부인은 한마디로 이극의 말을 일축했다.

"네 얼굴을 봐라. 그렇게 웃고 있는데 내가 무슨 말을 하겠냐?"

"뭐? 웃고 있다고? 에이, 설마."

이극은 추 부인의 거울을 빌려 자신의 얼굴을 비춰보았다. 거기에는 뭐가 좋은지 실실 웃고 있는 이극이 있었다.

이극은 한참 멍하니 거울을 보다가, 머리를 긁적이며 추 부인더러 들으라는 듯 중얼거렸다.

"내가 취했구나. 그래, 내가 많이 취했어. 그러니까 이러지, 정신이 말짱했으면 이럴 리 없어……. 암, 그렇고말고."

추 부인은 그런 이극을 한심한 눈으로 바라보며 술잔을 채웠다.

3

날이 밝자 유서현은 동승류를 불러 자신의 뜻을 전했다. 동승류는 미심쩍은 눈으로 유서현과 이극을 번갈아 보다가, 곧 유서현이 이미 마음을 굳혔음을 깨닫고 그러마고 대답했다.

"서문을 나와서 바로 관도를 따라 십 리쯤 가다 보면 객잔이 있습니다. 그곳에서 기다리고 있겠습니다."

동승류를 보내고 난 후 유서현은 뜨거운 물에 목욕을 하고 추 부인이 차려준 아침을 먹었다. 이극도 함께 식탁에 앉으니 처음으로 세 사람이 한자리에 앉아 식사를 하게 되었다.

"아직 안 늦었어. 밥 먹고 바로 떠나면 돼. 무림맹 눈을 피해서 성문 통과하기가 좀 어렵겠지만."

식사 도중에도 이극은 몇 번이나 유서현에게 그만둘 것을 종용했다. 하지만 유서현은 귀를 닫았는지 들은 척도 안 하고 식사에 열중하며 때때로 추 부인과 담소를 나누었다.

"죽을지도 몰라. 진짜야."

심지어 죽을지도 모른다는 말까지 나왔지만, 유서현에게는 씨도 안 먹힐 협박이었다. 유서현은 끝까지 이극의 말을 무시하고 식사를 마쳤다.

식사를 마친 후 유서현은 한사코 거절하는 추 부인을 앉혀 놓고 절을 올렸다. 낯선 도시에서 추 부인이 베풀어준 호의가 소녀에게는 큰 힘이 되었던 것이다.

난감해하며 절을 받은 추 부인에게 유서현이 무언가를 내밀었다. 추 부인이 받아보니 일전에 주었던 옷이었다. 언제 빨았는지 옷은 처음 유서현이 받았을 때처럼 깨끗했다.

추 부인은 옷을 받으며 물었다.

"입으라고 준 걸 왜 돌려주는 거니?"

"아주머니 따님 옷을 제가 어떻게 갖겠어요? 빌려 입은 것만으로 감사할 일이죠."

"딸?"

추 부인의 얼굴에 물음표가 떠올랐다. 옆에서 이게 무슨 짓이냐는 얼굴로 보고 있던 이극이 말했다.

"아줌마 딸이 있었어?"

"내가 딸은 무슨……."

잠시 생각하던 추 부인은 짐작 가는 바가 있는지 소리 내어 웃었다.

"호호호호호! 애도 참, 이게 내 딸 옷이라고 계속 오해했구나? 그때 그 말은 정말 네가 딸 같이 느껴져서 했던 말이란다. 나는 딸이 없어요. 호호호호호!"

그 말을 들은 유서현의 얼굴이 살짝 굳어졌다. 생각해 보면 추 부인은 유서현이 딸 같다는 말만 했지, 그 외에 다른 말은 한 적이 없는 것이다.

'그럼 나 혼자 멋대로 상상하고 믿어버린 거야?'

망상을 들켰으니 망신도 이런 망신이 없었다. 유서현의 얼굴이 대번에 붉어졌다. 추 부인은 사랑스러운 얼굴로 유서현을 안으며 말했다.

"어이구… 이걸 그냥, 내 새끼 삼아?"

"별 소릴 다 한다!"

이극의 핀잔을 듣고 추 부인은 유서현을 놓아줬다. 달아오른 얼굴이 쉬이 식지 않아 유서현은 고개를 숙이고 물었다.

"저… 그럼 이 옷은 누구 거예요?"

"누구 거긴? 내 거지?"

추 부인은 당연한 걸 묻는다는 투로 대답했다.

하지만 그렇다고 하기에 옷은 팔다리가 무척 길어, 추 부인보다 머리 하나가 큰 유서현에게 딱 맞을 정도였다. 당연히 추 부인이 입기에는 무리가 있었다.

유서현은 그런 점을 지적하려다 입을 다물었다.

'아주머니께서도 팔다리가 긴 옷을 입고 싶으셨나 보다. 이걸 굳이 물어보면 민망해하시겠지.'

유서현이 속으로 무슨 생각을 하는지 모르는 채 추 부인은 받은 옷을 유서현의 봇짐 속에 넣었다.

"네가 입으니 참 예쁘더구나. 아쉽지만 나는 늙어서 어울리지가 않으니 옷도 네가 입기를 원할 거야."

추 부인은 유서현의 봇짐을 이극에게 넘기고, 마지막으로 다시 한 번 소녀를 꼭 끌어안았다.

믿어요, 그 한마디가… 251

만남은 짧으나 쌓이는 정은 시간에 구애받지 않으니, 추 부인의 마음이 그대로 전해지자 유서현의 눈에서 절로 눈물이 흘렀다. 추 부인도 눈물을 글썽이며 유서현의 눈물을 닦아주며 말했다.

"반드시 무사해야 한다. 무슨 일인지 몰라도 무사히 마치고, 항주를 빠져나가 오빠와 어머니를 만나려무나. 만약 너에게 무슨 일이 생기면 내가 가만있지 않을 것이야."

추 부인은 이극을 돌아보며 말했다.

"만약 그런 일이 생기면 너부터 경을 칠 줄 알아라."

추 부인은 얼굴형이 둥글고 이목구비가 다소 불분명해 타고나기를 무서운 표정과는 거리가 멀었다. 그런데 지금 이극에게 말하는 추 부인의 얼굴은 얼음 동굴에 던져진 것처럼 싸늘하여 섬뜩하기까지 했다.

그러나 추 부인에게서 풍기던 싸늘함은 곧 사라졌다. 추 부인은 특유의 푸근한 미소를 지으며 정말 마지막으로 소녀를 안았다. 유서현도 충혈된 눈을 감고 추 부인에게 안겼다.

아침을 다소 늦게 먹었지만 사람들의 통행이 많은 점심시간까지는 여유가 있었다. 이극과 유서현은 곳곳에 배치된 무림맹원들의 눈을 피해 한 건물의 지붕 위로 올라갔다.

경사진 곳에 드리운 그늘을 찾아 두 사람은 나란히 앉았다.

이극도, 유서현도 입을 열지 않아 둘 사이에 어색한 침묵이 쌓였다.

한 식경쯤이 지났을까. 유서현이 비로소 입을 열었다.

"그렇게 싫어요?"

"뭐가?"

이극이 짐짓 모르는 척을 하자 유서현은 눈을 흘겼다.

"이 아저씨가……. 내가 아저씨 말을 안 듣고 바로 안 떠난 게 그렇게 싫으냐고요."

"아니."

"그럼 왜 아무 말도 없어요?"

"할 말이 없으니까."

절반은 맞고, 절반은 틀린 말이었다.

할 말은 산처럼 쌓였지만, 동시에 아무 말도 할 수가 없었다. 그러나 이극은 자기가 말하고도 이건 아니라는 생각에 고개를 저으며 말했다.

"누차 말했지만 위험한 일이야. 무엇보다 아가씨는 가장 급한 게 오빠를 찾는 일이었잖아? 원하던 대로 오빠를 찾게 됐는데 왜 굳이 이 일을 하겠다는 건지 모르겠어서 그래."

"아저씨 말이 맞아요."

의외로 유서현은 순순히 이극의 말에 동의했다. 그러나 곧바로 이어지는 유서현의 말은, 이극이 의도한 바와 전혀 다른 방식으로 받아들였다는 걸 알려주었다.

"가장 급한 일을 해결했으니, 우선순위가 바뀌는 게 당연한 일 아니에요?"

"그런 말이 아니잖아."

"그리고 이대로 돌아가면, 너무 억울하고 분해서… 참을 수가 없어요."

유서현은 주먹을 불끈 쥐었다.

"나는 참을 수 있어요. 하지만 나 때문에 죽은 그 사람들은요? 그 사람들의 억울함은, 분함은… 나 아니면 달리 알아줄 사람도 없잖아요."

"……."

이극은 말없이 그런 유서현의 옆모습을 바라봤다.

조직의 논리 앞에 개인의 존엄이 짓밟히고 희생당하는 일은 사실 그리 드문 일이 아니다. 규모나 정도의 차이가 있을 뿐, 비단 무림맹뿐 아니라 사회 전반에 걸쳐 일상적으로 일어나는 일이다.

그래서일까? 이극은 유서현이 검영대원들의 죽음에 깊이 분노하는 모습이 신선할 정도였다. 사실은 이토록 분노하는 것이 옳은 일일지도 모른다는 생각이 새삼스럽게 떠올랐다.

"…잘 들어."

비로소 이극이 먼저 말문을 열었다. 유서현은 고개를 돌려 이극과 눈을 맞추고, 그의 목소리에 귀를 기울였다.

*　　　*　　　*

창틈 새로 스며든 햇빛에 원가량은 눈을 떴다.

깨어난 원가량의 양 옆에는 벌거벗은 두 여인이 찰싹 붙어 있었다. 여인들은 여전히 잠에 취해 있었지만, 팔과 다리로 원가량을 단단히 붙들고 있었다.

간밤에 휘몰아쳤던 격정이 방 안을 떠돌고 있었다. 동시에 정사의 한복판에서도 잊을 수 없었던 공허함이, 눈을 뜨자마자 다시금 엄습해 왔다.

드르륵—

거친 소리를 내며 문이 열렸다. 단잠을 자고 있던 여인들은 문소리에 놀라 잠에서 깨어났고, 문을 열고 들어온 자에 또다시 놀라 이불을 끌어당겼다.

문을 열고 들어온 자는 천장이 낮은 듯 고개를 숙이고 있었다. 물론 천장이 낮지는 않으니 그의 키가 워낙 큰 탓이다. 키만 큰 게 아니라 기골이 장대하여 보통 사람의 두 배는 족히 넘어 보였다. 한 눈에는 안대를 찼으며, 얼굴에는 긴 칼자국마저 나 있다.

잠을 깨우기에는 이보다 더 좋은 인물이 없었다.

믿어요, 그 한마디가 … 255

그러나 기겁을 하며 옷을 챙겨 달아나는 여인들과 달리, 원가량은 일어날 생각이 없어 보였다. 원가량은 자리에 누운 채 느긋한 목소리로 말했다.

"웬일이오? 하후 형이 친히 나를 찾으시고?"

방문자는 곽추운의 우호법, 복지쇄옥 하후강이었다.

하후강은 굳은 얼굴로 말했다.

"사람을 보내봤자 오지 않을 게 아닌가. 맹주께서 곧 출타하실 걸세. 어서 채비를 하게."

"출타… 이런 상황에 말입니까?"

원가량은 손으로 햇빛을 가리며 몸을 일으켰다.

곽추운은 항주 성내를 돌아다니며 주민들과 직접 대화하기를 즐겨했다. 물론 정말로 즐겼던 것은 주민들과의 대화가 아니라 그로 인해 피어나는 상찬의 언어들이었지만.

그러나 유서현의 출현으로 곽추운은 바깥출입을 삼가게 되었다. 유서현이 인간 벽서가 되어 제기하는 의문과 요구에 대해 무림맹 본영의 공식적인 입장은 '대응할 가치가 없다'였던 것이다. 애초에 사실이 아니니 증명할 것도 없으며, 대응하는 것 자체가 유서현이 원하는 바이니 절대 끌려가지 않겠다는 뜻이었다.

그런데 유서현의 문제가 채 해결되기도 전에 곽추운이 출타를 한다? 원가량이 의문을 품는 게 당연했다.

하후강은 대답 대신 창문을 열었다. 활짝 열린 창으로 햇빛이 방 안 가득 들어왔다.

 "큭……!"

 눈을 찡그리며 고개를 돌리는 원가량의 귀에 하후강의 대답이 들려왔다.

 "송 장로가 며칠 전 항주에 당도하여 쭉 성내에 머무르고 있다더군. 우리에게는 아무런 기별도 없이 말일세."

 "……!"

 오랜 시간을 함께 보내며 익숙해질 대로 익숙해진 얼굴보다야 하후강의 말이 원가량에게는 더욱 효과적이었다. 원가량은 놀라 제자리에서 벌떡 일어났다.

 "송 장로가 벌써 와 있었다고?"

 원가량이 놀라는 것을 당연하다고 여기는지 하후강의 표정은 변함이 없었다.

 당금 무림이 무림맹의 이름 아래 하나가 되었고, 그 정점에 맹주 곽추운이 있다는 것은 누구나 아는 이야기이다.

 그러나 중원은 넓고, 마종과의 항쟁에서 공을 세운 자는 얼마든지 있었다. 또 공을 세우지 않았더라도 하나의 무림을 세우기 위해 꼭 필요한 자들도 있었다.

 하여 무림맹이 세워진 후에도 각기 자신의 세력을 가지고 맹주와 함께 무림맹을 움직여 온 자들을 일컬어 장로라 하였고, 그 장로의 모임을 장로회라 하였다.

장로회는 총 열두 명의 장로로 구성되어 있다. 곽추운이 무림맹 전체의 수장이지만 실제로는 항주를 근거지로 하는 본영만 운영하는 것과 같이, 장로들도 각기 근거지에서 무림맹의 지부를 운영하고 있었다.

장로들 하나하나의 힘은 맹주에 비할 바가 아니었지만, 그들이 한데 뭉쳤을 때의 힘은 맹주와 대등하거나 능가하는 경우도 있었다. 하여 장로들은 서로 연합하여 무림맹의 운영에 그들의 의사를 반영하려 들었고, 이 과정에서 곽추운과 반목을 거듭하곤 하였다.

그러나 열두 명이나 되는 장로들의 이해관계가 항상 일치하는 것은 아니었다. 개중에는 맹주를 따르는 자들도 있었고, 반대와 견제를 일삼는 자들도 있었으며, 중립을 지키는 자들도 있었다.

송 장로는 그중 중립을 지키는 자들의 수장인데, 맹주와 맹주의 반대파 양측을 능수능란하게 오가며 자신들의 영향력을 공고히 한 실력자로 정평이 나 있었다. 그런 그가 항주에 와 있다하니 곽추운이 직접 움직이고도 남을 일이었다.

사실 송 장로의 항주 방문은 이미 예고된 사안이었다. 어떻게든 송 장로를 위시한 중립파를 끌어들이기 위한 곽추운의 구애는 집요할 정도였고, 정성이 통했는지 송 장로가 직접 항주 방문을 알려온 것이다.

 문제는, 송 장로가 항주 방문 일정을 본영에 알리지 않았다는 점이었다. 이는 이번 방문이 어디까지나 개인적인 용무이며, 결코 공식적인 행사가 아님을 주장하기 위함이었다. 물론 어디까지나 반대파에게 꼬투리를 잡히지 않겠다는 정치적 행동이었으니 곽추운도 이에 불만을 표하지 않았다.

 하지만 일이 틀어지려면 어떻게든 틀어지는 것이, 그 사이 유서현이라는 돌발 사태가 벌어진 것이다.

 송 장로는 양 진영 사이에서 중립을 지키며 줄타기에 능한 만큼 사고가 유연하다고 알려져 있지만, 기본적으로는 원리원칙을 중요시하는 인물이었다. 그러니 송 장로가 곽추운을 판단하는 데에 있어 유서현의 존재가 영향을 끼치지 않을 거라고 장담할 수 없는 노릇이었다.

 송 장로를 끌어들이기 위해 오랫동안 들여온 공이 한순간에 물거품으로 변할 가능성도 배제할 수 없었다. 아니, 원리원칙을 중시한다는 그의 지론에 따르면 그 가능성이 오히려 높다고 봐야 했다.

 "맹주께서는 송 장로가 머무르는 곳이 확인되면 바로 출타하실 걸세. 우리도 그 전에 준비를 마쳐야 하니, 어서 채비를 갖추고 나오게나."

 하후강은 말을 마치고 방을 나섰다.

황급히 옷을 갖춰 입는 원가량의 머릿속에 밉살스러운 얼굴이 떠올랐다. 이런 순간에 이극의 얼굴이 떠오르다니, 어째서일까?

 '설마……?'

 소름끼치는 가정이 원가량의 뇌리를 스치고 지나갔다. 원가량은 고개를 절레절레 흔들었지만, 도저히 그 생각을 떨쳐버릴 수가 없었다.

　　　　　　＊　　　＊　　　＊

 "검을 가지고 있어도 괜찮을까요?"

 유서현이 다소 걱정스러운 목소리로 물었다. 이극은 일부러 웃으며 대답했다.

 "상관없어. 아가씨는 어차피 살인자니까."

 "뭐예요?"

 "무림맹이 마음먹고 하는 짓이야. 놈들이 원하면 파리도 새로 만들 수 있을걸? 그러니 너무 거기에 신경 쓰지 마. 그래봤자 아가씨만 손해니까."

 "하지만……!"

 "내가 말했지? 그게 힘이라고."

 이극은 단호히 말하고, 곧바로 유서현의 어깨를 두드리며 소녀를 달랬다.

"그러니까 우리는 할 수 있는 일을 하자고. 무슨 얘긴지 알지?"

유서현은 곧 마음을 정하고 고개를 끄덕였다. 두 마리 토끼를 다 잡을 순 없다. 하고 싶은 것과 할 수 있는 것. 일의 성패가 확실치 않다면 둘 중 어디에 역량을 집중해야 하는지 유서현은 잘 알고 있었다.

"마음껏 검을 써도 돼. 아니, 써야 할 거야. 이제 노골적으로 살수를 펼칠 테니까. 하지만 너무 걱정하지는 마. 곽추운이 직접 움직인다면 모를까, 경공술에 관한 한 아가씨를 따를 자는 없어. 내가 보장하지."

유서현이 무사할지는 이극도 장담할 수 없었다. 그럼에도 불구하고 이극은 유서현을 안심시키기 위해 말을 길게 했는데, 돌아온 대답은 한마디였다.

"믿어요."

유서현의 짧은 대답이 이극의 가슴속으로 파고들었다.

"……."

이극은 말없이 유서현과 시선을 맞췄다. 유서현의 투명한 눈동자 속에 이극을 향한 무한한 신뢰가 담겨 있었다. 그 신뢰를 발견한 순간, 이극은 뭐라 형용할 수 없는 감정에 휩싸였다.

"이제 시작해도 되죠?"

"…그래."

"다녀올게요."

유서현은 웃으며 인사하고, 몸을 날렸다.

유서현의 신형이 하늘거리며 우아하게 허공을 미끄러져 내려갔다. 수장 높이라지만 땅 위에 서기까지는 불과 한순간이다. 그러나 그 한순간이, 이극에게는 마치 영원처럼 느껴졌다.

삐익—

곳곳에 배치된 맹원들이 유서현을 발견했는지 호각 소리가 하늘 높이 올라갔다. 그 소리에 이극도 퍼뜩 정신을 차리고 움직이기 시작했다.

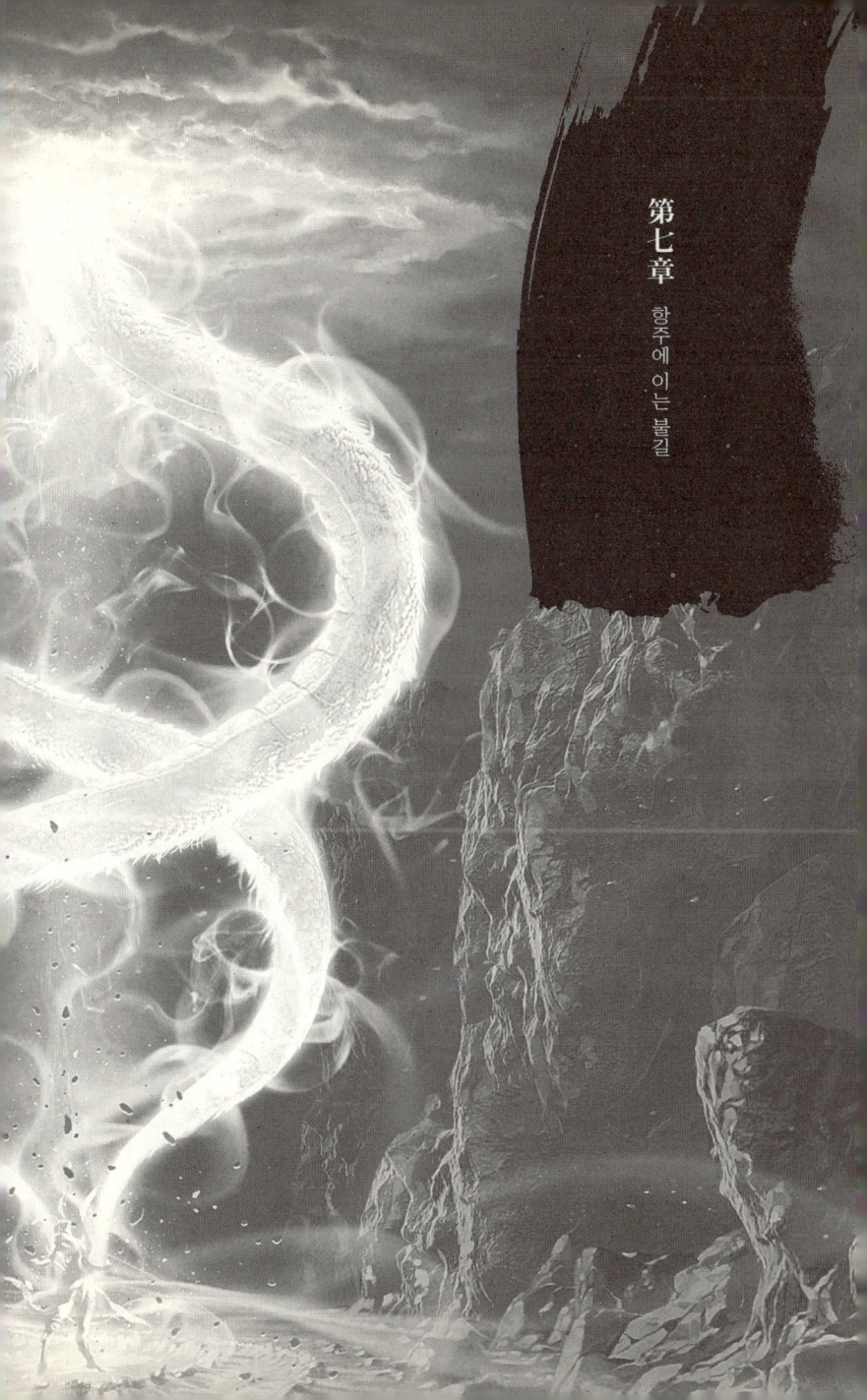

第七章 항주에 이는 불길

蒼龍魂 창룡혼

1

 무림맹 장로회 구성원 중 하나인 송삼정(宋三丁)은 아침 일찍 일어나 몸을 정갈히 하고 의관을 정제했다.
 항주에 온 지도 삼 일이 지났으니 슬슬 맹주를 만나러 가야 할 때다. 지금쯤이면 본영에서도 그가 항주에 도착해 있음을 파악했을 것이다. 애초에 정확한 일정을 알리지 않고 온 것도, 미리 항주에 도착하여 성내 분위기와 곽추운의 평판을 알아보기 위해서였다.
 이 모든 것은 맹주와 일이 잘 되든 안 되든, 협의 과정에서 주도권을 가지기 위한 준비 과정이었다. 때문에 곽추운이 자신의 위치를 파악, 사람을 보내기 전에 제 발로 방문하려거든 지금이 적기라고 송삼정은 판단했다.

'협상하기 전에 내가 본 모든 일에 대하여 우선 해명을 듣지 않으면 안 되겠지. 아니, 반드시 그리해야 할 것이야.'

송삼정은 맹주를 만나면 해야 할 말과 일들을 다시 한 번 점검한 뒤, 객잔을 나섰다.

"……!"

거리의 공기가 묘했다.

묘하다기보다는 익숙하다고 해야 할까? 고양된 전의가 허공을 떠돌고, 온몸 찌릿한 살기가 비린내를 풍기는 이것은 전장의 공기다. 송삼정의 입에서 절로 탄성이 새어 나왔다.

"허어……?"

다른 곳도 아니다. 무림맹주의 근거지인 항주, 그것도 성내에서 나름대로 번화한 거리 중 한 곳에서 이런 공기가 흐를 수가 있단 말인가?

송삼정의 의문은 쉽게 풀렸다. 거리가 온통 제 것인 양, 사람들을 밀치고 넓은 공간을 지나는 자들이 있었다.

소위 판자녀를 잡기 위한 병력이다. 이전까지는 푸른 옷을 입은 자들이었는데, 어째서인지 그들은 보이지 않고 검은 옷과 흰 옷을 입은 자들이 대신 줄 지어 어디론가 향하고 있었다.

송삼정은 작은 목소리로 중얼거렸다.

"흑백 쌍아대가 아닌가. 저들이 어찌……?"

흑백 쌍아대는 무림맹 본영이 자랑하는 전투부대다. 일당백의 고수로 이루어진 그들이야말로 무림맹 본영을 대표하는 실질적인 힘이라 해도 과언이 아니었다.

그런데 어째서 그들이 대낮에 항주 성내를 활보한단 말인가? 그것도 살기를 곤추세운 채 말이다.

"궁금하십니까?"

누군가 다가와 송삼정의 귓가에 속삭였다.

"……!"

송삼정은 수십 년 만에 머리털이 쭈뼛 서는 경험을 했다.

이순(耳順)을 넘긴 지 오래건만 주름 한 줄 없다. 근력은 쇠하였으나 그만큼 경험을 쌓았고, 감각은 오히려 젊은 시절보다 예리하게 날이 서 있다. 천하제일인의 이름은 감당키 어려우나 곽추운을 제외하고 열 사람을 꼽으라면 반드시 들어갈 것이다.

자타공인, 절정이라는 말도 한참 부족한 고수가 송삼정이다.

그런 송삼정의 이목을 속이고 접근하여 대담하게 귓속말을 한다. 목소리로 미루어 짐작하건대 많아야 삼십대 초중반의 청년이다.

믿을 수 없는 일이고, 동시에 두렵기 짝이 없는 일이다. 귓속말 대신 비수를 들이밀었다면 지금쯤 저 세상에 가 있을 것이다.

"…궁금하고 말고."

그러나 송삼정은 동요를 드러내지 않고 태연히 대답했다. 웃음기 머금은 목소리가 다시 들려왔다.

"그러시다면 맹주를 찾아가는 것을 잠시 미루십시오. 그들이 찾아오게 한들 어떻습니까? 아무도 모르게 항주에 오셨을 때부터 이미 목적은 달성하셨을 텐데요."

제 아무리 송삼정이라도 제 속을 까뒤집어 보였는데 가만히 있을 순 없었다. 흑백 쌍아대의 기세에 눌려서인지 행인도 드물었다.

"그보다 네놈이 더 궁금하구나!"

송삼정의 손이, 그의 머리처럼 새하얀 색으로 물들었다. 과거 사파의 거마들과 더 나아가 마종의 마인들에게까지 공포의 대상이었다는 소수일기공(素手一氣功)이다.

눈이라도 달렸는지, 송삼정은 뒤도 돌아보지 않고 다가선 자의 손목을 낚아챘다. 보통의 상대라면 손목을 잡힌 순간 이미 팔의 모든 뼈가 으스러져야 할 것이다.

그러나 소수일기공이 상대의 뼈를 으스러뜨리기 전에, 잡힌 손목으로부터 만만치 않은 반탄력이 느껴졌다.

"헙!"

송삼정은 상대의 손목을 놓지 않고 몸을 빙글 돌리며 좌장을 뻗었다. 역시 소수일기공으로 하얗게 빛나는 손바닥에는 무시무시한 장력이 실려 있었다.

순간, 무슨 수법을 썼는지 상대의 손목이 송삼정의 손아귀에서 너무나 쉽게 빠져나왔다. 송삼정의 금나수법은 한번 잡히면 빠져나올 수 없다는 것으로 명성이 높았는데, 이를 무색하게 만드는 수법이었다.

하지만 놀랄 일은 여기서 그치지 않았다.

이미 가슴팍을 파고들었던 좌장이 허공을 친 것이다. 상대는 손목을 빼냄과 동시에 몸을 틀어 송삼정의 좌장을 피하며 단숨에 거리를 좁혔다.

'이런!'

무방비로 가슴을 내주게 된 송삼정은 즉시 진기를 끌어올려 가슴과 배의 요처에 각각 호신강기를 일으켰다. 상대의 무공이 아무리 고강한들 일격이 호신강기를 일으킨 곳에 적중한다면 적잖은 손해를 입는 정도에서 그칠 수 있었다.

"……?"

그러나 송삼정의 예상은 보기 좋게 빗나갔다. 상대는 왼팔을 송삼정의 어깨에 두르더니, 마치 친한 사이인 양 어깨동무를 하는 것이었다.

"거 노인네 성질머리하고는. 제가 뭘 어쨌다고 다짜고짜 손을 쓰십니까?"

상대는 어깨동무를 하고 머리를 기울여 송삼정을 보며 말했다. 송삼정은 그제야 상대의 얼굴을 제대로 볼 수 있었는데, 과연 삼십대 초반의 청년이었다.

목소리로 예상했던 바이나 막상 얼굴을 확인하고도 놀란 까닭은, 청년의 무공이 자신과 능히 동수를 이루었기 때문이었다. 송삼정은 청년에게 말했다.

"누구라도 모르는 자가 뒤에서 접근해 오면 나와 같은 반응을 보일 걸세."

'사람들이 다들 노인장처럼 포악한 줄 아쇼?'

청년―이극은 어이가 없었지만, 겉으로는 여전히 미소를 머금은 채 말했다.

"암튼 대단하십니다. 소수소면(素手笑面)의 명성을 오늘에야 식견할 수 있었으니 영광입니다요."

말은 번지르르하게 하는데 듣는 이에겐 전혀 영광으로 들리지 않는 것도 재주라면 재주였다. 하지만 송삼정은 화를 내는 대신 점잖게 말했다.

"이거나 놓고 얘기하세. 내가 어디 도망이라도 갈 것 같아서 이러나?"

"도망이 아니라 때릴까 봐 그럽니다. 무서워서 놓을 수가 있어야지요."

 이극이 되도 않는 소릴 하자 송삼정의 목소리가 싸늘히 식었다.

 "소수소면의 이름을 아는 자가 지금 나와 어깨동무를 하고 안심하는 게야?"

 소수일기공을 동반하여 펼치는 금나수법은 무림의 일절로 꼽히는 절기다. 송삼정이 가진 명성의 절반 이상이 금나수법의 공이라 해도 과언이 아니었으니 말이다.

 따라서 송삼정이 보기에 이극의 말은 실로 오만했다. 하지만 송삼정의 힘을 쉽게 와해하고 손목을 빼낸 수법은 또 그만한 가치가 있었다.

 "설마요."

 이극은 웃으며 어깨동무를 풀었다. 그리고 얼른 뒤로 물러나며 말했다.

 "어쨌든 제 말을 기억하십시오. 지금 본영으로 가시면 좋은 구경을 놓치게 될 거라고 말입니다."

 "좋은 구경이라니?"

 송삼정이 묻자 이극은 손가락으로 한곳을 가리켰다. 그 끝에는 다섯 장 높이로 세워진 망루가 있었다.

 "저 망루를 주목하십시오. 그럼 전 할 일이 있어서 이만……."

"이봐! 젊은이!"

송삼정이 불렀지만 이극은 들은 척도 하지 않고 뒷걸음질 쳤다. 송삼정은 재빨리 그를 쫓았지만 어쩐 일인지 뒷걸음질 치는 이극을 따라잡을 수가 없었다.

이극의 신형이 곧 모퉁이를 돌아 시야에서 벗어났다. 송삼정도 따라서 모퉁이를 돌았지만, 이극의 모습은 이미 사라져 찾을 수 없었다.

"허어… 내가 귀신에 홀리기라도 한 겐가?"

해가 중천에 떠 있으니 귀신이 나올 시간도 아니다. 송삼정은 흔들리는 눈으로 주변 건물들과 떨어져 홀로 선 망루를 바라봤다.

이극은 지붕 위에서 송삼정을 내려다보고 있었다.

"그래, 그래… 궁금하지? 궁금할 거다. 궁금해서 아주 미칠 지경이어야지!"

송삼정이 망루를 응시하는 모습을 보며 이극은 중얼거렸다.

이걸로 된 걸까, 의구심이 이는 것도 사실이었지만 그렇다고 여기서 더 노골적으로 갔다가는 송삼정의 경계심을 키우게 될 것 같아 두려웠다. 경계심이 커지는 만큼 의도대로 움직여 줄 확률이 떨어질 테니까.

이극은 아쉽지만 아쉬운 대로 지금이 딱 좋다며 생각을 고쳐먹었다.
 어쨌든 관심을 끈 것만으로 일차 목표는 달성한 셈이다. 긴장의 끈이 조금쯤 늦춰졌는지 이극의 입에서 한숨이 나왔다.
 "휴… 손힘이 왜 이렇게 세? 뼈 부러지는 줄 알았네."
 이극은 잡혔던 왼손을 털며 투덜거렸다. 소수소면의 명성은 헛된 것이 아니었다. 몇 초 겨루어보지 않았지만 오히려 명성이 부족한 감이 있었다.
 아직도 가슴팍을 파고들던 좌장의 기세가 생생하다. 이극은 몸서리를 쳤다.
 "시작도 하기 전에 죽을 뻔했잖아? 정신 바짝 차려야지."
 이극은 재차 각오를 다지고, 다음 수순을 밟기 위해 지상으로 내려왔다.
 이극은 개인의 용력, 특히 무공이라는 힘의 효용에 대해 깊은 회의를 품고 있었다. 그는 분명 빼어난 무공의 소유자였지만, 그렇기 때문에 무림맹이라는 조직과 맞섰을 때 느끼는 무력감이 더욱 컸던 것이다.
 따라서 이극에게 스스로 가지고 있는 능력 가운데 서열을 매기라고 한다면 주저없이 정보력을 앞자리에 놓을 것이다.
 하지만 이극의 정보력이라는 것은 정보를 전문으로 처리하는 자나 기관의 것과는 다른 점이 많았다.

예를 들어 무림맹의 첩사대나 암천대 등은 수집한 정보를 나름의 기준에 따라 선별, 분석하고 가공하여 보기 좋게 처리한 뒤에야 비로소 정보로서 가치를 가지게 된다.

반면 이극이 가진 정보력이란 대개 그와 비슷한 처지로 항주의 뒷골목에 서식하는 자들, 즉 해결사나 건달 혹은 거지들로부터 제공받는 것이다. 자연히 개별 정보의 순도는 앞서 언급한 전문 기관을 거친 것들에 비해 크게 떨어졌지만, 절대량은 압도적으로 많았다.

이극이 자신하는 정보력이란 이런 압도적인 양의 정보 속에서 옥석을 가리는 안목과 개별 사안으로는 불필요하다고 여겨지는 것들을 유기적으로 묶어 가치를 창출해 내는 능력이었다.

그 정보력을 바탕으로 이극은 곽추운에게 송삼정이 어떤 의미를 가진 인물인지 알아냈고, 그보다 한발 앞서 송삼정의 동향을 파악하는 데 성공한 것이다.

지금 곽추운이 가장 공을 들이는 작업은 송삼정을 자기 사람으로 만드는 것이었다.

이극이 유서현에게 이야기한, 그들이 곽추운에게 한 방을 먹일 수 있는 지점이 바로 그곳에 있었다.

2

삐익―

 호각 소리가 일어난 지점으로부터 머지않은 곳에서 병장기 부딪치는 소리가 들려왔다.

 캉! 카카캉!

 검은 옷을 입은 자들은 흑아대요, 흰 옷을 입은 자들은 백아대다. 한 사람 한 사람, 고수 아닌 자가 없는 무림맹 최강의 전투부대가 백주 대낮에 항주 성내에서 칼부림을 벌이고 있었다.

 그들의 상대는 놀랍게도 한 사람의 소녀.

 호리호리한 몸으로 어지러이 검을 놀리고 있는 유서현이었다.

 거리와 거리가 교차하는 공터는 온통 흑백의 무채색으로 물들어 있어, 붉은 옷을 입은 유서현을 더욱 돋보이게 하고 있었다.

 하나 단순히 색깔의 문제가 아니다. 베고, 찌르고, 할퀴고, 때리는 등 다양한 무기로 공격해 오는 수십여 쌍아대를 상대로 유서현의 검은 주인을 지켜내고 있었다. 비록 반격은 꿈도 꾸지 못할 일이었지만, 어쨌든 이 와중에 정신을 똑바로 차리고 있는 것만으로 찬사를 보내 마땅한 일이었다.

 '이래서 검을 가지고 가라 했구나!'

쌍아대원들의 공격을 막아내기에도 여념이 없었지만, 한편으로 유서현은 이극을 떠올렸다. 검이 있었기에 망정이지, 전처럼 경공술로 피해만 다니려 했다면 염라대왕의 존안을 열 번도 넘게 뵈었을 것이다.

쉭!

딴 생각을 하는 사이 한 자루 검이 어깨 위를 스치고 지나갔다. 일반 검이었다면 피했을 움직임이었는데, 기이하게도 나뭇가지처럼 검신에 작은 가지가 날의 양 옆으로 수십 개씩 돋아난 놈이었다.

"크윽!"

기병(奇兵)의 가지들이 살점을 뜯고 지나갔다. 화끈한 고통에 유서현의 신형이 순간 움직임을 멈췄다.

먹이를 노리는 맹수들처럼, 쌍아대원들이 일제히 유서현을 향해 무기를 들이밀었다. 유서현은 이를 악물고 제자리에서 높이 뛰어올랐다.

좌라락!

기다렸다는 듯, 누군가 유서현의 머리 위로 그물을 던졌다. 유서현은 공력을 끌어올리며 젖 먹던 힘을 다해 검을 휘둘렀다.

서걱!

놀랍게도 쇠로 짠 그물이 반으로 갈라졌다. 유서현의 신형이 그 가운데를 뚫고 올랐다.

"보검이다!"

누군가 소리 높여 외쳤다. 쇠로 짠 그물을 천처럼 갈랐다면 마땅히 보검일 것이다. 유서현과 검격을 교환했던 자들도 제 병기를 확인하고 소리쳤다.

"이빨이 다 빠졌어! 보검이다! 보검이야!"

"갖는 사람이 임자로군!"

"내 거다! 손대는 놈은 다 죽일 거야!"

무림인이라면 좋은 병기에 목숨을 거는 것이 당연하다. 이들은 유서현의 검이 보검이라는 것을 알자 더욱 날뛰기 시작했다.

한편 유서현도 허공에서 제 검을 다시 봤다. 아까부터 무언가 이상하다고 느끼기는 했는데, 자세히 보니 날은 시린 빛을 내뿜고 검신은 반듯하며 은은한 자색(紫色)을 띠는 게 영락없는 보검이었다.

'어쩐지! 내 무공이 갑자기 강해진 게 아니었구나!'

한 자루 검으로 수십 명의 쌍아대원 사이를 헤집고 다니며, 유서현은 혹시 자신이 강해진 게 아닐까 기대를 품었다. 그도 그럴 것이 비록 경공술이 한 단계 나아졌다고는 해도 이렇게까지 버틸 수 있다는 게 이상하다는 것을, 다른 누구도 아닌 유서현 스스로가 느꼈던 것이다.

하지만 쌍아대원들의 참격 속에서 살아남을 수 있었던 까닭이 무공의 진전이 아니라 보검인 것을 알았으니 실망이 컸다.

하지만 실망은 곧 사라지고 다른 생각이 그 자리를 채웠다.

'아저씬 이런 보검을 어디서 구해온 거지?'

보검은 귀하니까 보검이다. 이극이 무공은 좀 있어도 값나가는 물건을 가지고 있으리라고는 상상도 못했던 유서현이다. 보검을 받았으면 당연히 준 사람이 쓰던 것인가 여길 법도 한데, 애초에 그럴 가능성은 배제하고 생각을 전개해 나가는 것이었다.

이극이 이런 유서현의 머릿속을 들여다봤다면 서운함 대신 자신이 그리도 빈곤해 보였나 싶은 불쾌함이 앞섰을 것이다.

휘익!

어쨌든 떠올랐던 유서현의 몸은 당연히 내려가기 시작했다. 그 전에 발 디딜 곳을 찾아 재도약을 해야 하는데, 점찍어 뒀던 지붕 위에는 미리 대기하고 있던 쌍아대원들이 날붙이를 번뜩이고 있었다.

카카캉!

금속성 소리와 함께 불꽃이 튀었다. 유서현의 허리가 낭창낭창 대나무처럼 휘더니 공중제비를 서너 바퀴 돌고 다시 바닥에 착지했다.

 땅 위에서 유서현을 쫓던 쌍아대원들은 백 보 밖에 있었다. 잠시 여유가 생긴 유서현은 숨을 고르며 이극을 떠올렸다.

 '여기까지는 다 아저씨가 말한 대로야……. 이런 걸 보면 참 신통하단 말이야? 어떻게 이런 걸 다 알지?'

 이극은 무림맹이 쌍아대를 움직임으로써 인력 운용에 숨통이 트였음을 지적했다. 그리고 반드시 그들 중 일부를 복층 건물의 처마 및 지붕에 배치하여 유서현의 도주로를 미리 차단하려 할 거라고 예상했었는데, 그 말이 딱 맞아떨어진 것이다.

 휙!

 잠시 숨을 돌리던 유서현을 향해 네 자루 검이 들이닥쳤다. 뒤쫓던 자들에만 신경을 쓴 나머지 골목에 매복해 있던 인원을 간과한 것이다.

 유서현은 정면으로 찔러 들어오는 검과 날을 마주치고, 그대로 날을 긁으며 검을 든 사내의 품 안으로 뛰어들었다. 세 자루 검은 허공을 갈랐다.

 카가가가가각!

 유서현은 그 기세를 살려 어깨를 둥글게 말아 상대의 명치를 들이받았다.

 "크헉!"

톱니처럼 잘 갈린 검이 하늘에 뜨고, 사내의 몸이 한바탕 뒤로 굴렀다. 유서현도 그대로 한 바퀴를 구른 뒤 바닥을 차고 앞으로 몸을 날렸다.

손안의 무기가 보검임을 깨달은 유서현의 검로나 몸놀림이 한층 대담해졌다. 엄격하게 보면 보검의 위력에 기댄 것이지만, 긍정적으로 보자면 들고 있는 무기의 특성을 십분 활용할 줄 아는 임기응변의 묘수가 뛰어나다고 할 수 있었다.

"아차!"

눈앞에 처음부터 유서현을 쫓아오던 쌍아대원들이 보였다. 매복한 자들로부터 도망친다는 게 방향을 잘못 잡은 것이다.

"보검이다!"

붕— 하고 몸을 날린 거한이 거대한 도끼를 내리찍었다. 거한의 몸무게와 공중에서 내려오는 도끼의 무게가 더해지면 보검이라 해도 성치 못할 것이다. 유서현은 재빨리 몸을 날렸다.

퍽!

거한의 힘이 어찌나 센지 도끼날의 절반이 바닥에 박혔다. 유서현은 뒤도 돌아보지 않고 좁다란 골목으로 뛰어 들어갔다. 골목에는 역시나 매복해 있던 인원이 있었다. 흰 옷을 입은 사내. 흑백 쌍아 중 백아대원이었다.

다른 자들과 달리 단독으로 행동해서일까? 사슬낫을 든 백아대원의 살기가 심상치 않았다. 유서현은 본능적으로, 보검의 힘을 빌려도 십여 초도 채 견디기 힘들다는 걸 깨달았다.

"합!"

유서현의 몸이 사선으로 뛰어 담벼락을 밟고 도약했다. 길을 가로막은 사내의 머리 위를 뛰어넘는 순간, 뱀의 혓소리를 내며 사슬이 날았다.

쉬쉬쉭!

사슬은 정확히 유서현의 발목을 겨냥해 날아왔다.

"……!"

유서현의 머리가 빠르게 회전하고, 손은 그보다 빠르게 움직였다. 유서현은 등 뒤에 메고 있던 칼집을 빼서 사슬이 노리는 발목 옆으로 뻗었다.

촤르르륵!

사슬은 발목과 칼집을 감았다. 발목과 칼집 사이에는 주먹 하나가 들어갈 만한 공간이 있었고, 유서현이 칼집을 놓자 사슬은 헐거워졌다.

그 틈을 놓치지 않고 유서현은 발목을 뺐다. 그 직후, 잡아당겨진 사슬이 칼집을 조여 부러뜨렸다.

콰직!

그 소리가 유서현의 귀에 박혔다. 자신의 발목이 부러지는 광경이 절로 머리에 떠올랐다.

"큭!"

상상처럼 부러지진 않았지만 한 번 감겼던 충격은 고스란히 남아 아픔을 전했다. 하지만 멈춰 있을 수가 없어 유서현은 다시 뛰기 시작했다.

발을 디딜 때마다 경미한 통증이 머리를 일깨웠다. 잊고 있던 어깨의 상처도 다시금 존재감을 피력하고 있었다.

일단 쌍아대는 이극의 예상대로 움직이고 있다. 하지만 유서현은 이극의 예상대로 버틸 수 있을까? 발목과 어깨의 고통이 심히 우려된다며 연신 경고를 보내고 있었다.

검으로 막고, 발로 뛰며 유서현은 이극을 원망했다. 이렇게 힘들다고 얘기하긴 했다. 하지만 좀 더 강력히 말릴 순 없었을까?

'아저씨는 대체 어디서 뭘 하고 있는 거야?'

유서현이 힘들 때마다 나타나 구해주었던 이극이었다. 수많은 쌍아대원들에게 쫓기는 지금이야말로 그가 필요할 때라고 생각하며, 유서현은 달음박질을 멈추지 않았다

하지만 힘들 때마다 이극이 나타나 구해주었다는 유서현의 생각은 일부 수정할 구석이 있었다. 이극의 입장에서 보다 정확히 말하자면 '유서현이 제 힘으로 극복하지 못할 때에만 나타났다'고 해야 할 것이다.

그리고 이극은 바로 그 '유서현이 제 힘으로 극복할 만한 상황'을 만들기 위해 움직이고 있었다.

쾅!

이극의 우장이 작렬하고 세 명의 흑아대원이 수장 밖으로 나가떨어졌다. 동시에 반대편으로 내민 좌장을 맞은 흑아대원 두 명도 피를 토하며 바닥을 굴렀다.

"웬, 웬놈이냐!"

스무 명에 달하는 흑아대원들이 놀라 소리쳤다. 마치 땅 아래에서 솟은 것처럼, 이극의 신형이 홀연히 그들 가운데 나타났기 때문이었다.

흑아대원들은 각기 무기를 고쳐 쥐며 이극을 중심으로 포위망을 형성했다. 물론 이극이 스스로 그 자리를 선택한 것이니 포위망이 형성되었다는 말에는 어폐가 있었지만.

이극은 주변을 맴도는 흑아대원들을 둘러봤다. 얼핏 봐도 하나하나가 모두 대단한 실력자다. 이 정도 규모의 인원을 모으면서 개개인의 무위를 이 수준까지 맞출 수 있다니! 흑백쌍아대를 구성하기 위해 무림맹이 들였을 자본과 시간, 노고에 감탄이 절로 나올 지경이다.

"그렇다면 이 또한 곽 맹주에게 한 방을 먹이는 일이렷다?"

이극은 주변을 둘러보며 혼잣말을 중얼거렸다.

잔뜩 독기를 품은 흑아대원들은 쉽사리 달려들지 못하고 이극과 일정 거리를 유지하고 있었다. 단 두 번의 손짓으로 동료 다섯을 날려 버린 모습을 목도했으니 함부로 달려들지 못하는 게 당연하다.

이극은 피식 웃고 흑아대원들에게로 몸을 날렸다. 첫 번째 표적은 두 자루 단창을 양손에 든 사내였다.

"……!"

사내가 이극의 접근을 알고 눈을 크게 떴을 때, 이극의 손바닥은 이미 그의 턱을 올려치고 있었다.

퍽!

턱뼈 부서지는 소리가 본인은 물론 가까이 있던 동료들의 귀에 똑똑히 들려왔다. 턱을 가격당한 힘을 못 이겨 사내의 몸이 뒤로 한 바퀴 공중제비를 돌았다. 동시에 이극은 오른발로 허공에 뜬 사내의 단창을 찼다.

콱!

두 자루 단창이 서로 다른 방향으로 날아가 꽂혔다. 그 속도가 얼마나 빨랐는지, 배에 단창을 꽂고 쓰러진 자들의 눈에 지금 자신이 무슨 일을 당했는지 설명을 요하는 기색이 역력했다.

하나 이중 누구도 동료에게 그의 죽음을 설명해 줄 수 있는 여유를 허락받은 자가 없었다. 이극은 빠르고 정확한 동작으로 이들에게 공평한 죽음을 선사했다.

콰직!

이극은 턱이 박살 나며 뒤로 넘어가던 사내의 등을 차서 밀었다. 척추가 부러지는 소리와 함께 사내의 몸이 앞으로 날아 동료의 품에 안겼다. 턱과 척추가 부러지면서 절명한 동료의 시체를 얼결에 안은 사내의 머리 위로 이극의 손바닥이 내려왔다. 이극의 손바닥이 사내의 천령개를 내려쳤다.

퍽!

둔탁한 소리를 내며 사내의 머리통이 수박처럼 부서졌다. 쓰러진 사내의 머리에서 허연 뇌수가 흘러나와 바닥을 적셨다.

퍽! 퍼버벅!

이극의 손바닥이 좌우로 움직일 때마다 흑아대원들의 시체가 늘어갔다. 흑아대원들은 동료의 죽음으로 번 시간을 이용해 반격에 나섰지만 이극의 옷자락 하나 건드릴 수 없었다.

마치 한 마리 늑대가 양떼 속으로 뛰어든 듯, 이극의 일방적인 학살이 이어졌다. 스무 명으로 구성된 한 개 조가 전멸하기까지는 오랜 시간을 필요치 않았다.

"후우……."

시체들 사이에 서서 이극은 숨을 골랐다. 상처 하나 안 났으니 엄살이라고 할 수도 있겠지만, 이극으로서도 스무 명의 흑아대원을 한꺼번에 상대하는 일은 부담스러웠다.

흑백 쌍아대원들은 전투에 특화되어, 무림인이라기보다 군인이라고 해야 어울리는 자들이었다. 일반적인 무림인들과 달리 이들은 때와 장소를 가리지 않고 살기를 흩뿌렸으며, 싸움에 있어서도 당연하게 목숨을 내걸었다.

그 살기와 적의를 한몸에 받는다고 생각해 보라. 항주의 뒷골목에서 살아온 이극으로선 감당키 어려울 정도의 정신적 피로를 느끼는 게 당연했다.

피잉—

특별한 소리를 내는 세전(細箭:아기살)이 하늘 높이 올랐다. 이극이 곳곳에 심어놓은 정보원이 쏘아올린 것으로 유서현의 위치를 알려주는 신호였다.

이극은 날아오른 세전을 보고 유서현의 위치를 가늠했다.

"예상대로 잘 가고 있군."

유서현은 얼핏 눈앞에 보이는 대로 도주하는 것 같았지만 실은 철저히 흑백 쌍아대가 유도하는 곳으로 이동하고 있었다. 일대의 고층 건물마다 인원을 배치해서 유서현이 주로 이용하던 도주로를 차단하고, 사냥을 하듯 정해진 구역으로 몰아가고 있는 것이다.

흑백 쌍아대가 마련해 놓은 도주로의 끝에는 망루가 있었다. 결국 사방을 포위당하고 건물의 지붕 위도 이용할 수 없는 유서현은 망루를 오를 것이다. 근처에 비슷한 높이의 건물 없이 홀로 덩그러니 세워진 망루 꼭대기를 유서현의 무덤으로 정했으리라.

이는 미리 예상했던 바다. 무림맹은 유서현이 나타날 가능성이 있는 장소들마다 그곳에 적합한 계획을 세웠고, 적당한 장소를 골랐을 것이다. 그중 이 구역이라면 유서현을 몰아넣을 곳으로 저 망루를 고를 수밖에 없다는 게 이극의 생각이었다.

유서현을 망루로 유도하는 행위 자체가, 이미 이극의 유도대로 움직이고 있는 것이었다.

사냥몰이의 마지막으로 망루를 골랐겠지만, 쌍아대로선 그 전에 잡으면 그것대로 손해 볼 게 없는 것이다. 그를 미연에 방지하고 유서현이 무사히 망루에 오르도록 만드는 것은 이극의 몫이었다.

피잉— 피잉—

세전들이 연이어 하늘로 쏘아졌다. 날카롭게 울며 하늘로 오르는 세전을 좇다가 시선을 돌렸을 때, 이미 이극의 모습은 그곳에 없었다.

흑아대주 반곡은 심기가 불편했다.

아니, 심기가 불편하다는 정도로는 그의 울분을 표현할 수 없었다. 맹주의 명으로 관군을 대신해 출전, 해안가에서 왜구를 소탕하고 돌아온 지 채 열흘이다.

대원들을 추스르고 사기를 진작시켜도 모자랄 시간에 맹주의 격노를 받았고, 항주 성내에서 계집 하나를 잡으라는 명이 떨어졌다. 어찌 승전을 올리고 돌아온 장수를 이렇게 대할 수 있는지 도저히 이해할 수가 없었다.

그래도 그 울분을 안으로 삭힐 수 있었던 것은 반곡의 절친한 동료, 백아대주 구현당 덕분이었다. 구현당은 고맙게도 스스로 나서서 유서현이라는 계집을 어떻게 사냥해야 할지, 계획을 세우고 병력을 배치하는 등 귀찮은 일을 도맡아 해준 것이다.

덕분에 반곡은 지금처럼 측근 대여섯 명과 함께 마음 편히 사냥감 몰이를 하는 구현당의 솜씨를 감상할 수 있었다.

그러나 어느 순간, 반곡의 눈이 번쩍 뜨였다.

유서현이라는 사냥감은 몸놀림이 예상 외로 민첩했으며, 손에는 제 역량에 어울리지 않는 보검을 들고 있었다. 생각보다 재밌는 일일 수도 있겠다는 마음이 인 것이다.

이미 유서현을 쫓는 몰이꾼들이 보검에 눈독을 들이고 있으니 반곡이 나서는 것은 체통에 맞지 않는 일이긴 했다. 하지만 그것은 무림인들 사이에서나 지켜야 할 체통이고, 수년

간 흑아대를 이끌고 각지 변방을 돌아다니며 실전을 치러 온 반곡에게는 야전 사령관에 맞는 체통이 따로 있는 법이다.

"잠깐."

앞장 선 반곡의 앞을 누군가 가로막았다. 훌쩍 큰 키에 다분히 초라한 행색과 헝클어진 머리. 이극이었다.

"웬놈이냐!"

측근 중 호전적인 자가 칼을 뽑으며 나섰다. 그러나 호기로움을 채 펼치기도 전에, 수평으로 빛이 번쩍이더니 목 아래로 머리통이 굴러 떨어졌다.

푸슈슉—

깨끗이 잘린 절단면에서 피가 분수처럼 솟아났다. 사방에 퍼지는 피비린내가 반곡의 코를 자극했다.

이극은 측근의 목을 벤 검으로 반곡을 겨눴다. 반곡의 예민한 후각이 그의 심장을 뛰게 만들었다. 지금 주위를 맴도는 것보다 몇 배나 짙은 피비린내가 눈앞의 사내에게서 느껴지는 것이었다.

머리를 잃은 시체가 바닥에 쓰러졌다. 반곡은 경련을 일으키는 시체를 발로 치우고, 다른 측근들을 뒤로 물린 채 홀로 이극의 앞에 나섰다.

"항주에 이런 놈이 있었나?"

반곡은 입맛을 다시며 이극을 훑어봤다. 그러던 중, 그의 시선이 한곳에 머물렀다. 이극이 들고 있던 검이었다.

"그 검! 네가 왜 그 검을 들고 있는 것이냐!"

이극은 들고 있는 검을 손안에서 한 바퀴 돌리며 말했다.

"전장에서 검이 주인을 바꿨는데 이유야 뻔한 거 아니야?"

이극이 들고 있는 검은 백아대주 구현당의 애검이었다. 반곡의 눈에 불꽃이 튀었다.

"으아아아아악!"

괴성을 지르며 반곡이 달려들었다. 그의 갈고리 모양을 한 두 손이 붉게 빛나고 있었다. 반곡이 자랑하는 비적응조수(飛赤鷹爪手)의 수법이었다.

치이익!

반곡의 손가락이 이극의 옷을 찢었다. 옷을 찢었을 뿐, 살을 잡아챘다는 느낌이 없자 반곡이 다른 손을 뻗었다.

그때, 이극의 손에서 흰 광선이 번쩍이더니 미려한 곡선을 그리며 반곡의 몸을 지나갔다. 반곡의 입에서 작은 비명이 새어 나왔다.

"허억……!"

물결 모양으로 그어진 검로를 따라 핏줄기가 사방으로 퍼졌다.

휙!

이극은 소매를 털어 퍼지는 핏줄기를 한 방향으로 밀어놓고, 그 사이로 돌진해 재차 검을 움직였다. 순식간에 뒤에 남아 있던 측근들도 시체가 되어 쓰러졌다.

"하아……."

이극은 가쁜 숨을 토해냈다. 대부분이 서너 초, 짧게는 일 초만에 적을 쓰러뜨렸으니 누군가 봤다면 일초지적을 상대해 놓고 힘든 티를 낸다고 타박할지도 모를 일이다. 하지만 다른 이들은 몰라도 반곡은 몇 초의 교환으로 어찌할 수 있는 상대가 분명 아니었다. 평소의 이극이라면 반곡을 쓰러뜨리는 데 최소 삼사십 초가 필요했을 것이다.

하지만 구현당의 검을 보여 심기를 흐트러뜨리고, 온 힘을 다해 단숨에 승부를 낸 것이다. 자연히 그 과정에서 소모된 심력과 공력은 백 초를 겨룬 것보다 컸다.

피잉

아마도 마지막일 세전이 하늘 높이 올랐다. 이극은 이마의 땀을 닦으며 중얼거렸다.

"간신히 시간을 맞췄군. 어디, 다른 분들은……."

이극의 마음을 읽기라도 하였는지, 각기 다른 방향에서 두 발의 세전이 쏘아졌다. 이극은 회심의 미소를 지었다.

"됐어. 모든 게 완벽해!"

이극은 구현당의 검을 바닥에 버리고 망루를 향해 몸을 돌렸다. 그의 시야에, 흑백 쌍아대와 싸우며 망루 위를 오르는 유서현의 모습이 들어왔다.

"잘한다!"

이극은 저도 모르게 손뼉을 짝! 하고 크게 쳤다.

그러나 이극은 곧 손뼉을 친 사실을 후회하고 말았다. 손뼉이 마치 그를 부르는 주문인 양, 검은 옷을 입은 중년인이 나타나 그의 앞을 가로막은 것이다.

얼굴은 물론 드러난 살 여기저기에 아물지 않은 화상 자국이 그의 이름을 말해주고 있었다. 암천대주, 풍선교였다.

3

이극의 앞을 가로막은 풍선교는 얼굴을 일그러뜨렸다. 그것은 깊은 증오이며 동시에 커다란 기쁨이었다. 지금 그의 머릿속에는 오직 마종의 잔당인 이극을 쓰러뜨리는 일뿐이었다.

풍선교는 길을 가로막고 얼굴을 일그러뜨릴 뿐, 아무 말이 없었다. 급한 쪽은 이극이었다.

"살아 있었나?"

이극이 먼저 입을 열자, 그제야 풍선교는 화상 입은 얼굴을 험악하게 일그러뜨리며 웃었다.

"크크큭… 살아 있었냐고? 어리석은 질문이군."

"어리석다고?"

"네놈이 죽지 않는 한 나도 죽지 않을 거란 말이다!"

우우웅―

말이 끝나기 무섭게 풍선교는 파심작혈공을 일으켰다. 그의 두 손이 붉게 물들면서 열기가 사방을 덮쳤다.

"……"

풍선교가 혼신의 힘을 다해 일으킨 파심작혈공은, 그러나 이극에게는 특유의 극양한 기운을 제외하면 공력의 크기 자체로는 크게 위협적이지 않았다.

그러나 이극은 섣불리 달려들지 못하고 풍선교의 동정을 살폈다. 풍선교는 이극이 무엇을 경계하고 있는지 알아차리고 비릿한 웃음을 지었다.

"훗! 네놈이 두려워하는 게 이거냐?"

과연 풍선교의 손에는 폭마경심환이 들려 있었다.

'저걸 몇 개나 가지고 있는 거야?'

이극은 어이가 없어 눈살을 찌푸렸다. 자신만만한 풍선교의 표정으로 봐서는 한두 개가 아닐 것 같았다.

"그 꼴을 당하고도 그걸 또 먹겠다고?"

"닥쳐!"

자신만만하게 웃던 풍선교가 돌변하여 크게 소리쳤다. 증폭된 공력을 감당치 못하고 자멸하고 말았던 그날의 일이 그

항주에 이는 불길 293

에게는 마음의 상처로 남은 듯했다.

 "네놈만 아니었다면 내가 마종의 힘을 빌릴 이유가 없었다! 모든 게 네놈 때문이다!"

 풍선교는 날카롭게 소리쳤다.

 무엇보다 그를 견딜 수 없게 만든 것은, 더 이상 곽추운으로부터 신뢰를 받지 못한다는 사실이었다.

 유서현의 신병을 조기에 확보하는 데 실패하였음은 물론이요, 폭마경심환의 복용을 숨기기 위해 수련 중 주화입마에 걸렸다는, 치졸하기 짝이 없는 핑계를 대야 했던 것이다.

 이 모든 게 이극으로 인해 일어난 일이다. 최소한 풍선교의 머릿속에서는 모든 원인이 이극으로 수렴되었으니, 그를 향한 증오가 어느 정도인지 짐작조차 할 수 없었다.

 물론 이극의 입장에서는 황당한 일이다.

 "아니, 그게 왜 나 때문이냐고……."

 그러나 이극의 말에는 힘이 없었다. 애초에 풍선교는 말이 통하는 상대가 아님을, 누구보다 그 자신이 잘 알고 있었으니 말이다.

 힘 빠진 이극을 보며 풍선교는 폭마경심환을 꿀꺽 삼켰다. 이극은 난감한 기색을 감출 수 없었다.

 '아, 검! 검을 괜히 버리고 왔잖아!'

 폭마경심환을 복용한 풍선교는 파심작혈공으로 쌓은 체내

의 극양한 기운을 제어하지 못하고 사방을 온통 불구덩이로 만들었었다. 힘을 제어하지 못하는 자만큼 까다로운 상대가 없으니, 이극이 버리고 온 검을 아쉬워하는 것도 당연한 일이었다.

"크하하하핫!"

과연 풍선교의 두 손에서 화르르 불꽃이 타올랐다. 두 불꽃은 몸부림을 치며 솟아올라 다리 모양을 그리며 풍선교의 머리 위에서 만났다.

"크윽!"

증폭된 파심작혈공의 열기는 도저히 익숙해질 것 같지가 않았다. 이극은 소매로 얼굴을 가렸다.

'저거 또 저번처럼 혼자 지랄하는 거 아냐? 여기서? 성 한복판에서?'

이극은 걱정이 되어 주변을 둘러봤다. 건물과 가옥이 밀집되어 있으니, 한번 불이 붙으면 걷잡을 수 없이 번질 게 분명했다.

"크하하하핫! 쥐새끼 같은 놈! 네놈이 무슨 생각을 하는지 내 손에 잡힐 듯 훤하다!"

"그래… 너한테 조금이라도 창의력을 기대한다면 그게 잘못이지. 평생 마종의 잔당과 쥐새끼만 붙들고 살다 죽어라."

이극이 빈정거렸지만 풍선교는 아랑곳하지 않았다. 풍선

항주에 이는 불길 295

교는 한 손을 불꽃에서 떼어내 품 안에 넣었다.

 풍선교가 꺼낸 것은 회색의 작은 환단이었다. 알아볼 수 있는 것은 고작해야 폭마경심환 정도인 이극은, 풍선교가 또 환단을 꺼내자 잔뜩 긴장할 수밖에 없었다.

 '저건 또 뭐야? 공력을 백배는 늘려주는 약인가?'

 이극의 얼굴에 긴장감이 감도는 모습을 보자 풍선교는 기분이 좋아 광소를 터뜨렸다.

 "푸하하하하하!"

 풍선교는 웃음을 그치고 회색의 환단을 자랑하듯 내보이며 말했다.

 "그래, 그래야지! 긴장해야 하는 게 당연하지! 그때는 내가 미처 폭마경심환의 효능을 경험해 보지 못했지만, 오늘은 대비책을 마련해 왔으니 여기가 바로 네놈의 제삿날이 될 것이다!"

 '여기'가 '제삿날'이라니? 폭마경심환의 효능이 벌써 시작된 듯 풍선교의 판단력이 흐려져 있었다. 어느새 주변을 둘러싼 불꽃의 소용돌이가 주인의 웃음소리를 따라 거세게 휘몰아쳤다.

 "크하하하하하핫!"

 웃음소리와 함께 풍선교는 회색 환단을 삼켰다. 이극은 침을 꿀꺽 삼키며, 이제 무슨 일이 벌어질는지 풍선교를 유심히 지켜봤다. 그럴수록 버리고 온 구현당의 검이 아쉬웠다.

 그러나 시간이 흘러도 딱히 변화가 일어나지는 않았다. 아니, 오히려 주변을 둘러싼 불꽃의 소용돌이가 잦아들더니 종내는 풍선교의 몸속으로 사라지는 것이 아닌가?

 풍선교는 자신의 두 손을 바라보고 만족스러운 미소를 지었다. 과연 혼공의 말대로 회색 환단을 복용하자 머릿속이 맑아지더니 증폭된 공력을 제 뜻대로 부릴 수 있게 된 것이다.

 몇 배나 커진 파심작혈공을 완벽히 제어할 수 있게 되자 곧 변화가 일어났다. 극양의 기운을 집약시켜 체내에 담을 수 있게 된 것이다. 실제 불꽃으로 구현되느라 낭비되던 힘까지 온전히 자신의 것으로 만들게 되었으니, 그 위력이 전과는 비교할 수 없을 만큼 강력했다.

 풍선교의 얼굴에 흐르던 광기가 사라지고 눈빛이 맑아지자 당황한 쪽은 이극이었다. 이극은 눈을 끔뻑이며 풍선교를 바라보다가 힘겹게 입을 열었다.

 "뭐, 뭘 한 거냐?"

 "훗! 보는 대로다!"

 풍선교는 붉게 물든, 그러나 불꽃은 피어오르지 않는 두 손을 내밀어 보이며 말했다.

 "폭마경심환은 공력을 몇 배로 증폭시켜 주지만, 그로 인해 발생하는 부작용이 많았지. 하지만 이 환단을 먹음으로써

나는 증폭된 공력을 완전히 내 것으로 만들어 수족처럼 부릴 수 있게 된 것이다!"

풍선교는 의기양양해하며 자신의 상태를 설명했다. 풍선교의 상태를 알게 된 이극이 깊은 절망에 빠지기를 바라며!

"하… 하핫……! 뭐야, 난 또 뭐라고……."

그러나 이극은 오히려 안도의 한숨을 내쉬며 뜻 모를 말을 중얼거렸다. 풍선교는 한쪽 눈썹을 찡그리며 말했다.

"마지막으로 선택권을 주지. 순순히 잡혀서 다른 마종 놈들의 정보를 불고 살아남는 길을 택하겠느냐, 아니면 이 자리에서 죽겠느냐?"

풍선교는 대단히 큰 자비를 베풀어주는 듯이 말했지만, 내심으로는 이극이 맞서 싸우기를 바라고 있었다. 이극은 한숨을 크게 쉬고 풍선교에게 말했다.

"왜 그런 말이 있지. 똥이 무서워서 피하냐? 더러워서 피하지, 라고 말이야."

"뭐라……?"

"이게 내가 더러워서 피했더니 딱 저가 무서운 줄 아는 꼴일세. 이제 머리 제대로 돌아간다니까 얘기해 줄게. 난 그때도 네가 폭마경심환을 먹었다고 무서워서 피하지 않았어! 나무만 아니었으면 그때 죽어서 시체도 못 찾았겠구만!"

이극은 손가락 관절을 풀며 풍선교에게 다가섰다. 오늘 하루만 흑백 쌍아대원을 백 명 가까이 죽인 이극이었다. 온몸을 살기로 두른 채 이극이 웃어 보이자 풍선교는 저도 모르게 한 걸음 뒤로 물러섰다.

"내, 내가 왜……?"

지금 풍선교는 무공을 익힌 이래 가장 자신감이 충만해 있었다. 그럼에도 불구하고 이극의 기세에 밀려 뒷걸음질을 쳤으니, 적과의 우열을 머리는 모르고 몸만 알아 피하려는 것이었다.

풍선교는 이를 악물고 다가오는 이극을 향해 한 발을 내딛었다. 그러나 몇 배로 증폭된 파심작혈공과 고양된 감각이, 미처 몰랐던 이극의 압도적인 무위를 주인에게 알려주고 있었다.

"시간 없으니 빨리 끝내자."

야차처럼 일그러진 이극의 웃는 얼굴이 풍선교의 눈 속으로 날아와 박혔다. 극심한 공포 속에서, 풍선교는 머릿속에서 그를 지탱하던 끈 하나가 뚝 끊어지는 소리를 들었다.

"그자가 말한 좋은 구경이란 게 이거였나?"

송삼정은 팔짱을 끼고 망루를 올려다봤다. 화재 등 특이 사항을 감시하기 위해 세워진 망루였으니 꼭대기에는 교대로 상주하는 감시원이 있어야 한다.

하지만 지금 망루는 붉은 옷을 입은 한 소녀가 점거한 채, 그 위로 올라오려는 자들을 필사적으로 막고 있었다. 소녀는 물론 유서현이었다.

이 망루는 한 사람, 기껏해야 두 사람을 지탱하는 것이 기준이기 때문에 내구도가 심히 떨어졌다. 물론 서너 명이 올라간다고 흔들릴 정도는 아니었지만, 수십 명의 건장한 사내가 들러붙으니 금방이라도 무너질 듯 흔들리는 모습이 몹시도 위태로웠다.

흑백의 대비되는 옷을 입은 자들이 들어붙은 망루는, 마치 개미와 흰개미가 한데 엉켜서 다투는 모양을 연상케 했다.

캉— 카앙—

망루 위로부터 병장기 부딪치는 소리가 아련히 들려왔다. 송삼정은 망루가 위태로워 당장에라도 무너질까 두려워하면서도 흔들리는 위에서 용케 균형을 잡으며 올라오려는 자들을 물리치는 유서현의 모습을 흐뭇하게 바라보았다.

유서현의 검에는 나쁜 버릇이 없었고, 초식과 검로는 정순하며 바보스럽다는 생각이 들 정도로 정직했다. 그러면서도 매초마다 소녀가 가지고 있는 재능과 임기응변의 묘수가 빛을 번뜩였으니, 누구라도 이 모습을 본다면 유서현을 제자로 들이고 싶어 할 것이다.

"허어……!"

하지만 두고 보는 것도 어느 정도다. 유서현이 아무리 큰 잘못을 했다 하여도 명성 높은 무림맹 본영의 전투부대, 흑백쌍아대를 투입하는 것은 과한 처사다. 더구나 저들은 무림맹이 천명한 대로 생포하기 위해서가 아니라 그 자리에서 죽이기 위해 살수를 아낌없이 뿌리고 있었다.

 유서현이 망루 위라는 지리적 이점을 차지하지 않았더라면 이미 목숨을 잃었을 것이다.

 '저 아이를 구해야겠다!'

 결심을 하고 송삼정이 몸을 날렸다. 그런데 마침 그 앞을 가로막는 자가 있었다. 곽추운이었다.

 "송 장로! 어찌 이런 곳에 머무르고 계셨습니까?"

 여유로운 듯 웃고 있지만 곽추운의 속은 시커멓게 타고 있었다. 무엇보다 송삼정이 머무르고 있는 곳이, 바로 유서현이 나타난 구역과 일치한다는 사실이 우연치고는 너무나 공교로웠던 것이다.

 송삼정은 뿌리 깊은 명문 정파 출신으로, 협과 의가 아니면 움직이지 않는다는 원칙을 철저하게 지키기로 유명했다. 열두 명의 장로 중 그런 송삼정을 존경하여 따르는 자가 두 사람이나 있을 정도였고, 그들은 비록 장로회 내 소수파였지만 협과 의라는 명분에 충실했기 때문에 고유한 세력을 획득할 수 있었던 것이다.

곽추운이 원하는 것도 바로 그 협과 의라는 명분이었다. 송삼정의 지지를 이끌어낼 수만 있다면, 말 그대로 호랑이에 날개를 단 격이지 않겠는가.

어쨌든 온갖 공을 들여 모신 송삼정이다. 그런데 그의 눈앞에서, 누가 봐도 협의(俠義) 두 글자와 거리가 먼 광경이 펼쳐지고 있으니 곽추운으로선 상상조차 하기 싫은 일이었다.

송삼정은 아이 같이 붉은 얼굴에 미소를 머금으며 포권의 예를 취했다.

"번거로움을 피하느라 연락도 없이 방문한 점, 이해해 주시길 바랍니다."

"아이구, 별말씀을. 모시게 되어 영광이지요!"

그제야 곽추운도 포권의 예를 취했다. 인사를 나누자 송삼정이 망루를 가리키며 말했다.

"한데 맹주, 저게 대체 무슨 일입니까?"

"그, 글쎄요. 저게 대체… 무슨 일일까요?"

"아니, 저자들은 대무림맹주의 쌍검이라고 불리는 흑백 쌍아대가 아닙니까. 게다가 저기 붉은 옷을 입은 소녀는 세간에 소문이 자자한 판자녀이고요. 맹주께서는 정녕 모르는 일이십니까?"

송삼정이 이리 파고드니 곽추운도 더 이상 모르는 척만 할 수 없었다.

"아하, 그게… 예, 그렇군요. 최근에 판자녀인지 뭔지 하는 계집이 유언비어를 퍼뜨리고 다니면서 저를 비방한다지요? 저도 처음에는 크게 신경 쓰지 않았는데, 내버려 두니 수위가 점점 높아졌다지 뭡니까. 그래서 계집을 잡아서 데려와 직접 대화를 해보려 했는데, 그 과정에서 계집이 맹원들을 셋이나 죽였다고 알고 있습니다. 아마 그래서 제 군사가 쌍아대를 동원했나 봅니다."

곽추운은 은근슬쩍 일의 책임을 군사 무유곤에게 떠넘겼다. 그런데 갑자기 송삼정이 정색을 하더니, 낮은 목소리로 추궁하듯 묻는 것이었다.

"저 아이가 맹원을 죽였다는 말, 책임지실 수 있습니까?"

"예? 아, 그것이… 저야 보고를 받은 것이니……. 맹원들이 설마 제게 거짓말을 했겠습니까? 하하핫!"

"어쨌든 쌍아대를 당장 멈춰 주십시오. 저러다 저 아이가 다치는 건 물론이고 망루가 쓰러져 큰 소동이 일어나겠습니다."

망루 근처에는 고층 건물이 없는 대신 낮은 가옥들이 밀집해 있었다. 애초에 망루 자체가 주거 지역의 화재나 도난 사고를 신속히 발견하기 위해 세워진 것이니 당연했다.

저 망루가 만일 무너져 가옥들이 밀집된 곳으로 쓰러지기라도 한다면 인명 피해가 있을 게 틀림없었다.

"송 장로의 말씀이 백번 옳습니다."

곽추운은 뒤에 서 있던 하후강과 원가량을 돌아봤다.

"우호법! 자네는 어서 주변 민가 주민들을 신속히 대피시키게. 빨리, 서둘러야 하네! 그리고 좌호법은 반 대주와 구 대주를 찾아 당장 공격을 멈추고, 일단 물러나도록 조치하게."

"예!"

하후강과 원가량은 명령을 받고 각자 방향을 잡아 뛰었다. 망루를 향해 뛰는 원가량에게 곽추운이 전음을 보냈다.

[아까는 송 장로 앞이라 한 말이고, 이게 진짤세. 아예 저 망루를 무너뜨리고, 계집은 미처 빠져나오지 못해 죽었다고 처리하게! 어떻게든 저 계집을 죽여서 송 장로가 만나지 못하게 해야 하네! 내 말, 무슨 뜻인지 알겠지?]

"......!"

달려가던 원가량이 걸음을 멈췄다. 무참히 짓밟히긴 했어도 여전히 유서현을 향한 연모의 정이 가슴속에 살아 숨 쉬고 있었던 것이다.

원가량은 하늘을 우러러보며 속으로 탄식했다.

'맹주를 따르자니 사랑이 울고, 사랑을 따르자니 맹주가 우는구나! 도대체 어떻게 해야 한단 말인가!'

사랑도 맹주도 딱히 원가량 때문에 울 일은 없을 것이다. 그러나 원가량은 비극의 주인공이 되어 제자리에 풀썩 주저앉았다. 이 또한 심마의 일종인 것은 분명하다. 얼마나 갈등이 깊었는지 원가량은 피를 한사발 토하고 말았다.

곽추운이 명령을 내린 지 시간이 꽤 흘렀지만 상황은 고착화될 뿐, 망루를 오르는 쌍아대원들이 물러날 기미조차 보이지 않았다. 참다못한 송삼정이 두 팔을 걷어붙였다.

"본영은 명령 전달 체계가 제대로 확립되어 있지 않나 보군요. 제가 나서겠습니다!"

"예? 아니, 송 장로께서 어찌 저 안에 끼어드신단 말입니까! 체면을 생각하셔야지요. 기다려 보십시오."

"아무리 기다려도 저들이 맹주의 명령을 무시하고 있지 않습니까! 그리고 저는 항상 협과 의, 두 글자만을 원칙으로 삼았지 체면 따위는 돌본 기억이 없습니다."

"이러지 마시고 좀……?"

땡땡땡땡땡—!

어디선가 다급한 종소리가 들려왔다. 곽추운과 송삼정이 동시에 고개를 돌려보니, 망루 위에서 유서현이 힘차게 종을 치고 있는 게 아닌가?

동시에 망루 반대편으로부터 큰 소리가 났다.

"불이야! 불이야!"

곽추운과 송삼정이 다시 고개를 돌리니, 두 사람을 중심으로 망루 반대편으로부터 불길이 솟아오르고 있었다.

"저, 저런!"

항주에 이는 불길 305

"세상에……!"

송삼정도, 곽추운도 놀라 입을 크게 벌렸다.

집 한두 채가 타는 규모가 아니었다. 그것은 불길이라기보다 거대한 불의 장벽이었다. 거대한 불길이 밀집된 가옥들을 일렬로 태우며, 마치 거인이 걷듯이 한 칸씩 망루를 향해 전진하고 있었다.

"으아악!"

"사람 살려!"

순식간에 일대가 열기와 매연, 주민들의 비명 소리로 가득 찼다. 송삼정도 곽추운도, 생전 처음 보는 엄청난 규모의 화재 앞에서 어찌해야 좋을지 알 수가 없었다.

"저, 저기……!"

누군가 다가오는 불의 장벽을 가리켰다. 장벽으로부터 도망치기라도 하는 듯 필사적으로 뛰어오는 사내가 있었다.

'저자는?'

송삼정은 눈을 크게 뜨고 사내를 바라봤다. 사내는 바로 이극이었다.

그러나 처음 누군가가 가리킨 것은 이극이 아니었다. 이극만이 아니라 수많은 사람들이 불길로부터 도망치듯 달려오고 있었다.

그리고 사람들의 뒤를 쫓아 달려오는 존재가 있었다.

온몸에 불꽃의 소용돌이를 두르고 사방을 불태우며 달려오는 '그것'은, 분명 사람의 형상을 하고 있었다.

 "저게 대체 무엇입니까?"

 빠르게 다가오는 '그것'을 보며 송삼정이 물었다.

 "글쎄요, 저것은 저도……!"

 곽추운은 '저도 처음 보는 물건이군요'라는 말을 결국 끝맺지 못했다. 몸에 두르고 있는 불꽃의 소용돌이가 일렁이며 언뜻언뜻 드러나는 '그것'의 얼굴을 보는 순간, 곽추운은 생애 가장 큰 공포와 맞닥뜨리고 말았다.

 살아오면서 원하는 것은 모두 쟁취하였고, 뜻한 대로 이루지 못한 바가 없던 곽추운이었다. 그렇게 빈틈없이 구축했던 그의 인생에, 어디서부턴가 금이 가기 시작한 것이다.

 온몸에 불꽃의 소용돌이를 두르며 달려오는 풍선교는, 곽추운이 쌓아올린 인생이라는 성(城)을 기초부터 흔들어 버릴 커다란 균열이었다.

 '대체 나에게 무슨 일이 일어나고 있단 말인가……!'

 땡땡땡땡땡—!

 유서현은 망루에 설치된 종을 계속 쳤다. 거대한 불의 장벽은 그 높이가 유서현이 올라와 있는 망루에 필적하니, 도무지 현실적인 광경이 아니었다.

불의 장벽이 빠르게 다가오니 망루를 오르거나, 뛰어내리는 유서현을 잡으려고 대기 중이던 쌍아대원들은 모두 자취를 감춘 지 오래였다. 유서현은 뜻밖에도 올라왔던 그대로 사다리를 타고 아래로 내려왔다.

유서현이 땅 위에 서는 것과 동시에 이극이 도착했다. 이극은 난감한 표정으로 머리를 긁으며 말했다.

"내가 너무 늦었지. 고생했어."

유서현은 뜻밖에 웃으며 대답했다.

"아니에요. 어디 세상 일이 뜻대로만 되겠어요?"

한참 어린 유서현의 입에서 어른스러운 말이 나오니, 이극은 저도 모르게 웃고 말았다.

"푸하핫! 그래, 아가씨 말이 맞아. 세상 일이라는 게 뜻대로 되는 게 아니지."

"그나저나 저 불은 어쩌면 좋죠?"

유서현은 금세 웃음을 거두고 걱정스러운 눈으로 다가오는 불길을 바라봤다. 열기가 공기를 데워 세상이 어지러웠다.

이극은 어깨를 들썩이며 대답했다.

"저런 건 보통 관부의 몫이지. 아니면 잘난 무림맹도 있으시고 말이야. 우리가 불을 낸 것도 아닌데, 목숨을 부지하는 게 최선이지 않을까?"

불길의 규모가 워낙에 커서 보통 사람은 접근할 엄두도 나지 않았다. 유서현은 이극의 말에 동의하며 고개를 끄덕였다.

"아저씨 말이 맞는 것 같아요."

그때, 온몸에 불꽃을 두른 풍선교가 기괴한 소리를 내며 두 사람을 향해 달려왔다. '우리가 불을 낸 것도 아닌데'라고 얼굴색 하나 변하지 않고 뻔뻔히 말했던 이극도 뜨끔할 수밖에 없었다.

그러나 두 사람에게(정확히는 이극에게) 다가가기도 전에, 번쩍! 하고 빛이 나더니 푸른 벼락이 풍선교의 머리 위로 떨어졌다.

콰콰콰콰쾅!

온몸에 불꽃을 둘렀던 풍선교는 순식간에 검게 탄 시체가 되어 바닥에 쓰러졌다. 벼락으로 인해 발생한 충격파가 사방으로 퍼지며 흙먼지를 일으켰다.

"크윽!"

이극은 재빨리 유서현을 감싸 흙먼지로부터 보호하고, 소매로 자신의 얼굴을 가렸다. 하지만 그속에서도 이극은 힘겹게 눈을 떴다. 풍선교를 때린 벼락이 곽씨세가의 가전비검, 뇌룡검법의 일초식임을 확인하기 위해서였다.

과연 열기와 함께 불어오는 흙먼지 사이로, 검을 든 장년인이 우뚝 서 있었다.

'곽추운……!'

무림맹주가 아닌, 파검룡협이던 시절의 곽추운이 거기에 있었다. 이극은 뜨거운 바람 속에서 눈을 크게 뜨고 곽추운을 바라봤다.

그 순간, 곽추운의 눈이 이극과 마주쳤다. 거대한 불의 장벽을 등지고 일렁이는 열기 속에서 곽추운의 입이 열렸다. 뜨거워진 공기가 소용돌이치며 온갖 소리를 집어삼켜 들리지 않는 가운데 이극은 곽추운의 입 모양을 읽었다.

'너는……!'

이극은 쓴웃음을 지었다. 알아본 것인가. 그렇다면 대답을 해줘야 한다.

'맞소.'

이극의 입을 읽은 곽추운의 머릿속에 오래전 기억이 되살아났다.

믿을 수 없을 정도로 강했던 노인이 있었고, 눈을 반짝이며 곽추운을 바라보던 소년이 있었다.

노인이 마종의 손아귀에서 중원 무림을 구해낸 천하제일인 곽추운의 발판이 되어 제 역할을 다했을 때, 소년은 사라지고 없었다.

그러나 곽추운은 소년의 선택을 존중했다. 살아남기를 선택했다면 그리하여라. 소년이 살아남을 수 있도록 허락한 곽추운의 선택은, 사실 노인의 마지막 부탁이기도 했다. 부디 소년을 살려달라던 마지막 부탁.

'박가 놈의 제자……!'

부릅뜬 곽추운의 눈에 이극의 미소가 들어왔다. 열기로 일그러진 이극의 미소를 보는 순간, 곽추운은 절로 깨달을 수 있었다.

풍선교는 단순한 균열에 불과하다. 그 균열을 일으켜 곽추운이 쌓아올린 성을 무너뜨리려는 자는 눈앞에 있는 저 박가 놈의 제자라는 것을!

"이놈—!"

곽추운은 노성을 질렀다. 그러나 이극의 모습은 이미 사라져 보이지 않았다. 사방에 소용돌이치는 불길이 곽추운의 분노와 함께 춤을 추고 있었다.

『창룡혼』 3권에 계속…

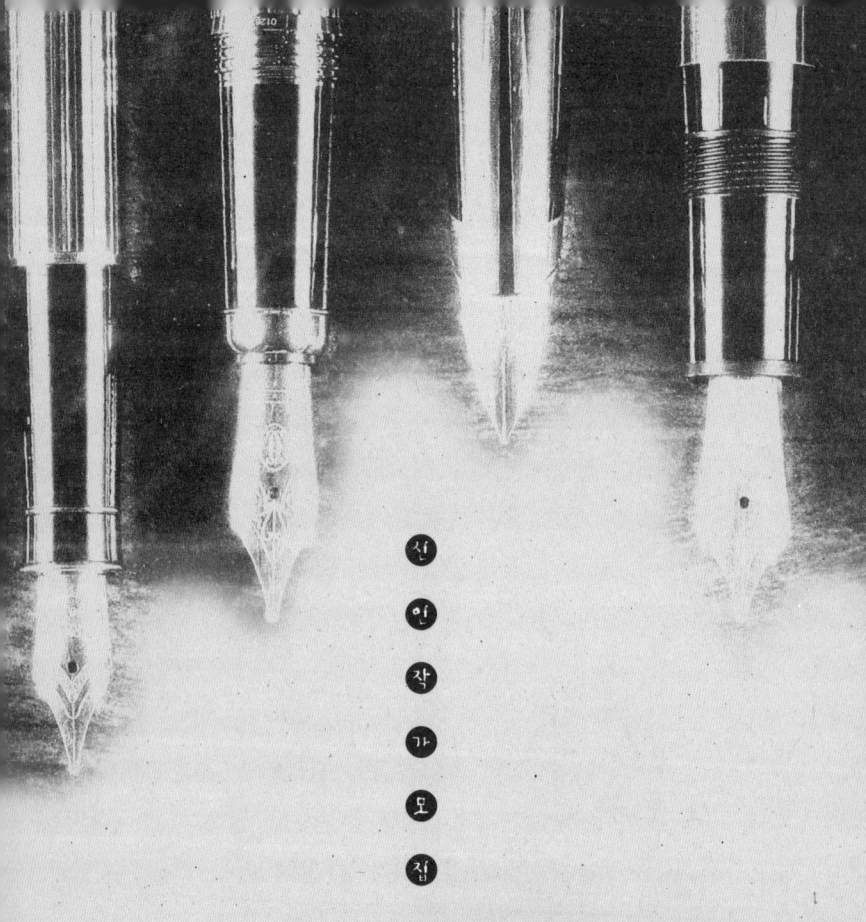

신 인 작 가 모 집

**시작이 반이라고 했습니다.
작가의 길에 대한 보이지 않는 벽을 과감히 깨뜨리십시오!
청어람은 작가 지망생 여러분들의
멋진 방향타가 되어드리겠습니다.**

저희 도서출판 청어람에서는
소설 신인 작가분들을 모집합니다.
판타지와 무협을 사랑하시는 분들의 많은 참여를 바랍니다.
소정의 원고(A4용지 150매)를 메일이나 우편으로 보내주시면
검토 후 출판 여부를 알려드리겠습니다.

주소:경기도 부천시 원미구 심곡동 163-2 서경B/D 2F 우편번호 420-822
TEL:032-656-4452 **FAX**:032-656-4453
http://www.chungeoram.com
e-mail:chungeoram@chungeoram.com

道德俠

촌부 新무협 판타지 소설
FANTASTIC ORIENTAL HEROES

천애협로

『우화등선』,『화공도담』의 뒤를 잇는
작가 촌부의 또 하나의 도가 무협!

무림맹주(武林盟主), 아미파(峨嵋派) 장문인(掌門人),
군문제일검(軍門第一劍), 남궁세가(南宮勢家)의 안주인.

그들을 키워낸 어머니—
진무신모(眞武神母) 유월향(柳月香)!

어느 날, 그녀가 실종되는데……

"하, 할머니는 누구세요?"

무한삼진의 고아, 소량(少雨)에게 찾아온 기이한 인연.

세상과 함께 호흡을 나눌 수 있다면[天地同息]
천하의 이치를 모두 얻으리래[天下之理得]!

이제, 천하제일인과 그녀가 길러낸
마지막 자손의 이야기가 펼쳐진다!

Book Publishing CHUNGEORAM
WWW.chungeoram.com

SWORD SLAYER

소드 슬레이어

류연 판타지 장편 소설

FANTASY FRONTIER SPIRIT

그날로 돌아간 그 순간부터 입버릇처럼 붙은 한마디.
"생각해라, 아서 란펠지."

귀족 반란에 휘말린 채 죽어야 했던 기사, 아서 란펠지.
600년 전 마룡 카브라로 인해 봉인당한 세 용사의 영혼.
버려진 이름없는 신전에서 그들이 만났을 때
운명은 또 다른 전설의 서막을 알렸다!

소드 슬레이어!

힘없이 죽어간 모든 인연들을 위하여
무력하고 허망했던 어제를 딛고
멈추지 않는 오늘을 달려 내일을 잡아라!

**위선에 가득찬 검들을 향해
여섯 번째 마나 소드, 에스카룬의 검이 질주한다!**

Book Publishing CHUNGEORAM

 유행이 아닌 자유추구
WWW.chungeoram.com

홀로선별 판타지 장편.소설

DEMON
FANTASY FRONTIER SPIRIT

제일좌

BLOOD

**성마대전, 그로부터 20년…
암흑은 스러지고 빛이 찾아왔다.
세상은… 그렇게 평화로워질 것만 같았다.**

전설의 블랙 울프를 다루는 영악한 소년 마로.
하루하루 강도 높은 훈련을 받으며
숙연의 500골드를 달성한 그날!
세상은, 신성(新星)을 맞이한다!

『기적』의 뒤를 잇는
홀로선별 작가의 또다른 이야기
『제일좌』

**어둠을 뚫고 솟을 빛이여,
하늘의 제일좌가 되어라!**

Book Publishing CHUNGEORAM

유행이 아닌 자유추구 -
WWW.chungeoram.com

2011년 대미를 장식할
준.비.된. 작가 정민교의 신무협이 온다!
『낭인무사(浪人武士)』

"죄수 번호 사천이백삼, 담운!"
"……!"
"출옥이다."

만두 하나.
고작 그 하나에 이십 년 옥살이를 한 소년, 담운.
그 답답하고 억울한 마음을 풀어낸다!

무림맹! 구대문파! 명문세가!
겉만 번지르르한 놈들은 다 사라져라!
겉과 속이 다른 너희들을 심판하러 내가 왔다!

Book Publishing CHUNGEORAM

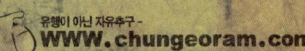